INK INK INK INK INK INK I
K INK INK INK INK INK INK
INK INK INK INK INK INK I
K INK INK INK INK INK INK
INK INK INK INK INK INK I
K INK INK INK INK INK INK
INK INK INK INK INK INK I
K INK INK INK INK INK INK
INK INK INK INK INK INK I
K INK INK INK INK INK INK
INK INK INK INK INK INK I
K INK INK INK INK INK INK
INK INK INK INK INK INK I
K INK INK INK INK INK INK
INK INK INK INK INK INK I
K INK INK INK INK INK INK
INK INK INK INK INK INK I
K INK INK INK INK INK INK
INK INK INK INK INK INK I
K INK INK INK INK INK INK
INK INK INK INK INK INK I
K INK INK INK INK INK INK
INK INK INK INK INK INK I
K INK INK INK INK INK INK
INK INK INK INK INK INK I

INK

文學叢書

173

項美麗在上海

王璞◎著

目次

項美麗是誰

項美麗是誰？

在二十一世紀的中國，這問題沒幾個人答得出來。可若是時光倒流七十年，在二十世紀三十至四十年代，你到上海或是重慶、甚至香港的上流社會，這個名字即使不是如雷灌耳，起碼盡人皆知。

上個世紀三十年代有位英國作家哈莉葉特・塞金德要研究上海，她在她那本名叫《上海》的專著中寫道：

我接觸的幾乎每個在上海的西方人，幾乎人人都談到艾米麗・哈恩，男人語帶讚賞，女人的語氣則有點尖酸刻薄。

三十年代在上海的西方人並不少，有人作過統計，到三十年代中期為止，在上海的西方人有六萬人之多，其中有英國人、德國人、美國人、俄國人、義大利人。這其中還不包括日本人。

一九四〇年在香港的香港大酒店，宋氏三姊妹自一九二七年國共分裂後首次一道公開露面。三姊妹和她們的小弟宋子安夫婦，以及宋美齡的顧問端納圍桌聊天，樂隊奏起了華爾滋舞曲，一對對男女走下舞池翩翩起舞。這時，身著一身黑色中裝的宋慶齡，突然指著舞池中一位白人女子道：

「那是米奇·哈恩！我看那就是米奇老鼠，跟她一起的是誰？」

一點不錯，這位名叫艾米麗·哈恩（Emily Hahn）、朋友中被暱稱為米奇的美國女子，就是項美麗。宋氏三姊妹都認得她。事實上，她是其中兩位——宋靄齡和宋美齡的朋友。而且這次酒店相遇也並非巧合，而是出自大姊宋藹齡的安排。她事先通知項美麗會有這次歷史性的三姊妹聚會，項美麗才去香港大酒店訂位。

一年之後，就有一本項美麗撰寫的《宋氏三姊妹》（*The Soogn Sisters*）在紐約出版。這本書也許是最早出版的宋氏三姊妹傳記。以後出版的多種中英文宋氏姊妹傳記，在掌握第一手資料和文字表達方面，都未能出其右。令我十分吃驚的是，項美麗這本站在自由知識分子立場、觀點可說是中間偏右的著作，早在一九八五年已由北京新華出版社翻譯出版。而且一印就印了十六萬冊之多。也就是說，早在上個世紀八十年代，項美麗在中國內地已經至少有十六萬讀者。

然而，當我向朋友提出「項美麗是誰」這一問題，他們要麼一臉茫然，要麼說出一些聽來有點荒誕的傳聞。而這些傳聞並非關於她的書，而是關於她與中國作家、新月派詩人邵洵美的緋聞。

我這人很「八卦」，平時就愛看八卦雜誌。不過，還沒有八卦到參與傳播八卦消息的地步。我之所以繼續關注有關項美麗的傳聞，並終於決定要寫這本有關她的書，主要出自於一種大約會被歸類爲女性主義的好奇心，我發現：雖然這些傳聞眾說紛紜，各有各說，但有一點口徑一致，即，項美麗是中國作家邵洵美的情人，而邵的正室盛佩玉對此不僅不吃醋，反而從旁大力相助，甚至建議他們去辦了結婚手續。

作爲一個女人，而且是扮演過各種女人角色的女人，我對此說本能地起疑。說一個身心正常的女人會高興、支援、鼓勵丈夫去跟美麗情人夜夜春宵，正如說貪官汙吏會被沒有相應制度和法律保證的倡廉肅貪運動消除一樣，實在令人難以置信。

高中時的米奇，約 1921 年攝

我打出「項美麗」這個名字在中文網路上搜尋，條目有九百多。其中有一大半屬詞語誤載，眞正有關美國作家項美麗的條目不過數十條，而這數十條也多半互相重複，或互相抄錄，提供最多新資訊者當推董鼎山的〈羅曼蒂克的項美麗〉一文。不過，我感到奇怪的是，董氏精通英文，居美多年，是中美文化交流的重要傳播者。他的這篇不過一千字的小文，對照我當時瀏覽過一遍的項美麗《我的中國》，卻也至少有三處使我懷疑。

第一，他說項美麗「自幼即一心想當個開礦工程師」。

項美麗本人可沒這麼說過，相反，項美麗在一篇回憶文章中說，她原先是想學化學的，後來又一度想當雕塑家，只是因爲要跟從來不收女生的威斯康辛大學礦冶工程系賭口氣，才一時衝動之下改學了礦冶工程。

第二，他說項美麗「一到上海即決定要待下去」。但在《我的中國》中，項美麗寫道：

這（指上海之行）完全是一次旅行，不是嗎？我仍然把上海當作一個購物點，是兩個目的地之間的一站。我開始的計畫是度一次爲期兩週的長假，這是個延長的週末。然後有一天，我發現我找到了一個工作，成了上海的短期居民。當地一家英國人辦的早報《字林西報》需要一個女記者，給他們寫點特寫、專訪之類。原來的那位女記者結婚去了。我就說我願意幹。

然而，即便有了這份工作她也天天想著走人，在告別了如期回美國的姊姊海倫，回到自己在江西路的臨時租房時，她心想：

「去他的中國，中國都快把我悶死了，我對中國不感興趣。」接著她寫道，我差點就要跳上一輛黃包車去碼頭。

第三，〈董文〉寫邵洵美「他」在法租界生長。而在宋路霞的《上海的豪門舊夢》這本書中，說到邵是在邵家位於南京西路上的花園洋房出生、長大的。在《我的中國》中，項美麗說她與邵洵美認識時，他的大宅位於楊樹浦路。只是在「八．一三」事變後，邵洵美才步她項美麗之後，在法租界霞飛路租了套房子。南京西路是英租界，而楊樹浦路根本不是租界。

而且，這篇文章也跟其他文章一樣，說邵的妻子對「丈夫的洋情婦非常縱容」，甚至還鼓勵他們舉行「一個奇特的結縭儀式，按舊習慣娶妾規則，贈她兩個玉鐲。」

眞的嗎？爲什麼？我想。

我在中文網路上打出搜索「邵洵美」這個名字，找到的條目有二千餘多條，其中大多是二〇〇二年出版的《海上才子邵洵美》的衍生文章。有的文章乾脆就是把此書中的文字摘抄一些放到各種刊物上發表，不過，顯然發生了抄寫錯誤。別的不說，關於她的去世年月，就有多種說法。有說一九九七的，有說一九九八的，有說二〇〇〇的，不一而足。有的文章則是基於這些可疑資料的胡評亂講，比如有篇文章竟將項美麗列爲《上海寶貝》的作者衛慧的鼻祖之一，說項是個「睡遍萬水千山」的美女作家。

這類輕薄文字中，有些還出自一些邵洵美當年的朋友，其中章克標的文章〈海上才子搞出版〉一文，堪爲這類文章樣板。這篇文章文字之輕佻、內容之不負責任，從開篇第一句話就可見一斑：「邵洵美原名龍雲。」

邵洵美原名邵雲龍，就算去姓留名，也只能說他原名雲龍。這類記憶錯誤尚可說，尤易誤導讀者的是以下這類文字：

女記者尋求各種刺激，鴉片煙也抽起來了，洵美是義不容辭的指導者和示範者，因此也上了癮。

項美麗是美國某報社的特派記者，年方妙齡，身體健美，是一匹高頭大馬。她們大户人家，門第高貴，男人三妻四妾是理所當然，事極平常。而且竟然是一個洋婆子肯來作丈夫的外室，也許還會感到光榮、體面、足以自豪囉。項美麗也確實派上了大用場。

信口開河、想當然耳和輕薄之外，更兼鄙俗和下流。

那麼，《海上才子邵洵美》又是怎麼介紹項美麗的呢？這裡且將書中寫到項美麗的那一章中，對項美麗基本情況的描述轉引如下：

艾米麗・哈恩，時年（指的是一九三五年）三十歲，長得健美漂亮，風韻雅逸。她生於一九〇五年，出世地在美國中西部的聖路易城。她的祖父和外祖父在美國南北戰爭時代一個屬南方一個屬北方。父親是個無神論者，她有兄弟姊妹七個……畢業于威斯康辛大學礦冶工程系，是該大學第一位獲得礦冶工程學位的女畢業生。

書中提到項美麗的去世年月日：

在這眾多的寫文章回憶、紀念、研究邵洵美的人物當中，還有一位遠在大洋彼岸的一九九八年二月十七日才逝世的享壽九十三歲的美國老婦人。她雖非國人，卻曾是邵洵美親人，故不能不一提。她就是著名美國女作家項美麗。

以上不過百字的簡介至少有兩處重大錯誤，項美麗去世年份不是一九九八年，而是一九九七年。項美麗姊妹兄弟共六人，五女一男。而且，項美麗也不是在邵洵美去世之後才寫文章「紀念、研究」他。早在一九四三年，她就專爲邵洵美寫了一本書《潘先生》，從一九四〇年到一九七〇年，三十年間，她至少有十本書中寫到了邵洵美，其中至少有三本書以他爲主角。而七十年代以後，她就沒再寫文章或出書寫邵洵美。

那麼，項美麗的祖國美國，對她的介紹是否就非常準確呢？我們且來看看項美麗一九六八年在紐約出版的一本書 *The Cooking of China*（中國烹調）的「作者介紹」：

艾米麗·哈恩，聖路易斯人。是威斯康辛大學工程系第一位女畢業生。她不尋常的經歷中還包括：在非洲一個侏儒部落中住了將近一年。之後到了上海，她在那裡度過了二戰歲月，被日本人拘禁。她出版過多部著作，其中有：《我的中國》（*China to Me*）、《宋氏三姊妹》、《動物花園》（*Animal Gardens*）。現居英國，與她的丈夫查爾斯・鮑克瑟教授在一起。

也有值得懷疑之處。

首先，項美麗的二戰歲月並非在上海一地度過，而是在上海、重慶、香港這三個地方度過。其中，在香港度過的時間最長，差不多三年。項美麗回憶中國歲月的書《我的中國》有三分之一的篇幅寫她的上海歲月，一半篇幅寫的是在香港的生活歲月，有三十餘頁寫到在重慶歲月。書中有一段對話，是她一九四三年在香港將要作爲日美交換難民返美之前，接受日本人審查時的實況，將她在中國的八年歲月交代得一清二楚：

「現在讓我們來看看：你一九三六年來上海——」

「不，一九三五年。」

「好吧。你到上海嫁給了中國人邵先生。然後你去了香港。」

「去了重慶。」

「好吧。重慶。你一九三八年從重慶——」

「一九三九年。」

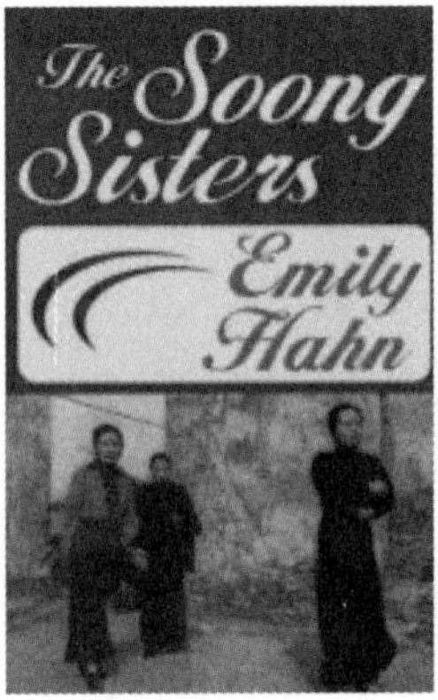

左：《宋氏三姊妹》書影
右：《我的中國》書影

「一九三九年到一九四〇年。你到了香港，然後回上海——」

「我再沒回過上海。」

這就是說，如果二戰從一九三七年日本侵華戰爭開始，項美麗一九三九年離開上海，一九四〇年至一九四三年在香港，所以她大部分二戰歲月是在香港而不是在上海度過的。這段話至少還有一處錯誤，那就是項美麗並非在上海被日本人拘禁，而是在香港。

有趣的是，即算是前面這段來自項美麗本人著作的引文，也有可疑之處。因爲其背景是對付日本人的審訊。項美麗當時帶著不滿兩歲的女兒。女兒的爸、英國軍官鮑克瑟正關在日本戰俘營，她既要救自己和女兒，又要救當時還沒跟她結婚、是她的情人的鮑克瑟；於是她先是不想作爲美國人被日本人關起來，所以靈機一動，說自己是中國人的妻子。後來又想作爲美國難民被日本人遣送回國，便又強調自己的美國人身分。這樣來來去去的，把日本人美國人都搞得一頭霧水。以至於當她們這批遣送回國的難民到了紐約，別人都下船回家了，只有她被留下來審查了大半天，差點把她當日本特務抓了起來，焦點集中在爲何別的美國人都進了集中營你沒進，你現在想當美國難民，又說自己是英國人未婚妻，而不是中國人老婆了。即算這是篇小說，故事編得也太離譜。

即是說，以上的每一種引文都有令人質疑之處，而眞相迷霧重重，難以企及。面對這一現實，我不禁悲從中來。難怪陳寅恪寫柳如是，寫了三大本，洋洋一百餘萬字。僅考證柳如是與錢謙益的相遇時地，就寫了幾十萬字。還有，以前我總搞不懂不明白，以陳寅恪這樣的一代大儒，放著那麼多前賢才俊不寫，卻爲何是以他後半生的主要精力，爲柳如是這麼一位出身微賤身世淒迷的小女子立傳。現在面對著有關項美麗的迷惑，我依稀有些明白了。

我當然無意與陳大師相比，更無功力寫那麼一本皇皇巨著。所以，我只想從上述那些疑點起步，以一種「八卦」的心態，加上學究式的考證，配之以通俗文學的風格，記述項美麗，這個跟中國有著「剪不斷理還亂」糾葛的美國傳奇女子，一生中最傳奇的一段——上海歲月。

拉美魔幻寫實主義大師賈西亞・馬奎斯曾以新聞報導的手法寫了一篇堪稱經典的小說《預知死亡紀事》，我在這裡仿其意而反其道，以通俗小說手法寫一部眞實的傳奇。其中的小說成分，大多出自傳主本人、亦即項美麗之手。我只是在一些材料黏接力不夠強勁之處，略事修補。作用相當於泥水匠。不是燒製磚瓦，只是把那些現成的建製材料以泥灰之類的材料黏合而已。

作了這樣一些說明，我想現在我可以著手回答本章標題所提出的問題了：

項美麗是誰？

項美麗是美國作家，原名艾米麗・哈恩，一九〇五年一月十四日生於美國密蘇里州的聖路易斯城。一九九七年二月十七日逝於美國紐約。活了九十二歲，寫作七十年，出版了五十二本書。其中有關中國的至少有十二本。從一九二九年起她成爲《紐約客》（*New Yorker*）專欄作家，她刊於《紐約客》的第一篇文章是發表於一九二九年五月十二日的〈可愛的太太〉，最後一篇文章是刊於一九九六年第十二期的詩作〈風吹〉。年期長達六十七年，我想，就擔任同一雜誌專欄作家的年期來說，她這一紀錄大概世界第一，可以入金氏世界紀錄了。

英文網頁「今日文學」（Today in Literature）這樣介紹她：

羅吉・安吉爾（Roger Angell）說她是《紐約客》「美麗的客人」，傳記作家肯恩・古特伯遜（Ken Cuthbertson）形容她一生性格的最大特點是「沒人說別去」（Nobody said not to go.），一如她那本「項美麗傳」的書名。

和賽珍珠一樣，項美麗因她的中國書成名。在美國，她再版膾炙人口的書都與中國有關。《宋氏三姊妹》和《我的中國》一出書即登上《紐約時報》暢銷書榜。而《中國烹調》（*The Cooking of China*）則出版七年間重印了五次。

《沒人說別去》書影

不過，項美麗從未像賽珍珠那樣大紅大紫。她，也沒有一本書像賽珍珠的《戰鬥的天使》和《大地》一樣，在世界文學史上占有一席之地。我讀過賽珍珠譯成中文的全部著作，那些書都可輕而易舉在香港任何圖書館找到。而項美麗那十二本有關中國的書，只有《宋氏三姊妹》有中文版。其他幾本，即使英文原版本，都難以翻查。我在我校（香港嶺南大學）圖書館只找到一本：《我的中國》（*China to Me*）；在中文大學圖書館找到兩本：《太陽的腳步》（*Steps of Sun*）、《中國烹調》（*The Cooking of China*）；在港大圖書館找到一本：《宋氏家族》（即《宋氏三姊妹》一九八五年北京新華出版社中譯版）；在香港城市大學圖書館找到兩本：《香港假日》（*Hong Kong Holiday*）、《時與地》（*Times and Places*）；在香港市政局公共圖書館找到三本：《昨日煙雲：1850-1950的中國》（*China Only Yesterday：1850-1950*）、《潘先生》（*Mr Pan*）、《蔣介石》（*Chiang Kai-shek*）。

最富戲劇性的是《潘先生》這本書，香港一共有兩本，一本在市政局，一本在理工大學。市政局那本不可外借，館員捧著那本書頁發黃的小書，讓著我到一間封閉的小房間裡坐讀。可以借兩天嗎？不可以。可以複印嗎？要經專家鑒定才可答覆。而專家鑒定至少要三天。我只好請我理工大學的朋友爲我借來了他們學校那一本。這兩本書的借閱紀錄都是零。

我還在網上查到，早在一九四二年，上海一間出版社便

《不急著回家》書影

出版過《我的中國》的節選本，八十三頁。此書現在北京圖書館可找到。北京圖書館還可找到的另一本項美麗著作的中文譯本是《宋氏三姊妹》的中譯節選本，一九四二年由上海一間出版社出版，一百多頁。

我還注意到，雖然近年來研究香港和上海都市文化的專著連連出版，但好像沒人引用項美麗這些著作。也許因爲它們大多沒被譯成中文吧？以上我所借閱過的那些書中，從書後的借閱記錄單上可看到，除了《中國烹調》有兩次借閱紀錄外，其他幾本皆從來無人問津。

我把找到的這些書都瀏覽一遍。得出的印象是，項美麗是這樣一類人物，她使我想起那位了不起的十七世紀英國女作家桃樂絲・奧斯本。維吉尼亞・吳爾芙在〈桃樂絲・奧斯本的《信札》〉一文中，曾經這樣描述她：

> 她不容爭辯地擁有一種天賦才能，那在書信寫作中是比機智、才華以及與大人物交往都更有價值的：她能自自然然、毫不勉強地保持自己的個性，將一切生活瑣事囊括在她自己的個性洋溢之中。這是一種既吸引人又有點兒令人迷惑的性格。

項美麗與桃樂絲一樣，不管她在寫作中採用了魔幻寫實主義手法，還是意識流手法，那都是爲了她敘述的需要，手到擒來，自然大成。寫作在她是一種天性的流露。換句話說，她與桃樂絲一樣，有把自己的所見所聞隨時記錄的愛好。據她姊姊回憶，米奇少女時代沉默寡言，只有坐在打字機前才感到輕鬆自在。不過，她當時在打字機上打的不是詩，也不是小說，而是信。

「寫作在我，是一種有如遊戲的活動，不過，我從未想到我正在努力成爲一個作家。」多年之後項美麗回憶道。所以項美麗在《紐約客》上發表的第一篇文章，也正是一封寫給姊姊的家書。她在信中描繪與一位社交名媛共進午餐的情景，活靈活現。被她姊夫看到，將這封信略去稱呼落款，寄給《紐約客》主編哈羅爾德・羅斯。羅斯看了大爲讚賞，不僅發表了這篇文章，還約見她本人。從此開始了她與《紐約客》長達六十七年的關係。

吳爾芙說桃樂絲若生於十九世紀，可能不只是一位書信體作家，她會寫出許多部小說。這話過了一個世紀，竟然在項美麗身上得到證實。項美麗可以說是二十世紀的桃樂絲，由於時代不同了，婦女寫作已大行其市。項美麗得以打破書信體的樊籬，在多種寫作體裁中大展拳腳。她的五十二部作品，包括小說、散文、傳記、回憶錄、紀實小說、詩歌、歷史、遊記，甚至烹調指導、寫作指南等等各種體裁。

我讀著這些書，不時地爲我們這些現代讀者、也爲她自己捏著把汗，想想看，若是沒有這麼個酷愛冒險獵奇的美國女子，若是這女子沒失戀，失戀時她沒想到去非洲，若是去了非洲她沒遭到挫折回到美國，在美國她沒陷入另一場熱戀，於是在一個百無聊賴的下午和她姊姊海倫突發奇想，要去上海度假，而在上海，她沒在她正好想離開時，遇見了她夢中的白馬王子……而這一切的一切中，最主要的，要是她沒有這種寫作的愛好和天才，我們就會對那個年代的上海，少掉一塊多麼有趣的觀察視野；而她自己的人生，也會留下多少疑點和懸念，任憑那些信口開河的研究者，憑著自己庸俗的想像任意發揮。又會有多少歷史冤假錯案，要發酵、衍生、流傳，誤導千秋萬代的讀者。

我想說的是，有兩種作家，一種作家是賈西亞・馬奎斯、納博可夫那樣的作家，他們是魔術師。世界只不過是他們耍弄魔術的舞台，而他人甚至他們自己的故事，都是那根魔術師的小棍，不必多加注意。應當細加考察的是他們玩弄小棍和其他道具的方法。一種作家是項美麗這樣的作家，我把法國的薩德、英國的奧斯汀、王爾德，美國的傑克・倫敦，都歸於這類作家。寫作是他們生活的體現，所以往往比他們的作品更精彩。研究他們的作品也就是研究他們的人生；反之，研究他們的人生也就理解了他們的作品。這兩個方面互相滲透，以至於混爲一體。

換句話說，當我開始追尋項美麗的上海之旅時所抱的動機，與我後來所達到的目標，相距何其遙遠。以至於當我讀過了大量有關資料開始動筆時，我差不多忘記了寫這本書的原始動機：是想寫一部傳記，還是想翻出一段愛情傳奇？而且寫著寫著，我的步伐不斷偏移，有點像醉鬼，搖擺飄忽。而筆下所流出的成品，就變成了無法定形的一種東西，介於傳記、小說、紀實文學、翻譯作品之間的某種怪胎。引文壓倒原創，注釋蓋過正文，而最後，我發現我站在一面鏡子面前，鏡中人物，時高時矮，時胖時瘦，時近時遠，時動時靜，難道，這是一面哈哈鏡？不，這是一個永遠敢於面對自己、保持自我的眞正的人。

項美麗的丈夫查爾斯在向她表白愛情時道：「米奇，你知道我最喜歡你的是什麼嗎？你有勇氣。」

我相信查爾斯說這話時，不只想到這位弱女子在面對自然界和社會的災難時那種一往無前的勇氣，還想到她的道德勇氣。她敢於向人人說是的規條說「不」，她即使置身於千萬人爲之癲狂迷信的潮流之中，也保持頭腦的清醒，站穩自己的腳步。她不只是敢於朝「沒人說別去」的路上走，就是人人都說別去，只要她認定了那是一條探求眞相之路，不管那條路多麼艱難，她也要去走一走。

·第2章·

不想回家的女孩

一九四三年，艾米麗在香港被列入美國提交日本的難民名單，有機會被遣返回美國。當她接受日方審查時，那位日本軍官橫山反反覆覆問她同一個問題：爲何在上海嫁了個中國人，卻又跑到香港跟個英國人生了個私生子？對這一問題，艾米麗百般迴避，終於氣急敗壞，衝口而出：

「因爲我是個壞女孩。」

這時：

一陣長時間沉寂後，我頹然倒在椅子上。但橫山先生的一句話有如電擊，讓我身子一挺，重又坐直。不，他說，「你不是壞女孩，你是好女孩，現在你可以回家了。」

艾米麗是好女孩還是壞女孩？的確，用傳統觀念無法評斷。肯恩的傳記中說她一生行事的法則就是專往常人不去、且「沒人說別去」的地方走，向傳統觀念挑戰，對大眾認同的規則說不。按傳統觀念衡量，她是壞女孩。可是，爲何跟她交往過的幾乎所有男人，包括被她甩掉和甩掉她的情人，都跟那個日本人橫山一樣，認爲她是個好女孩呢？

艾米麗出生在一個恪守傳統道德的德國移民家庭，父母都是猶太人。父親伊薩克・哈恩是個推銷員，他長年出差在外，辛勤工作，養活妻子和六個孩子。伊薩克雖遠非慈父，但卻是個負責的丈夫和父親。只要他在家，便一絲不苟履行父親職責。據艾米麗後來回憶，父親永遠閉著眼睛躺在家中客廳的沙發上，那是家人出出進進的一道關口。他看上去好像是睡著了。

我總是希望他眞的睡著了，我踮著腳，小心翼翼地從旁走過，儘量避開藍地毯下的那塊會發出吱吱聲響的木板。有時我已經走過那沙發好遠了，自信已到達安全區，但是：

「桃莉！」我父親叫道，睜開了眼睛。他管他所有的女兒都叫桃莉。

伊薩克共有五個女兒。大女兒名叫桃樂絲，暱稱桃莉，倒數第二個女兒便是艾米麗，也就是後來的項美麗。（由於項美麗是她的中國情人邵洵美給她起的中國名字，所以，本書在她未起這個名字之前，都以她的美國名字艾米麗相稱。）

哈恩全家福，約 1917 年攝（後排左起：海倫、羅絲、米奇，前排左起：道芬、伊薩克、桃樂絲、漢娜、美諾）

在這個家庭中，父親和母親控制子女的所有行動，以確保他們不超越常規生活的軌道。家中甚至都不許提起「性」這個字眼。但這仍擋不住艾米麗時有驚人之舉，令全家人目瞪口呆。十五歲那年，艾米麗就曾離家出走。多年之後，當她跟丈夫查爾斯・鮑克瑟談到這次出走時，

> 查爾斯說：「你身上一定有什麼地方出了錯，那時代通常女孩子是不會離家出走的。」
>
> 「正常的女孩子是不會。」我不無傲氣地道。

我們應當特別注意「傲氣」這個詞。的確，艾米麗一生都以她的反

叛行爲自傲，不管那些行爲讓她付出多麼慘痛的代價，她提起來時臉上的表情，都可用我們今天常常用到的一個詞來形容，叫做「無悔今生」。不過，提起十五歲那年的第一次離家出走，她也承認：「我或許眞的是出了毛病。」

因爲根本就沒有出走的直接理由。多年以後，回憶起那次出走，她只能說，也許是受到一本名叫《叢林之書》的讀物影響。那本書的主人公是個流落於大自然的漂泊者。當他長大成人見到自己父母時，已爲父母所遺忘。

我想我也曾是個漂遊者，或我想要成爲那樣的人。大衛・考勃菲爾離家出走了。狄更斯筆下的許多孩子都有漂泊的本能。至少我可以確定小娜莉便是這樣的人。雖然她後來有點後悔跟祖父離家出走，但我能感到她身上有一種潛在的熱望，對於大路的熱望。當然我的出走，也不只是受到狄更斯的人物影響，我也跟著哈克貝利・費恩在密西西比河下游漂流，也跟著湯姆・索亞一道迷路，四處航行，走遍全世界，結識各種人物，好逃離沉悶的家。

一言以蔽之，出走的唯一理由是離家的願望。家可以提供安全與穩定的感覺，但卻因日日如是而沉悶無聊，而艾米麗嚮往的是變化，是刺激，正如二十一世紀反叛青年所標榜的：嚇死好過悶死。所以在某個星期五的早上，艾米麗離家去上學時，偷偷倒空自己的儲錢罐。下午放學時，她突然對一位同學貝斯蒂說：

「你不是曾經邀我上你家住幾天嗎？要是你願意，我今天就可以去。」

貝斯蒂說她很願意，兩個女孩就一塊回了貝斯蒂的家。貝斯蒂的家也在同一個城市。只不過離艾米麗家有段距離。所以這次出走其實不能算是一次眞正的出走。事實上，它只持續了一天，第二天早上，艾米麗的母親打電話給貝斯蒂的母親，確認女兒是在這兒之後，她要求女兒接聽電話，於是：

我拿起電話說：「哈囉！」

母親沒浪費時間跟我說「哈囉」，她的聲音平靜而沉重，「好吧，」她說：「我只希望你開心，你有你的想法。可我爲你擔心了一整夜，都快病了。後來是道芬妮想到了貝斯蒂。」

爲貝斯蒂著想，我故作輕鬆地說：「是嗎？」

「馬上回家。」母親命令道。

我說：「好吧。」

這回我沒拿貝斯蒂當擋箭牌了。我沒理由不回家。母親說得對。我這是逃家。但我有我的想法。

艾米麗的想法是什麼呢？用美國詩人惠特曼〈大路之歌〉的開頭幾句大概可以概括，肯恩的傳記將之作爲他這本書的題詞：

我輕鬆愉快地走上大路
我健康，我自由，整個世界展開在我面前
漫長的黃土路可引我到我想去的地方。

「艾米麗是那種眞正嚮往自由的人，她永遠要過她自己想要過的生活。」艾米麗的侄兒格裏格·道遜在她去世以後這樣評說。這種自由奔放的天性，在她十五歲時就以如此強烈的形式表現出來，之後一直主導著她生活的軌跡。也許我們無法判定她是好女孩還是壞女孩，但無可否認，她是個不想回家的女孩。她的生活之路，本來跟她同時代很多像她一樣出身小康之家的女孩一樣，是一條平滑順暢的直線：上大學，找工作，嫁爲人婦，生兒育女；然後兒孫繞膝，安度晚年。艾米麗卻有著一顆哈利貝克·費恩不羈的心，每逢到了人生的十字路口，她都會作個出人意料的大轉折，從那條回家的路上逃離。而原因往往看似微不足道。

十七歲進大學時，艾米麗本來是想作個雕刻家或化學家的。一天，她偶然聽了一堂課，教授名叫路易斯·卡勒伯格，是一位極受學生歡迎的人物。艾米麗很喜歡他，決定要選修他的課。她去找化學系主任，但是：

可能那天早上系主任跟他老婆吵了架，或是他正在爲他的銀行帳單煩惱，或只是因爲那一刻他只想對人說不，以證明他是系主任。總之我相信他不是故意要用那種草率態度決定我一生的命運，但他的表現卻讓我有此感覺。「不行。」系主任粗魯地說，便轉過身去背對著我。

系主任說，化學系的學生不能選修卡勒伯格的課。只有工程系的學生才可以。他也許是實話實說，但他這種態度讓艾米麗感到受了侮辱，於是，「五秒鐘之內，我作出了決定，這個系主任在濫用職權。」這說做就做的女孩轉身就去了註冊處，要求轉到採礦工程系。可人家告訴她，這個系自從一九〇四年建系以來，從未招收過女生。

「爲什麼？」艾米麗問。

「因爲女人在採礦行業找不到工作。」

「我不介意。」

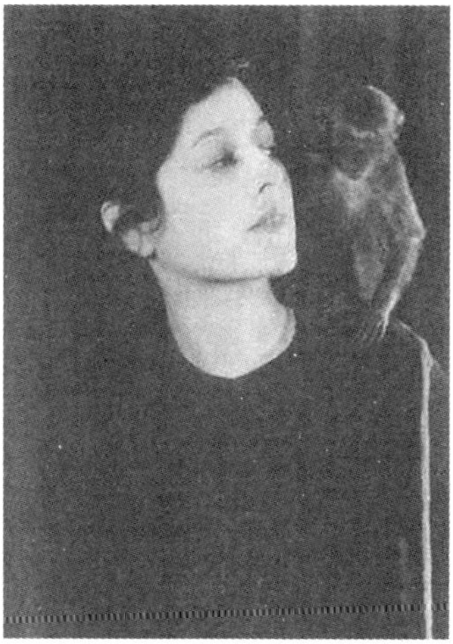

米奇和她的猴子龐克，1929 年初攝。

「你拿不到學位的。」採礦工程系的教授道。

這一招也許能嚇退別的女孩，但對艾米麗這樣的女孩不僅無效，反而變成了激將法。這一來，本來還想修完了想修的課程就轉系的艾米麗，當下決定，不作雕刻家了，也不作化學家了，就作採礦工程師。

艾米麗也眞的當上了採礦工程師，她不僅拿到了工程系學士學位，成了該校工程系第一位女學士。而且大學一畢業，馬上就在家鄉聖路易斯的一家礦冶公司找到了工作。那是艾米麗一生中過得最有規律的一段日子，她每天在同樣的時間起床，同樣的時間搭公車上班，去到同樣的辦公室，做著同樣的工作，當然，每天看到的，也是同樣的一些人。然後在同樣的時間吃晚飯，上床。看來她的一生就會要如此這般地度過，日復一日，周復一周，年復一年。流浪的哈利貝克・費恩被闊寡婦收養，從此衣食無憂，可是，他仍然時不時偷望著窗外的大路，蠢蠢欲動。而變成了白領的艾米麗，在她的辦公桌後剛坐滿一年，也沉不住氣了。她那顆哈利貝克式的心，讓她注意到報紙上的一則消息，那是她的人生再次發生一百八十度轉彎的契機。

這一天是一九二七年五月二十日，那一天，二十六歲的美國飛行員查爾斯・林白站在紐約長島的羅斯福機場，他將完成一次劃時代的壯舉，獨自駕駛一架飛機不著陸地飛越大西洋。在熱切關注著他這次飛行的全球公眾中，有個女孩的目光不同尋常，她在林白的成敗中押下了她一生的命運。這就是二十二歲的艾米麗・哈恩。艾米麗是林白的熱烈崇拜者。巧的是，林白駕著飛越大西洋的那架飛機，正是由她家鄉聖路易斯城商人捐助，因而命名爲「聖路易斯精神號」。誰說這名字不是對艾米麗未來命運的一種昭示呢？艾米麗對自己的那份工作已經厭煩透了，十五歲時令她離家出走的那種衝動，又再度攪得她日夜難寧，她看著有關林白的那條消息，對自己說：如果林白能安全在巴黎布爾歇（Le Bourget）機場著陸，就辭職；如果林白失敗，就只好認命，把這份工打下去。

五月二十二日是個陽光燦爛的星期天，一大早，艾米麗就跑到街角雜貨店買報。她打開報紙的頭版頭條，一行大字標題赫然入目：

林白做到了！

艾米麗像個孩子似地哭了起來。她當即決定辭職追求自己的夢想。雖然這夢想到底是什麼，她還不清楚。但她清楚的只有一點：永不再過這種朝九晚五的生活！

那以後，艾米麗把日子過得正像一場「流動的饗宴」，一如海明威那本巴黎回憶錄的書名。而且，也跟海明威早年的巴黎生活一樣，日子雖然過得緊緊巴巴，吃了上頓沒下頓的時候也是有的。但無論她缺少什麼，卻不缺少的，就是浪漫。工作換了一個又一個，男朋友也交了一個又一個。她作過導遊、廣告代理、教師、公關節目演員，她從沒打算把哪份工作當成終生職業，正如她從沒打算嫁作人婦。所有這些經歷，都只是那在遠方向她召喚的朦朧夢想之序曲。她學會了吸菸，喝酒，跳舞，派對一個接著一個。

「我簡直過得無憂無慮。」多年以後她回憶這段日子時，這

派屈克・布特南的護照相片，1933 年攝

左：艾米麗・哈恩和孤兒馬托波，1931 年攝於南非朋其（Penge）
右：米奇在搭乘「布拉薩」號往非洲途中，與法國士兵合影，1930 年 1 月攝

樣說。儘管那是美國歷史中最爲慘澹的一段時光。一九二七年至一九二九年，是長達十多年的美國經濟大蕭條的開始期。就發生在一九二九年十月二十四日這個華爾街的「黑色星期四」，至今還令人們談虎色變。那一天，美國股市在連瀉五天之後，終於大崩盤。成千上萬的美國人，在一天之內失去了他們的終生積蓄，當午夜的鐘聲敲響時，已經有十一位金融家自殺身亡。但艾米麗似乎對那一切都茫無所覺茫然無知。「當時沒人對我說到那些情況，後來我也從未聽朋友們談起過它，我和我的朋友們仍然逍遙自在地過日子。這也許是因爲，股市崩盤所影響的那些人，都不屬於我們這個圈子。」艾米麗回憶道。

但也許是因爲沒有經歷那種困苦，對於她個人來說，倒正是發生轉機之時。一九二八年至一九二九年，她被一位名叫達菲・盧梭的作家雇用，作爲他的研究助理和女友，去了兩趟歐洲。她遊歷了巴黎、倫敦、羅馬、威尼斯、里斯本。在地中海的郵輪上，她遙望非洲的青山；在布魯塞爾，她認識了一位美國青年派屈克·布特南。此君是個人類學家，正在非洲四處遊蕩做考察，他向艾米麗講述了他在非洲剛果的傳奇式經歷。而此時的艾米麗，即將要踏上回美國的歸程。她心中煩惱，因爲「我越來越害怕回家」。家人和朋友越是催促她回家，她越是怕。她的確是個哈利貝克·費恩而不是湯姆·索亞。湯姆·索亞在外面玩累了就會想念他姨媽家的乾淨被單；哈利貝克·費恩卻不，他一想到收養他那位寡婦家的四堵牆就怕。艾米麗也一樣，她最怕的就是被納入常規生活的航道隨波逐流。所以派屈克的非洲這時就像迷霧中的一盞燈，尤其是他一再描述的「叢林、棕櫚樹、赤道陽光下靜靜流淌的大河」，這些事物早在六年之前就是她的夢想。那時她曾跟一個名叫多夢西的女孩，計畫著去非洲中部的基布湖。結果，她們只去成了本國的西部。可現在，這位派屈克卻向她發出邀請：「到剛果來看我吧！」他說。派屈克在非洲愛上了一個土著女孩，不久之後就要不顧家人反對，作爲紅十字會的工作人員重返非洲，去到剛果的原始叢林，跟他的黑

從河上望向朋其的景象
約 1932 年攝

情人相會並結婚。

「我一定會來的。」艾米麗對他、也是對自己說。

不過，這期間艾米麗生活中發生的最重要的事件，並非非洲之行，而是一九二九年夏天的那個下午，她與《紐約客》主編哈羅爾德．羅斯（Harold Ross）的會見。

·第3章·

《紐約客》美麗的客人

艾米麗的十二本中國書中，至少有三本的版權頁上注明：「本書的大部分文章曾在《紐約客》發表。」而她後來在非洲、在中國的傳奇經歷得以實現，也都跟她《紐約客》專欄作家的身分分不開。

一九三〇年在倫敦，當她爲湊不起五百英鎊去非洲的費用而一籌莫展時，是《紐約客》寄來了一百七十五英鎊預付稿酬，才使她得以成行。

一九三七至三九年在上海，她之所以能夠在霞飛路租下那套舒適的公寓，維持高水準的生活，相當部分的收入來自於《紐約客》給她的稿費。

一九四三年，當她從香港被日本占領軍遣送回紐約，發現她八十歲的老母漢娜也從聖路易斯老家趕來迎候，爲之出錢出力者，正是《紐約客》大股東兼主編哈羅爾德·羅斯（Harold

Ross）。他不僅支付漢娜的路費、酒店費，還親自帶領編輯來酒店看望她。他與艾米麗的這種雇主兼密友的關係，在他一九五一年去世以後，由他的三位繼任者一直延續下來。事實上，艾米麗與《紐約客》的關係一直延續到她去世，長達六十七年。她是《紐約客》資歷最長老的作者。《紐約客》爲她提供的那間寫作室，一直保持到她去世。所以，說項美麗的上海故事，不能不先談談《紐約客》。

《紐約客》一如它的刊名，最初的目標讀者和廣告商是二十六平方公里以內的曼哈頓島白領階層。起初不過是夫妻店，編輯只有羅斯和他太太珍妮，他倆出資兩萬美元，另一投資人拉歐爾・費雷茨曼（**Raoul Fleischmann**）出資兩萬五千美元。他是羅斯的撲克牌搭檔。

羅斯雄心勃勃，相信這份以都市雅文學爲號召的雜誌會在一大堆流行通俗雜誌中脫穎而出。一九二五年二月十九日，《紐約客》出了創刊號，一印就印了一萬五千冊。可是六個月後的八月號，印量直線下跌到二千七百冊。費雷茨曼急了，差點就要抽身走人，但羅斯堅定不移。他將讀者定位擴大到全國的中產階級，他認定這份紐約惟一的純文學雜誌能吸引全美國中產階層讀者的目光。無論如何，紐約是全美國大都市中心，它的知識階層所思所想、所愛所好，牽扯著全國知識階層的心。羅斯知道自己需要的是這樣一種稿件，它能敏銳把握當代都市生活的脈搏，又有相當的文學性，其風格機智幽默，趣味盎然。巧的是，正當此時，與他這種構思不謀而合，一份自來稿救了《紐約客》的命。

作者是位名叫艾麗恩・麥克基的無名之輩（她即是後來的艾文・柏林 **Irving Berlin** 夫人），

她投來的稿子文章標題是：〈我們爲何要去夜總會——一個白領少女的自述〉，這篇文章在《紐約客》一發表，就引起了普遍注目，《紐約客》該期刊物破天荒地暢銷，《紐約客》頓時成了城中話題。

就在此後不久，《紐約客》收到艾米麗的第一批投稿，它們的性質與麥克基的那篇來稿不謀而合。

艾米麗在《紐約客》發表的第一篇文章，題目是〈可愛的太太〉。那是她一大堆來稿中的一篇。這些稿子並非她本人投寄，代她投稿者是她姊夫米歇爾・道遜。米歇爾・道遜正屬於羅斯目標讀者群中的人物。他身居芝加哥，屬白領中產階層，愛好文學，趣味高雅。艾米麗後來常對人說起，當她第一次從芝加哥去紐約，臨上火車，米歇爾把一份《紐約客》塞給她道：「這是一份紐約出版的雜誌，很有意思。」她讀過了這份雜誌後，甚爲同意米歇爾的評價。

我前面已經提到，艾米麗酷愛寫信，而米歇爾和他太太、艾米麗的二姊羅絲便是她寫信的主要對象之一。米歇爾很欣賞艾米麗的信，越讀越覺得他這位小姨是個當作家的料。於是他留心尋找一份適合艾米麗寫作風格的雜誌，當他看到《紐約客》時，當即認定：就是它。他把艾米麗一九二七年芝加哥時期寫給他們的信刪去稱呼和問候語，寄了幾封給《紐約客》。希望它能像麥克基當年的來稿一樣，引起編輯注意。

他只成功了一半。這些稿子落到小說編輯凱瑟琳・安琪爾（Katharine Angell）手中。她被譽爲《紐約客》「智力的靈魂」，美國文學不少一流名家從她手下出山，其中包括約翰・厄普代克、約翰・奧哈拉、E.B.懷特（E.B.White）……懷特後來成了她的同事和丈夫。他那簡練優雅的文風引導出《紐約客》文章的主流風格，成爲美國當代散文的楷模。凱瑟琳非常喜歡艾米麗的這些書信式文稿，將之交給羅斯定奪，卻被羅斯否決。理由是「題材跟我們雜誌不搭軋。」不過，他跟凱瑟琳都同意：這位艾米麗・哈恩是個值得注意的作者。因此，一九二九年，當他們收到米歇爾寄來的第二批艾米麗書信時，便選出了其中一封發表。

〈可愛的太太〉一九二九年五月二十五日在《紐約客》發表。這是篇寫紐約生活的小文，五百五十字。內容是兩位女子泡咖啡館時的閒聊。兩位女子，一位是艾米麗本人，另一位隱去了姓名，據說是列斯麗・奈斯特，即是時尚雜誌《名利場》（*Vanity Fair*）的出版人卡特・奈斯特（Conde Nast）的同性戀妻子。

「你知道，」我突然說，「你嫁給他眞是太奇怪了。」

這是〈可愛的女人〉開篇第一句話。事實上，這篇文章發表之前，艾米麗已經在其他雜誌上發表過多篇文章，她的第一本書《誘惑與荒誕——誘惑原理與實踐》（*Seduction and Absurdum: The Principle and Practices of Seduction*）都快要出版了。她後來那種風趣優雅、輕鬆自然的寫作風格已經基本形成。不過，能在一般雜誌發表文章是一回事，在《紐約客》發表文章又是另一回事。即使是這樣一篇小文。

City Girl Feels Safer Alone in Gorilla Wilds

"A BIG CROCODILE WAS BATHING ON MY BEACH"
PST
"THE ONLY NATIVE WHO SAID ANYTHING OUT OF THE WAY TO ME HAD BEEN TO EUROPE"
EEK AUK EE
"I UNDERSTAND MONKEY TALK"
Miss EMILY HAHN
"A SNAKE GOT IN MY BED AND STUCK ITS TONGUE OUT AT ME"

Emily Hahn, 27, graduate mining engineer, believes an American woman can go anywhere in the world alone without molestation, if she conducts herself properly. Miss Hahn is just back in New York from a long stay in the pygmy country in Africa, where she was the only white woman; and is now preparing to go to the wilds of Indo-China. Some of her African impressions are pictured.

A composite Emily Hahn cartoon that appeared in a New York newspaper, August 14, 1933.

Courtesy Emily Hahn Estate

多幅描述艾米麗・哈恩非洲經歷的漫畫，刊登於 1933 年 8 月 14 日紐約的報紙一九二九年《紐約客》在美國知識界權威地位已經基本奠定。它是經濟大蕭條時期少數幾份印量保持穩定的雜誌。自從刊出麥克基來稿扭轉刊物銷售頹勢以後，刊物銷量就直線上升，到一九三五年，《紐約客》銷量已達十二萬五千份。這對於一份文學雜誌來說確實不同尋常。《紐約客》的大名已經家喻戶曉。看到自己的名字出現在這樣一份刊物上，艾米麗寫作熱情為之一振。她趕緊又寄了幾篇寫紐約公寓生活的文章過去。《紐約客》七月號和九月號連續發表了其中兩篇。分別是〈室友〉和〈陌生人〉。與第一篇一樣，故事都在兩位女子的對話中展開。艾米麗在這些文章中顯示了她三言兩語勾畫出人物性格的素描才能。尤其令羅斯驚歎的，是這位年輕作者把握都市生活脈搏的敏銳感覺。在〈陌生人〉中，那位流落在五光十色的繁華都市，找不到出路、看不清前途的女孩沉思：

你會覺得這城市也許將因人太多了而爆炸，你會覺得所有這些房子，也許要被這麼多的人，還有他們的叫賣聲，以及聖誕禮物什麼的給脹破。

這一類女孩，是大都市的陌生人。艾米麗用以下這個細節絕妙地勾畫出了這種都市陌生人的淒涼心態。兩位室友的對話被一陣電話鈴聲打斷，其中的一位道：

「你去聽呀！」她說，口氣仍然平板板的，「是你的電話，永遠都是你的電話。」

全文到此結束，乾淨利落，餘音卻是不絕如縷。

無怪乎羅斯發表了這篇小說之後，決定要見見它的作者。

於是，一九二九年夏天的某個日子，艾米麗出現在位於紐約第四十五街的一幢六層樓的古舊建築裡。她發現自己置身於一間色彩黯淡的辦公室，室內幾乎全無裝修，家具也跟這座樓房一樣古舊。因爲羅斯堅持所有的家具都買二手貨，一來價錢便宜，二來可體現《紐約客》獨特的風格。「我絕不要我們的編輯部看上去讓人想起《名利場》那種雜誌。」羅斯道。

艾米麗緊張得要命，一如所有去見名雜誌名編輯的新進作者，她膽怯地坐在椅子邊邊上，跟這位自己仰慕的大編輯討論她的作品，她「感到膝蓋在發抖，其實我大不必如此的，羅斯待我相當親切。」尤其是當他告訴她，他喜歡她的那些來稿時：

「年輕人年輕人，」羅斯說：「你有了不起的才能，你可以寫得比我所知道的任何其他作家更好，除了呂貝卡．威斯特。加油！」

艾米麗受寵若驚，臉上不禁漾開了笑容。呂貝卡．威斯特是她最爲崇拜的作家之一，她在英國作研究期間，已跟這位比自己大十三歲的英國女作家結成了好友。離開編輯部時，她興奮至極。不過，她還沒料到，從那一天開始，《紐約客》就跟她一生的命運密切相關。一九九三年，八十八歲的艾米麗與撰寫她自傳的肯恩會面時，提起她與羅斯多年的友誼，仍然滿懷深情。這友誼一直持續到一九五一年羅斯去世。她說，當她聽到他去世的消息，禁不住失聲痛哭。他不僅是她的編輯，還是她的導師、雇主和密友。一九三五年在上海，使得她決心放棄重返非洲的計畫、留在中國不走的，除了那位「有著希臘式高鼻子」的中國美男子，跟《紐約客》也不無關係。

·第4章·

開往中國的慢船

「上海？你要去那兒？」理髮師道，把另一個髮卷在我額頭上抖開。

這是艾米麗《我的中國》的開篇第一句話。對話時間是一九三五年三月，亦即艾米麗打算去上海作短期旅行之前的某日。那天，她去做頭髮，禁不住告訴理髮師，「我要去上海啦！」沒想到這位也給好萊塢明星做頭髮的理髮師，對她的話反應熱烈，一聲驚歎後，他發表評論道：

「上海是個可愛的地方，你在那裡會遇到些高尚人士，跟你在咱們這裡遇到的人一樣，就是說，都是些有頭有臉的人物。啊，你會玩得很開心！上海是個可愛的地方。」

另外，有位朋友告訴她，他有個熟人，「在上海嫁了俄國闊佬。」這資訊聽上去好像很神奇。

可艾米麗心想，「既然那地方能收容三萬歐洲猶太難民，爲何就不能造就俄國闊佬，並讓他娶個美國窮女孩作太太？不是嗎？上海是個創造奇蹟的城市。」無論如何，我在那裡看到的不會是四年來我看到的同一套東西，事情必須有變化，而上海一直都在變化。」艾米麗心想。

這時候的艾米麗，心情正處於最低潮。她年近三十，雖然已出版了四本書，成了《紐約客》的特約作家，可那些書反響都不大。而二十個月的非洲之行，實際上是一次失敗的冒險，她發現派屈克與土著少女的所謂浪漫愛情，其實只是這位有虐待狂傾向的白人男子一夫多妻制實驗之一例，令人噁心。所以在一次因派屈克虐妻而起的爭執之後，艾米麗憤而離去。而最糟糕的是，回到紐約，她生平第一次陷入了情網。對方是個有婦之夫，名叫艾迪．梅耶，是位劇作家，也爲好萊塢寫電影劇本。他年紀雖比她大十多歲，可不乏朝氣，風趣可愛。艾迪聲稱他的婚姻已成過去式，可是等到艾米麗跟他成了情人，他卻在回洛杉磯跟妻子見了一次面之後，由一名熱烈的情郎變成了一名言語充滿外交辭令的歸家

米奇於 1933 年曾與好萊塢電影劇本創作者、劇作家艾迪・梅耶有過一段轟轟烈烈的愛情，多年後，她懷疑道：「我究竟曾在他身上看到什麼？」

浪子，他東扯西拉地說了一大堆，結論卻不過是，他現在沒法決定任何事，他要求艾米麗等待。艾米麗的回答便是登上了一條去上海的輪船。旅伴是她二姊海倫。

可是，當輪船開動時，船長告訴這兩姊妹，船不去上海了，而是去橫濱。她倆的反應令他吃驚，這兩個美麗的女孩，都只是聳了聳肩膀，表示無所謂。海倫剛跟她丈夫吵了一大架，這次出門多少有點賭氣的成分；而艾米麗剛跟艾迪分手，只想走得遠遠的，越遠越好，「管它去哪兒，只要是個艾迪．梅耶去不了的地方就好。」艾米麗想。她一心只想擺脫失戀的痛苦記憶。五年以後，艾米麗在她第一部長篇小說《太陽的腳步》（*Steps of Sun*）中這樣描寫女主角桃樂絲起程赴上海之前的心情：

桃樂絲告誡自己，她要面對的現實是艱難的，近乎恐怖。她窺測他的臉色，揣摹著他會跟她說些什麼。他離她似乎那麼遠，狀甚尷尬。然後，在他們那間悶熱的屋子裡，當他們甩去身上的衣物，他遞給她一封信。這是他那美麗的妻子寫給他的，信上說她終於決定回到他身邊……

比爾回好萊塢去「好好清理一下思緒」，等了他兩星期後，桃樂絲知道，他已經作出了決定。當她的班機滑入洛杉磯附近的機場，比爾迎著她走過來時，她極力微笑：

「啊，別這麼怕我！可憐的愛人，我會走開的，我一定會。」

可是，當比爾載她離開機場，車子在一條簇新的大街穿過時，她再次感到怒不可遏，幾乎是下意識地，她說起貝蒂、他的妻子。

「別這麼說我老婆，」比爾衝她道，「我和我老婆並沒那種關係……」

「我老婆——我老婆——我老婆！爲什麼你就不能說她的名字？你不愛我。你說過你愛我，可你不愛我，你從來都沒愛過我。」

「但那次你在晚上十點拋下我，跟華倫出去了又是怎麼回事？」

於是那老一套爭吵又來了，他們互相抱怨，互相指責，互相揮舞著諸如此類的惡劣武器。這爭吵扼殺了他們關係中的每一點快樂，每一點美麗，且周而反復，惡性循環。

「你要去哪裡？」當他們經過白村的一間小店，比爾突然問。桃樂絲看見一條紅絲綢在一幅竹林圖旁邊一閃而過。

「嗯……日本。不，我想看的不是日本。中國。我要去中國。」

「中國太遠了！」比爾喃喃道，他看著反光鏡中的前方道路，心裡想的只是這條路。

「越遠越好！不是嗎？那我就不能回來糾纏你了，我就是要走得遠遠的……」

所以，當艾米麗聽說船不開往上海而是開往大阪，她們必須在橫濱等待幾個星期，才能乘另一艘船去上海時，她心裡反而一鬆，九年以後，她在《我的中國》中這樣寫道：

我根本就不在意中國，我對自己說，那地方沒勁。我只不過是跟海倫出來散散心，在我回非洲之前找個地方逛逛。正好，這倒是個好玩的地方——日本，我從書上對它有一知半解。這下倒可以把我從那個野蠻、喧囂的中國城市拉開，我一點也不了解那些中國人，也不在意他們。大家都不了解中國人，提到優雅的東方，大家知道的只有日本。中國花裡胡哨。中國是紅色和金色的龐然大物，那裡每樣東西都如此，我不喜歡它。去它的吧。

所以她們沒去深究船公司爲何要騙她們，「他們是想讓我們不得不到日本一遊呢，還是眞的必須要花這麼長的時間等待另外一條去上海的船。」對她們來說，兩件事有何區別？

何況，這趟航程很有趣。她倆甚至跟一位旅伴交了朋友，此人是個日美混血兒，名叫伊迪陳，艾米麗在《時與地》這本書中有篇文章專門寫他，篇名就叫〈伊迪陳〉。伊迪陳與艾米麗的友誼持續了三十多年，他成了兩姊妹此趟日本之行的顧問和導遊，他循循善誘，向她們介紹日本文化傳統和習俗，且熱情洋溢，領著她們去自己的老家——一個叫 Jijima 的地方一遊。關於這個地方，七十年代艾米麗回日本舊地重遊，特別去尋訪過：

我的遊伴對我的激動十分驚奇，他問道：「你以前來過日本？」

我說我來過，「很久以前，」我說，「跟幾個朋友一道，他們帶我去看祈願節，他們在 Jijima 有座可愛的房子。」

「你說什麼地方？」

「Jijima。」我重複。

他們顯得一臉茫然。我便把我記在筆記本上的這個地名拿給他們看，「這是個漁村，你們知道吧，在鎌倉附近。我說，」「大多日子裡，從屋子前面的窗戶可以望見富士山。」

「Jijima？」他們互相對望著，慢吞吞地說，語氣困惑。其中一位朝我轉過來，道：「日本這一地帶新建築特別多，所以一些邊界、村莊都消失了。不過，仍然，或許——」他轉向前座，問那位司機。但司機也說不知道 Jijima，他們都從未聽說過它。

難道那地方根本不存在？

有許多種可能。也許眞的是那地方太小，消失在新時代的建築群裡，是無數眾人遺忘的老地方之一；又也許，是艾米麗的日本記憶與中國記憶相比淡漠得多，因而在她心中都無意識地褪化爲朦朧的遠景，似有若無，襯托著那些鮮明得幾乎不眞實的中國記憶。

總而言之，在日本，她們停留了三星期。受到新朋友們友好的接待。要不是有個家族朋友在上海等著她們，她們還想待更長時間。海倫買好了六月十二日回紐約的船票，而艾米麗也想著早日回非洲繼續尋夢。派屈克一直在給她寫信，現在他請她回去，他告訴她，她在非洲領養的那個孤兒想念她，又說他自己和非洲的叢林需要她。於是一九三五年四月末，這兩姊妹在橫濱登上一艘破舊的小郵船，打算去上海見了朋友遊歷一番之後，就各奔前程。

小郵船名叫「浮華」號，那眞的是一艘「開往中國的慢船」。二十年代，美國歌手桑尼・羅林斯（Sonny Rollins）有一首爵士樂曲，名字就叫〈開往中國的慢船〉。他在歌裡這樣吟唱：

地球儀上黃色的中國，

今後我可能不會去那個地方，
那不是爲我而存在的中國。
雖然如此，
我仍會坐在海邊的石階上，
等待著空白的地平線，
可能會出現的開往中國的慢船。

七十年代，日本小說家村上春樹也許是被曲調裡那種淒迷浪漫的情調打動，拿它作了自己一部小說的書名。他也許不知道，早在三十多年以前，就有這麼一位美國女子，眞的就這樣登上一艘開往中國的慢船。恰如他這部小說書名暗示的那樣：慢船說是去中國，可它在大海上漂呀漂，它開往哪裡，對船上的乘客來說都一樣，哪裡都可以去，卻也許哪裡都去不成。

不過這艘名叫浮華的小船最後倒是眞的到達了目的地。兩個多星期後哈恩姊妹倆終於抵達上海。這趟航程對艾米麗來說卻沒多少趣味。跟從三藩市（舊金山）到橫濱之旅不同，這艘去中國的船旅客不多，除了她們姊妹，多年以後，想得起來的只有一位中國海關官員，一位法國伯爵和他的義大利妻子，還有一位看上去像法國人的波蘭人。「其他的我就不記得了，日子過得亂糟糟的。各人有各的忙，每個人都有自己趕忙的理由。」艾米麗在《我的中國》中回憶道。她就用這麼短短一句話帶過了這次航程。以後在她的多部著作中也沒怎麼提起過。鏡頭從日本一下子就切換到了中國，上海。

所以，艾米麗是在怎樣一種心境中看到上海在遠方的地平線上緩緩顯現？她第一眼看到上海時印象如何？我們不太清楚。在她的多部描寫中國的書中，不知是有意還是無意，都漏掉了這一段。她給《紐約客》發去的上海專稿裡，也沒有有關篇章和文字。

肯恩在他的傳記裡，寫到這個重要時刻，也只有以下短短一段：

她們的船駛進港口，插入那堆由二十多個國家的輪船和軍艦組成的船陣中，下船的乘客行列綿延數里。在她們身後，地平線那端，是藍色的太平洋。而在她們前面，是黃浦江和它岸邊的大地。

黃浦江上充塞著中國帆船，它們沿外灘一直伸展過去。外灘是上海一條河濱主要商業街。在這條街上，米奇和海倫看見一長列店鋪、西式公寓、和商業大廈，大廈裡有裝了空調機的大班辦公室。哈恩姊妹上了岸，她們頓時被捲進一個聲色犬馬的大萬花筒。

「在外灘的中午，人變成了蟲蟻，」一位英國作家哈羅爾德・阿克頓曾這樣寫道，「每天都是這樣……紅綠燈下各種車輛來來往往，它們對交通警察視若罔聞。」另一位作家也有類似的描寫：「有軌電車、無軌電車，猶如一個個活動房間，相映成趣，汽車和卡車……苦力們扛著體積驚人的貨包，還有二輪小貨車，車前有六到八名苦力，他們身背粗麻繩，拖車前行，黃包車……自行車、馬車、行人——綿延不絕。」

看來，肯恩也沒從艾米麗的書上找到有關回憶，我們看到，以上所引都是別人書裡的話。也許是因爲，初到貴地，艾米麗以爲這地方只不過是她人生的無數次派對之一場，稍縱即逝，所以沒有用心觀看。

而且，兩姊妹都太忙了，一下船，她們就被朋友接走，當天晚上就參加了一場派對。派對主人，就是那位在上海等著接待她們的家族朋友伯納汀妮·卓爾特─弗萊茨。她是當時上海風頭最健的大班太太。

·第 5 章·

大班

追溯「大班」（taipan）這個詞的來源，還得要從上個世紀初上海的十里洋場說起。英文中原無這樣一個詞，正如英文中原無 coolie（苦力）這個詞一樣。它們都是早期來上海的西方人根據中文發音創造的新詞。可以說是專有名詞，也可以說是術語，研究殖民文化的術語。我想如果放到今天的文化語境，大班是否會被譯作「買辦」或是「外資主管」，苦力會否被譯作「勞工」或「搬運工」呢？似乎不管怎麼譯，都不如「大班」和「苦力」這樣，體現出這些音譯新詞中透露的時代氣息和文化背景。當外資主管被譯作「大班」，我們便看到了對這種出現在二十世紀初上海新人物的兩個認識角度：中國人的角度和西方人的角度。色彩是中性的。夾雜著驚異和鄙薄的陌生感；也夾雜著得意與自嘲的傲然感，前者是中國的，後者是西方的。不過，無論中國人和西方人說到「大班」這個詞時各自有何言外之意，有一層意義卻是共通的，那就是，大班即是身在中國的、成功的西方商人。他們包括洋行董事、高級職員、股票經紀，當然更少不了工廠老闆、銀行總裁等等。

哈恩姊妹的朋友弗萊茨夫人便是這樣一位大班太太。這位夫人在芝加哥時是她們二姊羅絲的朋友，一位失意的離婚女子，她來上海嫁了位有錢的股票經紀人切斯特・弗萊茨。公關活動能力驚人的她，不久就成了上海大班太太們的首腦人物。

「大多來此地的美國訪客都手持一封給弗萊茨夫人的介紹信」，因為她是上海外國人社交界的中心人物。在《太陽的腳步》中，她的名字化成了瑪西婭。艾米麗這樣描寫她的出場：

瑪西婭身著一套晚裝，閃閃發光的裙裾拖在髒兮兮的地板上。在派對裡，她的微笑隨著她茶杯上的熱氣洋溢始終。瑪西婭很得意她能聚集這麼多的中國名流，把他們向哈恩姊妹展示。她也為自己能與這麼多本地名流自如交往而得意。「我來此地之前，」她喜孜孜地說，「沒人試圖與中國人社交。這些頭腦簡單、自鳴得意、傲慢自大的外國人想要裝得好像他們還待在英格蘭或法蘭西老家似的。而那些親切可愛的中國人也旁若無人地照樣過他們自己的日子，如此優雅，如此安逸……你會發現他們才是真正會生活的人。」

弗萊茨夫人有錢，也有藝術情趣，放到十八世紀的法國，她這種人物就會是一位文藝沙龍女主人。而事實上，弗萊茨夫人也把上海當成了十八世紀的巴黎，把自己當作文藝沙龍女主人，她每星期天晚上都開派對、搞舞會，「那是上海唯一能將西方人和中國人融為一場的派對。」弗萊茨夫人甚至還發起一個藝術組織，名叫國際藝術劇院。政府將之簡稱爲IAT。這位精力旺盛的大班太太不遺餘力，籲請城中名媛貴婦贊助她的劇院。所以，當艾米麗初到上海，作客她家時，就發現：

瑪西婭在家裡無時無處都在打電話，我一輩子沒見過那麼長的的電話分機拉線。她爲這個俱樂部慷慨解囊，殫精竭力，所耗費的體力財力，都夠組織和指揮一場小型戰役了。由於俱樂部理事會大多由美國人組成，美國女人對這個俱樂部比她們的歐洲姊妹更爲踴躍。不過，她也獲得了許多中國時髦女子的支援，參加俱樂部的還有法國女人、荷蘭女人、和俄羅斯女人。IAT組織音樂會、講座和討論會，還安排演出。她的音樂會是如此的成功，連俄國人和德國人都一起來參加。而辯論會的講題則五花八門，無奇不有。包括像「中國的生育控制」這樣的講題（二名天主教神父擔任嘉賓，效果轟動）。演出的效果也棒極了，特別是那場由全中國班底演出的《太太珍泉》（Lady Precious Stream）。

哈恩姊妹到達當天出席的派對，便是弗萊茨夫人著名的週末派對之一。它是中式晚餐會，大家圍坐在一張大桌子旁吃中餐，當晚出席者還有「一位法國伯爵和他的義大利妻子，一位入了法國籍的波蘭人，一位中國海關官員。」飯桌上，大家知道哈恩姊妹剛從美國來，便向她們打聽美國的新聞，他們的另一談資是中日紛爭。

三十年後，艾米麗這樣描述這次聚餐：

我對主人的舉止有點惱怒，她那樣隆重其事地安排，在我看來實在小題大作得可笑，怎麼！我暗自嘀咕，我們又不搞什麼慶典，不就是吃一頓飯嗎？女主人跟那位老闆，一本正經地就菜單做著冗長而令人不耐（對我來說）的討論。我越來越煩，越來越餓。眞不明白這些人對一頓飯怎麼會有這麼多話可說。好半天之後，菜單終於下達。我的惱怒又繼續了好一會，第一盤菜才終於來了。是一道肉片青菜湯。我試了一口，好吃極了。我驚異地等著其他人發出讚詞，但沒人這麼做。

也就是在這樣的一次週末派對上，她們被介紹給愛里斯・維克多・沙遜爵士。此人是當時上海最有勢力的大班，也是當時最富有的英國人之一。

「他是很特別的一位商人，又爽快又風趣。」半個多世紀後，艾米麗對她的傳記作者肯恩這樣談到他。維克多爵士出身于巴格達的一個猶太英國人家庭。他很有女人緣。這也許是因爲他極富活力，興趣廣泛。他是個游泳好手，網球和高爾夫球也打得很好，此外，他還喜歡跳舞、看戲和賭馬。不過，他最大的愛好還是攝影，尤愛人像攝影。三十年代上海社交界許多最美麗的中國女人都曾充當他的模特兒，在他的影集裡留下裸照。人們都說他是個「獵豔高手」。事實上，儘管他地位顯赫，名聲卻不佳。圍著他轉的人儘管眾多，但他們似乎各有所圖。「有些人覬覦他的錢財，有些人倚仗他的勢力」，不利他的傳聞很多，其中之一是：一九三一年他將他的生意從孟買轉到上海，是爲了逃英國政府的稅。有的人憎厭他則只因他是個猶太人，而且愛跟中國人交往。一九三七年在一封給母親的信中，艾米麗寫了這樣一個細節：

大多年輕人都不喜歡他。當他在酒吧出現時，他們就齊聲唱起這樣一句小調：「回巴格達去！回巴格達去！」

維克多爵士對於人們的議論滿不在乎。他還是我行我素，愛幹什麼就幹什麼。惹翻了他，他不怕讓人當場下不了台，「在他舉辦的一個派對，他曾將一瓶利口酒潑到一位英國客人光鮮的衣服上。」艾米麗回憶道。他曾主辦一個化裝舞會，客人們被要求化裝成各種卡通動物。維克多爵士本人則化裝成遊樂場主人，他搞了一個盛大入場式，由他領著那班卡通動物招搖過市，好不開心。

新來乍到的哈恩姊妹沒理由不喜歡這麼一位紳士，何況他們都是猶太人，何況她們又這麼美麗。維克多爵士不僅邀請哈恩姊妹參觀他的攝影室，還當即邀請艾米麗充當他的模特兒。而艾米麗也欣然首肯，因爲：

維克多爵士沒請海倫爲他作模特兒，雖然海倫一直在說「我想拍張好照片。」維克多爵士只是微笑著說：「你的眞人就夠美的了。」

艾米麗在海倫面前一直都有一種自卑感。因爲美麗的海倫從小使艾米麗感到相形見絀。海倫身後總是跟著好些追求者。後來以《內幕》系列名聞天下的美國作家約翰·根室，就曾是海倫的追求者之一。當他得知海倫有了正式男友，才開始追求艾米麗。像根室這樣追姊姊不成再追妹妹的海倫男友，在哈恩家裡不乏其人。可現在，這位英俊、富有、且情趣橫生的男人，竟然慧眼識珠，一下子就看中了妹妹艾米麗，怎不叫她引爲知己。

總而言之，無論從身世、性格、外貌上來看，艾米麗與維克多爵士都有理由相見恨晚一拍即合。他們的友誼持續到一九六一年維克多因心臟病去世。甚至有傳言說他們是情人。此說是否成立，沒有確鑿的證據。艾米麗在《我的中國》中有許多篇幅談到他，但其角色始終定位在好友與顧問之間。有趣的是，在這本書中，他與艾米麗的中國情人邵洵美在同一頁同一段出場亮相：

海倫走後，我的家信內容有了突變。我不再津津樂道於在會所裡的維克多爵士（維克多·沙遜爵士是本地一位百萬富翁）包廂看賽馬的時光，我爲衣著花費了一些時間。現在我的日子似乎過得更爲簡樸，雖然不太現實。我參觀中國的學校，出席免費講座。我採訪一些新的小工廠，撰寫有關報導。我還觀賞了一些俄國繪畫，我認爲它們大多都差勁極了。而所有這一切活動，都與我的中國朋友洵美有關。我已經在很多篇文章中寫到他，描述過他的形象——洵美是寫不盡的，他無所不在——這裡我不打算再次描寫他。我幾乎每天都看到他，早也好晚也好，大多是晚上。

維克多・沙遜爵士拍攝的哈恩姊妹側影（海倫和米奇），1935 年攝於上海

這裡我們看到，艾米麗以多麼熱情的筆調讓邵洵美亮相台前，而大名鼎鼎、富甲一方的維克多爵士則慘成括弧裡的一個注解式句子，一筆帶過。事實上，在這本回憶她中國歲月、篇幅長達四百二十四頁的書中，提到維克多的地方不過七處，倒有一百五十一頁以邵洵美作主角。其後還有九處提到他，處處都不乏深情。其實維克多爵士在她一生的許多關鍵時刻都曾是她的重要諮詢人。一九四一年，當艾米麗完成《宋氏三姊妹》的第一章，是維克多爵士而不是邵洵美充當書稿的第一讀者，艾米麗請他談談意見。維克多也毫不客氣，他直言不諱地道：

它太悶了，都快把我悶死了。幸而我讀的時候已經上床，要是坐在椅子上讀，我一定會坐著就睡著了。

這與人們後來對《宋氏三姊妹》的評價大相逕

庭。我自己讀過的一九八五年北京新華出版社中譯本，感覺此書寫宋氏三姊妹之父宋約翰奮鬥史的第一章，正是全書可讀性最強的章節之一。艾米麗很重視維克多爵士的意見，她馬上把這部分書稿推翻重來。這多少可以說明，維克多不只是跟艾米麗一起尋歡作樂的異性夥伴，也是一位年長的朋友和保護人。

有好幾本書都提到，維克多爵士爲艾米麗提供了一輛雪佛萊轎車。以今天社交界男女交往的遊戲規則來看，這麼一份貴重禮物一定代表他們之間有了情人關係。因此，這也成了人們推測他們是情人的重大證據之一。我相信此說來自於肯恩的艾米麗・哈恩傳，此書這樣提到這部轎車：

> 米奇與維克多爵士成了密友，從這一關係中他們各有所得。米奇這方面得到的是一些物質利益。其中之一是一輛閃閃發亮的藍色雪佛萊轎車，她用它來作周末旅行。維克多爵士這位金牌王老五得到的是一位迷人的、聰明的、單身美國女子玩伴。在當時的上海，這樣的女子眞是鳳毛麟角。

不過，艾米麗在一九三七年給母親的一封信中，這樣解說維克多爵士的慷慨大方，那年，她和一位女友陪著維克多爵士及其叔叔紐基，有一次香港之遊，他們住在豪華的香港大酒店，跳舞，賭馬：

維克多爵士是世界上最好的男人，他送我禮物總是找各種理由，以讓我受之無愧，他對接受他禮物的人都這樣，因爲他是世界上最闊的人。

不像洛克菲勒先生，維克多先生似乎喜歡如此這般大灑金錢。我告誡自己不要養成靠他幫忙的習慣，這樣比較安全。

在《我的中國》中，艾米麗也曾提到維克多先生送的那輛汽車，當時，她要開著它去見路過上海的一位日本男性友人：

……我在我的車裡往他的酒店打電話。

提到車，我剛得到一輛，我以前的是輛閃閃發亮的藍色雪佛萊。維克多爵士把它給了我。他讓我選用這類型的車。我和朋友爲買一種什麼類型的車爭了很久，一輛小型莫里斯還是芝佛？前者貴一些，後者則較爲耗油。最後我們選定了芝佛，因爲它可以坐更多人。而且長途旅行時較舒服……我爲這部新車驕傲，可我不會開它。維克多爵士堅持要我在買這部車之前學會開車。

這部車就是艾米麗後來用以幫了邵洵美和他的朋友們多次忙的那部車。那時日本人已占領上海，艾米麗因其美國人身分有較大的活動自由。她用那輛車幫邵洵美載人運書。由於邵的親友眾多，要辦的事也五花八門，層出不窮，所以對車的最重要要求就是「可以坐更多人」，容積夠

維克多·沙遜爵士與幾位「愛慕者」合影，1936 年攝於上海

大。當她買部新車時，已經從維克多的社交圈轉到了邵洵美的社交圈，自然從邵洵美的角度考慮問題。

還有個細節可說明維克多與艾米麗的關係究竟如何。艾米麗在她的多本書中，從不隱諱她與邵洵美以及之前之後其他情人的關係。她也毫不隱諱地寫到她與查爾斯未婚生女的經過，可是維克多爵士在她的書中從來都以好友和保護人的身分出現。在她那本專寫她與邵之戀情的小說《太陽的腳步》中，根本沒有維克多爵士的影子。女主角後來跟男主角孫雲龍分手，去找了一位英國海軍作男友。這位男友在現實生活中也是眞有其人。在《我的中國》和《時與地》中，對他都有多處描寫。所以她沒有理由隱瞞維克多爵士的情人身分。在《我的中國》中，關於維克多，最接近情人身分的一處描寫是，當艾米麗與洵美開始交往時，弗萊茨夫人曾提醒她道：「你跟洵美來往太密切了，連維克多爵士都有點妒嫉了。」從那個「連」字看，倒有點像是個反證。

無論如何，我們可以看到，即算維克多爵士曾經是她的情人，在她成了邵洵美的情人之後，其情人角色也讓位於其他角色了。在艾米麗的生活中，維克多爵士充其量也只是一個色點，而邵洵美則是左右她生活的一個光球，不是太陽，也算一顆大星星，光彩照人，璀璨奪目，自從出現在她的星空，從未隕落。而在一九三五年那個多事之秋，當這位失意的三十歲美國女子眼看就要逃離上海，再奔非洲，是這顆大星星的出現，改變了她的命運。

·第6章·

一見鍾情

桃樂絲旁邊坐著兩個中國人。他們在低語、輕笑。她的目光漫不經心地停留在他們的褐色中式長袍上。

其中一人突地轉過身來，動作有點神經質，他還沒來得及抓住她的目光，她已及時避開。驚鴻一瞥之間，桃樂絲怔住了：這張面孔是如此的俊美！而且多麼奇怪，這雙眼睛似曾相識，難道她曾在哪裡看到過這樣一雙眼睛？驚異之中，桃樂絲瞠視著雲龍。

「我相信大家都很高興見到教授大駕光臨——」瑪西婭在講台上大聲道出開場白。瑪西婭的聲音打破了她的神思。桃樂絲於是正襟危坐，神色恍惚，試圖讓自己專心聽講。

雲龍也把注意力集中到講台上，眉目中泛出幾絲戲謔似的笑意。有意無意地，他時不時瞟一眼旁邊那個外國女孩，但她已不再偷眼看他。於是他把他那雙精緻的手平放到膝上，像一個乖學生，一本正經。專心聽講。

艾米麗在她出版於一九四〇年的這本小說中這樣描寫女主角與男主角在一次講演會上的初次邂逅。時間、地點和氛圍都與她跟邵洵美的初次相遇大致吻合，她甚至沒給男主角虛構一個假名，雲龍，正是邵洵美的原名。邵家六兄弟都是「雲」字派輩。他們依序叫雲龍、雲鵬、雲駿、雲騏、雲麟、雲驤。小說中邵雲龍只被改了個姓：叫了孫雲龍。也許是因爲對邵洵美的記憶太刻骨銘心，在艾米麗所有的書中，邵洵美都以眞名或幾乎以眞名出現。《太陽的腳步》中，他是孫雲龍（這個「孫」姓的杜撰，考察起來也頗有意思，「孫」的英文譯音 Sun，翻譯成中文正是「太陽」，所以書名也可譯作《孫的腳步》。）在《潘先生》和《時與地》中，他是「潘海文」——是邵在英文雜誌發表文章的筆名 Heaven Pen 的中文音譯。而在《我的中國》中，他乾脆以邵洵美的眞名出現。

與眞實稍有差異的只是個別細節，比如眞實情況是，當艾米麗在弗萊茨夫人的國際藝術劇院初見邵洵美時，她的身邊還坐著姊姊海倫。這類細節無關大局，即使在散文寫作中也常因剪裁之類的考慮被略去。關鍵之處在於，艾米麗在公眾場合第一次注意到邵洵美，還只是一個外國女子對一位異國美男子的自然反應，正如當時上海不少西方女子對邵洵美的感覺一樣，沒有特別意義。也許因此，在《我的中國》中，她不談這次會面。但也許，這又是因爲《我的中國》出版於一九四四年，那時她已愛上了英國軍官鮑克瑟，並跟他生了個女兒卡蘿拉，正在美國苦候鮑克瑟從日本人的香港戰俘營歸來結婚。她得照顧到鮑克瑟的感覺。所以她不僅不提那次初遇，且將對邵的外貌描寫一筆帶過：「這裡我不打算描述他的形象了。」並且只用略略幾筆提到他的奇特之處。

可是在小說裡她就可以信馬由韁，無拘無束了，何況，寫那部小說時，她正在與邵分手的痛楚之中煎熬。那一年，一九三九年她爲撰寫《宋氏三姊妹》，獨自在香港與重慶之間穿梭，而邵洵美卻選擇留在上海。五年苦戀，只成一夢，邵洵美終於在妻子與情人之中選擇了前者。可憐的艾米麗，又被打回原形，回到五年前她來中國時的處境。那時她的美國情人艾迪，也是在跟她熱戀一場後回到妻子的懷抱。不過，這一次她愛得更深，因此也傷得更重。好在她是個作家，自有她擺脫困境的辦法。那就是把痛苦化爲文字，讓讀者跟她分擔。

我不能說艾米麗是個優秀的小說家，我覺得她的遊記散文更能體現她的性格，揮灑她那獨具一格的靈氣。她的小說則好像是那些散文作品的延伸，但跟其他作家于自己的散文小說之關係正好相反，如果說在其他作家那裡，散文是實線，小說是從那實線之後延伸出的虛線；艾米麗的小說，卻是從她那些虛線散文延伸出的實線。它們補散文之缺失，道散文之不能道；卻缺乏小說最獨特的美感，寓現實於虛幻之中。換句話說，她缺少的是小說家獨特的才能——虛構的才能。不過，也許艾米麗根本沒打算作個小說家，正如她也從未刻意當個作家。她寫小說，正如她寫別的文章，只是她表達自己的另一方式，比之散文便爲直接直露、因而也更方便的一種方式。我不是說，她在散文中時有躲閃之處是在自我保護，事實上，與其說她要保護自己，不如說她想保護別人。所以，凡是她在散文中要爲所愛者、所親者、所友者，甚至所怨者諱之處，在小說中都隨心所欲，直抒胸臆。反而更能直擊事實眞相。無怪乎肯恩在他的傳記中，乾脆就把她的小說與自傳混爲一談，引爲直接論證。

這樣，在她的散文中看不到或看不清的東西，我們不妨到她的小說中找。許多文章和回憶都提到，艾米麗與邵洵美在國際藝術劇院失之交臂式地一見之後，令他們一見鍾情的相遇，發生在一次晚宴。那是弗萊茨夫人無數次聚宴的一場。那些描述的斷續點和空白之處，也許可被《太陽的腳步》如下的描寫填補。那一天，焦慮煩悶的桃樂絲，告訴瑪西婭說她只想快快離開中國，瑪西婭卻道：

「我不知道你爲什麼一定要離開中國。」

「我不喜歡中國。」

「但你不能一味地這樣生活下去，不能一味地旅行，旅行。」

「我知道。我就快要安定下來了。不過不是定在中國，感謝上帝！」

「……爲什麼你不就在這兒安定下來，找個工作嫁個人？」

桃樂絲緩緩地對她的朋友露出一個惱怒的苦笑：「可你在這地方只能看到些浪蕩鬼……好吧，你給我找個丈夫。三十五歲左右，不太窮，規規矩矩在會所打發他的大部分時間。最好是個英國人。」

「我們會找到這麼個人的。不過你得在這裡多待會兒，給我一點時間。快來吧，到吃飯時間了。他們在等我們。」

「是英國人？」桃樂絲期盼地問。

「不，傻瓜，是中國人。」

桃樂絲吐了下舌頭，嘟噥道：「浪費時間。」

「嗨，來吧，」瑪西婭說，臉有點紅，「你至少先看看他們，再下判斷。」

「親愛的，是他！」她們一進門，桃樂絲就拍了瑪西婭一下。

「誰？噢，那是雲龍。之前你見過他了？」

「在講座上。你沒對我說你認識他。他長得眞像一幅畫似的！」

「好，來見見他。他很有魅力。」

「可我不是畫家。」

瑪西婭引她向那一群正在談笑風生的眼鏡黨走去。桃

十分上相的邵洵美，約攝於 1935 年

樂絲看到，譚君富也在那兒。還有幾張她一時說不出名字的熟面孔。在這麼一群小青年中看到雲龍，眞出人意外！瑪西婭容光煥發地向他招呼：

「你眞要不得，雲龍，你就從來不會來看看我。我有好多劇院裡的事情要請教你呢！」

他優雅地頓了頓，才吐出句英語，發音溫和柔軟：「你忙著你那會所，我怕打擾你。」他一邊說著，一邊從瑪西婭肩上望向桃樂絲，那目光坦率、愉悅，似乎認出了她。他的手羞怯地動了一下，當他們開始搭話之前，桃樂絲甚至沒法確定，這羞怯是否只是一種作態。因有瑪西婭在場，他們一時說不上話。桃樂絲感到一種從未有過的興奮。她終於在這黯淡的城市夜生活裡發現了一點溫柔，頓時，她光彩照人，目光像那些出席詩講座的太太們一樣閃閃發光。

桃樂絲在他那一桌找到一個空位，這又是一個意外。他是個常常出沒於闊太太客廳中的那類青年嗎？或者是隻妝點沙龍、活躍酒會的柔順小貓？也許，他是一位中國哲人，那麼他在想些什麼？但也許她的推斷太草率，他看上去是這樣特別。她甚至不能斷定，他是不是個青年？每個人都告訴她，無法跟中國人談話，就算你在中國住得夠久、有機會跟他們個別交談也是一樣。他們說起話來都傻呼呼的，每個人看上去都一模一樣……能這麼看待他嗎？他就坐在她左邊，等著她引出話題。

「你看上去誰也不像。」桃樂絲小心翼翼地開始說道，「我認出你來一點不難，那位是譚博士，那位是徐先生。」

「一點不錯。」他天眞地瞪大了眼睛，「不過，我分辨外國人卻很難，沒認識他們時，他們看上去全都一個樣。」

這時一盤白切肉端到了他們面前，瑪西婭招呼他，然後桌上的談話就變成了中文，兩個外國女子插不上話。桃樂絲百無聊賴，她慢呑呑品嘗著那盤冷菜，環顧著牆上的畫。那些畫粗糙、笨拙、線條簡單，畫著些山峰和飛鳥。她覺得又沉悶又孤獨。談話怪怪的，氛圍也怪怪的，食物神祕莫測，而且好像沒完沒了。該死的瑪西婭和她的文化策劃！怎麼好呀！——談話又轉成英文了嗎？

「我們正在談書法。」雲龍突然道，「我正在說，我爲我的書法得意。你在學中文嗎？」

「我？天哪，沒有。爲什麼你會這麼想？」

「很多外國人都學中文。我在講座看見你時，好像你很有興趣的樣子，所以我這麼想。」

「中文不是很難嗎？讓我看看你寫字，可以嗎？」

他笑了笑，叫一位侍應拿來了一個硯臺和幾支毛筆，然後拿來一小張灰白色的紙，鋪開在旁邊一張寫字桌上，他揮毫寫了幾個字。那些字看上去漂亮、優雅，其他那些中國人把她當成一位鑒賞者了，於是每個人都拿起筆來，寫一個字給她看。

「瑪西婭，你會寫嗎？」桃樂絲問。

「我，天哪，我可不會。」

「可你在這兒住了這麼久呢！」

瑪西婭有點尷尬，悻悻地道：「親愛的，你自己才應當學學這個。他們說眞正的漢學家都是瘋子。」

「孫先生，我的名字中文怎樣翻譯？你能寫給我看看嗎？」

「我們得拼拼看。」雲龍說。接著是一段長長的討論，用的語言是上海話。顯然，她的名字不好譯。不過他們終於有了結論，雲龍握住她的手，引導她端端正正寫下了這三個字：都來看（Doh-lah-see）。

於是大家一齊舉杯慶賀。

對於我們的故事，這也是值得舉杯的一件事，因爲從這裡開始，一個新人誕生了：艾米麗從此變成了項美麗。正如小說中所描述的一樣，是邵洵美給艾米麗起了這個巧妙的中國名。到底是中國詩人，「項美麗」比起「都來看」，無論發音還是意義都要漂亮得多。在中國現代文學史上，這個名字從此伴隨著邵洵美。隨著他的沉浮而沉浮，隨著他的傳奇而傳奇。

不過項美麗畢竟是艾米麗・哈恩，一位特立獨行的美國女作家，她除了在玩弄中文文字方面比邵洵美稍遜風騷，其他很多方面的光芒，都令他望塵莫及。即使是陷入了情網，也還是女中豪傑。她有她的故事，她有她的傳奇。在邵洵美的傳奇中，她是一顆流星，在他的天空一閃而過；而在她的傳奇中，邵洵美是顆明星，在她的天空中，與其他明星交相輝映，烘托出她的輝煌。

·第7章·

陷入情網

關於項美麗一九三五年決定留在中國不走的原因，流傳著多種說法。其中最爲荒誕的一種是說她爲了寫一部關於宋氏三姊妹的書而來中國。這顯然出自那些中國沙文主義者想當然的杜撰。事實上項美麗來中國之前，連宋氏三姊妹何許人也都搞不清楚。雖然她周遊世界，行走四方，但她對中國的知識，與她那年代一般西方人也差不多。而且前面我們看到，中國給她的第一印象很差勁。即便是在《字林西報》謀到了一份工作，她也時刻都打算執起包袱走路。最重要的是，她從來不關心政治，朋友中也很少政治人物。所以她連二三十年代美國經濟大蕭條這樣的大事都雲裡霧裡。

肯恩那本傳記也寫到項美麗決定留在中國的原因，他說其中一個原因是：

> 在紐約，米奇是位失業寫作人，身無分文，更兼芳心破碎，前路茫茫。在上海就不同了。在這裡她變成了一個人物，感覺良好。在外國人圈子裡，她那自由活潑的天性不受限制。更兼有了經濟收入，與中國人也友好相處。中國的這種生活方式，正是她在美國所夢想的。

她作記者和爲《紐約客》寫稿的收入，在美國也許只夠她維持最低生活水平，在上海就不同了，這兒物價驚人地便宜，項美麗在《我的中國》裡說：

> 在戰後的年代裡，要是我跟人說起上海的物價之便宜，他們準會說我胡說八道。尤其在戰時那兩年飢餓歲月，我常常會想起上海每月的賬單，爲之感慨不已。不知道爲什麼，當時上海的物價起跌取決於米價。一九三五年，上海的米價在我們西方人看來，便宜得簡直好像不要錢。……便宜的米價意味著便宜的人力，而在上海這樣的一個繁華都市，便宜的人力就意味著便宜的商品，諸如家具、傭工、衣料、蔬菜等等。我不再負債，相反，我在經濟上應付裕如，一大堆傭工任我挑選。

因此，在上海，項美麗從一個老有柴米之憂的失業者變成了生活優裕的上流人，周旋於大班們出沒的派對舞會，在虹橋的豪華會所和維克多爵士的私人遊艇上度週末。在那些地方，「她和半打單身西方男子交往，他們中間包括使館人員和律師。」其中甚至有位英國情報員。不過，我們必須注意，就是在這樣一個個開心週末之後，她仍然在歎息著無聊和寂寞，海倫去了一趟北京，然後經上海回美國，那已是她們到上海兩個月之後的事了。這時雖然項美麗已作了《字林西報》記者，並在江西路租了套房子，仍然想著要離開中國。前面我們已經看到，就在送走海倫回家的路上，她都差點兒跟著姊姊走人。使得她發生一百八十度轉彎、突然對這個城市由厭生愛的關鍵，不是物價，不是開心派對，也不是寫作計畫，只是愛情，是她與邵洵美的相愛。

就在他們相遇的第一次晚宴，就在邵洵美給她起了中國名字之後，她的情緒頓時高漲：

> 這眞是太迷人了，這些中國人並非沒趣，也一點都不拘謹。他們用他們的語言聊天，用他們的文字即場揮毫。時間不知不覺過去。直到瑪西婭開始看表，雲龍和他的朋友

米奇（中坐戴帽者）1935 年 6 月 16 日在上海一個軍方園藝競賽的派對上，與她同坐的為蓓娜玎・梭德弗茲（左坐者）、桃樂絲・陳、友人艾瑞克・納紅夫婦（右坐者）

似乎仍然興猶未盡。

雲龍又轉身對桃樂絲說道：「我想你會要去北京看看吧？外國人來了總是忙不迭地去北京。北京路很遠，你應當先停下來看看南京。那是我們新的首都。」

「新建的？」

「對了，它是古城，不過經過了重建。」

「可我不喜歡首都。」

「你不喜歡？」他有點驚異，「但我有一些朋友在那裡，都是我的同學，都是很有趣的人。他們一定樂意見到你。如果你在南京停一天，我可以跟你一道去，我每次去南京他們都要爲我搞次大聚會。我早就答應要去了。希望你作我的客人。彼得太太也會去的。我可以保證你會很開心。他們也將感到榮幸。他們都是學者和詩人。」

「但我甚至都沒打算去北京。我要離開中國，去南非。」

「噢？」他眼睛裡閃現一點不快，「你爲什麼這麼快就要走？」

起先她一陣衝動，想告訴他眞話，但他溫柔的語氣使她想要更友好一點，於是她吞下了要說的話：她要離開是因爲不喜歡中國。不過現在——也許她不喜歡的只是中國的某一方面？這難道不是異鄉客往往會有的感覺嗎？如果她心情還是這麼惡劣的話，下一個國家也許更糟。爲什麼不留下再看看呢？

「在我離開之前，我一定會去南京。」桃樂絲說，「我應當會很喜歡參加你們的派對的。」

「好呀。」他的聲音暖洋洋的，她感到身體裡某種東西正在瘋長。她知道，有件事情要開始了。

南京之行顯然是項美麗與邵洵美關係的里程碑。在她寫中國的書裡，幾乎每本書都提到這個地方。甚至於那本有關中國烹調的書。而在《時與地》這本書中，有一篇文章篇名就叫〈環遊南京〉。這本書是由當年項美麗發往《紐約客》的專欄文章組成。不過，〈環遊南京〉並非寫她與邵洵美的南京遊，而是寫一九三七年八．一三上海抗日之役前夕，她與室友瑪麗的南京歷險記。體裁正如她那本書裡的大部分文章，是一篇紀實小說，她無意中充當了一回戰地記者，實地描寫了中日淞滬之戰，特別適合給那些遠在大洋彼岸觀戰的美國知識分子讀。從文章裡看，好像她把去南京當成了家常便飯，週末在上海找不到地方好玩時，她就去南京。她們搭週四的早車去，預備搭週日的夜車回。可是就在那一天，戰事爆發。開往上海的火車停開，兩個急著趕回上海上班的外國女孩擠在難民車上度過了驚心動魄的一天。

這篇紀實小說寫得情節緊張，文字簡練，資訊與故事俱全，有股令人一讀之下便難以釋卷的力度，堪稱紀實小說經典。羅斯可不是傻瓜，《紐約客》付給項美麗高額稿費，顯然物有所值。這篇文章的開頭第一句話，肯恩認為是項美麗一生行事的寫照，所以他拿來作了他的項美麗傳記的書名：沒人說別去。肯恩在引言結尾時這樣解釋他這個書名：

艾米麗・哈恩周遊世界，我行我素，因爲，正如她自己說過的一句話「沒人說別去」，這句話言簡意賅地概括了她的一生。

這裡我想提請讀者注意的，是他那本書的副標題：艾米麗・哈恩的生活、愛情、和冒險。

乍一看，在〈環遊南京〉裡，生活和冒險都有了，似乎就差了愛情這一項。然而，讀過《我的中國》和《太陽的腳步》的讀者，一定會在〈環遊南京〉的字裡行間感覺到愛情的蛛絲馬跡。要知道，全中國沒一個城市像上海那樣，被周圍無數美麗的大小城鎮簇擁。在那裡，你只要動動腳，就會發現自己來到了一個旅遊重鎮。八十年代中期我在上海讀書，有個週末百無聊賴，突發其想要出門旅遊。我和一位朋友信步走到長途汽車站，往牆上貼的票價表上掃一眼，覺得周庄這地名似曾相識，頗有詩意。且三兩塊錢的車費也與我們羞澀的錢包相宜。當即買票上車。沒想到就眞給我們撞到了一個世外桃源。

與上海周邊眾多的美麗城鎮相比，南京算不上一個最佳景點。它離上海遠了點，氣候也不好，冬天嚴寒夏天酷熱。但項美麗對它卻情有獨鍾，是否她的邵洵美情結在起作用呢？是因爲那個城市，他們才走到了一起。它是連結他倆的話題，他們第一次把臂同遊的城市，就是南京。在《我的中國》中，項美麗這樣記敍他倆第一次的南京之行：

我一辭去報社的工作，就去了南京。本來我要遊的是另一個城市，但洵美要我儘快去看看他國家的首都。他有點羞澀地表示了他爲南京感到的驕傲。當他還是一個處於青春騷動期的、熱心政治要改造世界的學生時，曾住在南京。我想，大概全中國的人都爲南京自豪，只因它是首都。而且千百年來，它曾作過許多王朝的首都。

一上火車我們就碰見了喬伊・張。張是一位美國派的中國人，在哈佛受教育。他的孩子在上海的美國學校念書。他還告訴我：「我喜歡去南京，你不覺得嗎？那裡多麼刺激，多麼令人振奮。你在那地方很少看見外國人。」他馬上就意識到說錯了話，不好意思地笑了。但我能理解他的意思。他是爲他的國家驕傲。他們的政府不用我們幫忙，自個兒就能對付得了。後來，當我看到蔣介石和他夫人那一長列英美顧問名單時，我問洵美，中國人爲什麼這麼渴於顧問。洵美含糊其詞：「也許他們只是想顯得謙和有禮吧。」他說。

在南京，邵洵美的朋友特別多，朋友們領著他們到處遊覽，項美麗被引導著看了南京主要名勝古蹟，紫金山、中山陵、大街小巷。邵洵美告訴她，一九二七年中國大革命時代，他曾在南京參與了建城工作。那是整個工程中最爲殘酷的一部分：拆遷。他不得不說服大街小巷的底層老百姓搬離他們的家園，以拓寬馬路，興建高樓大廈。因爲國民政府在這裡建都。

「那麼你是個國民黨員囉？」我問道，「你知道，我在了解中國政治，我還不理解中國。」

「我曾經是國民黨員，當它還是一個人民的政黨時，我相信它。但現在我已經不是了。我早已厭倦了政治。我是個老人了。」洵美道，他才不過三十歲，「年輕時，我不知道政治是如此的骯髒。」

南京之行使項美麗看到，邵洵美並不只是一個外貌俊美的沙龍闊少，更不是個英文流利、言談機智的洋場小開，他是位風格獨特的詩人，倡導新詩，不遺餘力。他還熱衷於出版，不說是毀家紓文學，亦可以說是傾其財力支撐起當時文學出版的一方天地了。邵洵美當時正辦著金屋出版社和《金屋月刊》，還是包括《論語》在內的至少六份刊物的發起人和創辦人之一。中國現代文學史上的好幾個文學重鎮，都與他有關。中國現代文學史上幾乎所有重要作家，都與他有過來往，他們或在他的出版社出書，或在他的雜誌發文。

當然，這一切並不足以令一對男女相互愉悅，成爲情侶。最令項美麗動心的還是邵洵美的性格，他熱情洋溢，對世界充滿好奇心。與項美麗自己的性格正是相得益彰。想想看，就在不久之前，對愛情已經絕望的項美麗還對人開出了她覓夫的最低標準：三十歲上下，不太窮，規矩……可現在，卻有這麼一個男人闖入她的世界，他三十歲，出身名門，溫文爾雅，才華橫溢，英俊瀟灑，善解人意，更重要的是，他愛她。

於是，終於：

車窗外面，金色、藍色、和紅色的霓虹燈長長的光球閃過，他們氣喘吁吁，互相抱緊了。這時雲龍才想到要回答她的問題，他的聲音顫抖著，卻透出歡欣：「我知道這一切會要發生，我一看見你就知道了。」

還需要說什麼呢?對於一個走遍世界去尋找眞愛的女人。這個爲她所驚豔的男人也對她一見鍾情。於是外部世界在她面前全部消失，何況是那些本來就不被她放在眼裡的傳統遊戲規則。她忘了他是中國人，忘了他是個癮君子，忘了他家有美妻，並且已是五個孩子之父。她就此，就此深深地，深深地陷入情網了。

·第 8 章·

洵美 海文 雲龍

幾乎所有談論項美麗與邵洵美之戀的文字，都特別提到邵洵美俊美的外貌。似乎，在這一對異國男女的戀情中，被顚覆的不只是禮俗、世故、種族差異，還有男歡女愛的傳統觀念。也就是說，在他們的戀情中，愛與被愛的位置顚倒了。男人成了被觀看被欣賞的物件，是被動的一方。而女人反而成了欣賞者，是主動的一方。項美麗認同這樣的見解嗎？

不錯，在她所有寫到邵洵美的文字中，也都提到了他的俊美外貌，提到當他們第一次見面時，她是怎樣爲那一張「近乎完美的橢圓形面孔」震撼，從來沒有一位女作家這樣肆無忌憚、津津樂道地描述她情人的外表，我想，哪怕是以驚世駭俗馳名於十八世紀法國文壇的喬治桑，也只會把以下這一類文字用到她的女主角身上：

他（雲龍）的頭髮柔滑如絲，黑油油的，跟其他男人那一頭硬毛刷不可同日而語。當他不笑不語時，那張象牙色的面孔是近乎完美的橢圓形。不過當你看到了那雙眼睛，就會覺得那才是眞的完美，顧盼之中，光彩照人。他的面孔近乎蒼白，在那雙飛翅似的美目下張揚。雕造雲龍面孔的那位雕塑家，一定施展出了他的絕技，他從高挺的鼻樑處起刀，然後在眼窩處輕輕一掃，就出來一副古埃及雕塑似的造型。下巴卻是尖削出來的，一抹古拙的頰髭比照出嘴唇的柔軟和嘴角的峭厲。下巴上那一撮小鬍子，則好像是對青春少俊的一個俏皮嘲諷。靜止不動時，這張面孔純眞得不可思議，不過，他很少靜止不動。

可要是把那幾本寫到邵洵美的作品都讀一讀，仔細讀一讀，就會發現，以上這類文字實在只是驚鴻一瞥式的，只因是用在男主角身上而特別引人注目。但不管他是以宋雲龍，還是以潘海文，以邵洵美的名目出現，他的外貌給女主角帶來的震撼不過是前奏，如果沒有性格上的契合與諧振，外貌的震撼難以爲繼。所以那些產生誤感的旁觀者，看到邵洵美眞人後，往往免不了失望。項美麗到香港後，曾請去上海的朋友看望邵洵美，那朋友寫信給項美麗，特別提到邵洵美外貌給他的感覺，說是看不出他有什麼特別的美。一九四六年，邵洵美去美國時，項美麗的侄兒查理斯見過他，他後來回憶道：

在紐約，洵美約我到一家中國餐館吃飯。他是位小個子的中國人，長得還算帥氣，不過我對那頓好飯的印象比對他本人的印象深得多。

他們不知道，項美麗對邵洵美的那種欣賞，是深入了骨髓的。他們沒有注意，項美麗並不是在每本有關邵洵美的書裡都描繪他的外表，但每本有關他的書都寫到他的性格和才氣。在《我的中國》、《潘先生》、《時與地》和《太陽的腳步》四本不同體裁的書中，她都寫到他那孩子式的好奇心，近乎可笑的天眞，不同凡響的想像力，和與人爲善的溫和。他永遠能給項美麗帶來驚奇，「我從來不知道他會說什麼。」她說，他有異乎尋常的好奇心，他的心像個孩子，或是小狗，或是傳統小說家，他探問所有的事，周遭發生的一切，無不成爲他編故事的材料。

整部《潘先生》，都彷彿是以上這一判斷的論證。我們看到，這位步入中年的中國知識分子，雖然去康橋留過學，說一口柔和好聽的英文，卻永遠穿著一件中式長衫。他是六個弟妹的兄長，五個孩子的父親，卻從來不失赤子之心。無論是頻頻的家變，還是步步進逼的戰禍，都不能消磨他對這大千世界的愛心。他是世俗的，又是超脫的，前者是對世界的瑣碎之處而言，後者是對人生的虛幻之處而言。人人都能踏到人生的實處，可是要能夠領會它那一腳踏空之處的幽默，卻需要愛心，還有靈氣。這正是項美麗最欣賞邵洵美的地方。

於是我看到，潘海文每次出場都帶著新的故事，這些故事的主角往往就是他自己，或是他至親，他是其中的配角兼觀看者。那些故事大多是悲劇，無妄之災，禍從天降，等等，小至一個孩子得了急病，大至百萬家財毀於一旦，他都能嘴角帶著一抹嘲諷的微笑，對項美麗娓娓道來。

「我父親又出了事，」他道，「他是我家鄉一間銀行的董事之一。那是一間很重要的銀行。現在，這間銀行崩潰了。你說『破產』，不對，是崩潰，因爲我父親忘了打理它而崩潰了。當然，我得去跟債權人交涉，打發他們。我跟大多數人都達成了協定，先付給他們百分之二十的賠償金。只有一家債主不同意，他們是我親戚，老闆是我姊姊。不是親姊姊，是表姊，因爲我是過繼給我伯伯的，你明白嗎？」

我不明白，但我明智地點頭。他滿意了，就繼續講下去。

「這個債權人不滿意百分之二十的賠償，他們說他們是我們親戚，應當得到高於百分之二十的賠償。我只好代表我父親去跟他們談判，因爲我父親跑掉了。最後我同意付百分之二十五。我給他們開了一些支票，加起來是五萬元，他們走了。」

這時電話響了起來，是找海文的。他講了好半天電話，走回來又端起他的茶杯，喝了一口，接著講下去：

「是我弟弟打來的。他也爲這事煩著。事情不大妙，我們一直在談這件事……是這樣的，那些支票全部被拒付。」

停頓。

「拒付？爲什麼？」

「當然是因爲沒有信用，」他喜孜孜地道，「我知道它們沒有信用。這就是我開支票的目的。」我對我姊姊說，「這是給你的一個教訓，教你不要只因是親戚就想多要錢。你錯了，因爲你是我的親人，你根本就不應當要錢。」

「是的是的。」我說，「但你不知道嗎？你會要坐牢的。」

「等等，」海文道，朝前坐了坐，「當然，我沒在支票上簽名。支票上沒我的名字，也沒我父親的名字。你明白嗎？啊，對不起，」他說，因爲電話又響起來了，「我想又是我的電話。我的四弟約我在這裡見面。」

這次他沒打多長時間，立刻就兩袖生風地回來了：「我剛才說的那些，是幾年前發生的事。」他繼續道，抽了一口菸，「現在結局來了，今天我才知道，我們麻煩大了。我父親做了一件事，他忘了告訴我。他寫了封信給那夥債主，說他要開支票付錢。」海文坐下來，絕望地搖頭，「你看，全搞砸了，我很精明，但我父親令我的精明毀於一旦。」

「但是——」我道。

「這下我只好去找黎塞留了。」他繼續道，「看我還能做些什麼。我弟弟要到這裡來找我。你不介意吧？他是我四弟。」

老四不一會兒就到了。這是一位肥版海文。他穿了件灰長衫，戴了頂麥杆帽，道貌岸然。他朝我鞠躬。用小心翼翼的英文道：「你好。」就坐下了。他和海文劈哩嘩啦地講起中文，我只好坐到一旁讀那本《罪案大全》。過了半小時，老四站起身，朝我鞠躬，說：「謝謝你，再見。」就走了。海文看上去情緒輕鬆了一點。

「事情還不太壞，」他說，「也許我們還有救。支票和信在一位律師手裡，我認識他。也許可以想想法子。」

他走的時候開心多了，頗有點黎塞留的風采。

接下來那些天是沒完沒了的會談，因我的住處離他們幾兄弟的辦公室都比較近，每天下午我的客廳就坐滿了這些弟弟，他們高矮胖瘦不等，彼此間說著中文，喝著茶。弟弟們有的穿褐色長衫，有的穿灰色長衫，有的穿藍色長衫。雖說實際上只有三、四位，但川流不息。我讓他們占據了客廳，自己出門逛街，或是寫信，或是講電話。然後，我發現這股弟弟浪潮在減弱，在退落，終於消失。昨天下午，我發現海文像以前一樣獨自在那裡喝茶，旁邊放著些香菸罐。他穿一件白長衫，在讀D.H.勞倫斯。

「你弟弟們呢？」我問。

「我弟弟？哦，他們今天不來。你想看見他們？」

「不是太想。不知道你父親銀行的事怎樣了。這件事裡有一點我弄不明白：爲什麼他要擅自開那些支票？」

海文的神情突然莊嚴起來：「當然囉，」他說，「我父親是個最誠實的人。」

「我看出來了。」

「現在沒事了。」他說，懶懶地翻過幾頁，「看來是萬事大吉了。」

「你是怎麼把它擺平的？」

他誇張地呼了口氣，闔上了勞倫斯。

「很僥倖，」他說，「我父親寫信時，忘了說那些支票是作什麼用的。所以現在萬事大吉了。」

很難相信，這裡所描述的就是邵家那件轟動上海的楊慶和錢莊倒閉事件。這一事件是曾經富甲一方的斜橋邵家走向全面破產的開始。可作爲主要受害人，海文／洵美，表現得這樣超脫樂天。這裡的描寫也許與傳聞有些出入，細節上不無誇張之嫌，不過在項美麗眼裡，細節並不重要，重要的是這位當事人、受害者在這整個事件中所表現出的那種遊戲人生的態度。與其他遊戲人生者不同的獨特之處在於，他遊戲的是自己的人生，卻並不拿別人的人生開玩笑。而他的天才在於，就算是在那些損害了自己的人事之中，他也往往可以找出可笑可樂之處，嘻笑怒罵，亦都不失愛心。這也正是項美麗自己的人生態度。他倆的人生正是在這一點上碰撞，重疊。這兩個人，雖然生活在不同的國度，有著不同的文化背景，命運使他們在茫茫的人海裡相遇，目光一亮，都在對方身上發現了自己，或是自己所追求的那種人生境界。所以項美麗在描述邵洵美的性格時，貶抑之中不無欣賞，抱怨之中常含讚歎。

最能說明他們這種性格重疊的，也許是那次珠寶失竊事件。

項美麗到中國不久就雇了一位中國人陳林作廚師兼家傭。她很以陳林爲傲，因爲他能做一手好菜，又能幹又勤勞。曾在北京英國大使館作過廚師。他的問題是脾氣太大，這使得他老是跟雇主相處不好，不得不頻繁轉工。到了項美麗這裡，他才如魚得水，不是他脾氣有所改善，而是因爲：

有時我不得不一連幾個小時躲在臥室裡，因爲陳林正在發脾氣，他在廚房裡衝著他妻子大喊大叫。這種時候他那張皺紋累累的面孔就像戴了副假面具，暴怒使他判若兩人。我注意到，跟別的廚師不同，他發脾氣倒是跟開工不足有關，每逢我開派對，請客吃飯時，陳林就變成了一個快樂的人。他開心我也開心，所以……我家派對越來越多。

然而有一天，項美麗卻不得不跟陳林正面衝突。

我開始失竊。先是不見了錢，然後是一個玉手鐲。這手鐲令我感到必須採取一些行動。我是個差勁的管家。所以陳林對我這麼可貴，我又雇了他妻子做清掃方面的事，我並不是闊人，上海家傭的月薪最高是三十元，我付給陳林和他妻子的就是這價錢。我再沒雇別的傭人，也沒司機和聽差，爲我收拾打掃的只有陳林和他妻子。

換句話說，只有陳林和他妻子是懷疑人物，可是怎麼開口跟他去談這件事呢，這對一向與陳林平起平坐的項美麗來說，成了一大難題，正當她發愁時，海文來了。

我告訴他失竊的事，他也跟我對坐著發愁。

我不能指望他幫我。他自己的家也是一團糟。在他戰前的家中，有十多個傭人，這些人全都跟著他逃了出來，自從他添了個孩子，傭人又相應增加。他們加入家務討論，自說自話，他們偷東拿西，吵吵嚷嚷，永無寧日。他就在這種恐怖環境中生活。一天，我問他司機哪裡去了，他淡然道：「我不知道，我已經三天沒見到他了。希望他回來，因爲我的車還在他手裡。」

「你爲什麼不找個新司機呢？」我溫和地問，跟中國人發急無濟於事，「這人老是消失不見，是不是？我看你應當找個好一點的司機。」

「呵，不行的，」海文吃驚地道，「我怎麼好跟阿魏說呢？而且我畢竟還沒被綁架，我不是好好的？我不是好好的？」

他是好好的。以前他曾被綁架過。綁匪向他父親開出了天價。據我所知，他父親分文未付，而他也毫髮無損地回了家。只是被關了相當長的時間。海文認爲，現在這位阿魏，總算還是個正經人。不過我們還是回頭說陳林的事吧，我對海文不無期望，因爲他是個中國人，我家是按中國規矩行事。也許他能告訴我怎麼辦。我等著。

「我跟陳林談談。」他終於說。我按了鈴，陳林來了。他們談了好半天。我觀察著他們的臉色，可以猜測到一些談話線索。聽來他們主要在談戰爭，當話頭轉到海文手裡，他試探著提到手鐲。

陳林神情神祕，鬼鬼祟祟的，海文則一派循循善誘，陳林便莊嚴地表示反對，他們就這樣一來一往，兩個人都保持著彬彬有禮的態度。似乎還議論了我好一會。我越來越不耐煩，越來越好奇，終於，陳林鞠了個躬回廚房去了，他愁眉苦臉。

海文點了支菸，拿了本書坐下來。

「怎麼樣？」我熱切地問，「手鐲的事問到了？」

「噢，陳林說他沒拿。」

「海文！」

他驚奇地看著我，一臉無辜：「我還能怎麼樣？」

「這正是我要問你的：我該怎麼辦？我隨時都可能失竊。中國人碰到這種事怎麼辦？」

「我們應當談談外國人會怎麼辦。」海文說。

「那好，我們不只是空談，外國人會報警。」

「那有什麼好？」海文說，「警察不也是談話，可你的手鐲仍然是找不見。況且那手鐲也不是太貴重。我妻子會另外送你一個。不過我也知道，事情不能這樣發展下去。不能，這事眞棘手。」

「可不。」我道，「你記得吧，是你跟我說什麼都不用上鎖的，因爲中國人最誠實可靠。」

「我這麼說過嗎？我眞是傻。我自己家裡也老是不見了東西……好了，現在我們來想想，你第一次不見了錢是什麼時候？陳林提醒我，你這兒老是人來人往，他說得對。你有這麼多訪客。想想那天都有誰來過。」

「是的，」我道，「我已經想了好多次了。來過一個海軍，但那以後我沒再見過他。來了個紐約女孩蘇菲・金斯伯格，還有山本先生、庫特・彼羅夫和維吉尼亞・李來喝了茶。不可能是他們，甚至蘇菲也沒可能，我雖不太了解她，但她在我第二次失竊之前就回了美國。」

「嗯嗯嗯。」海文摸著他的鬍鬚，沉思。

「後來我去銀行取了更多的錢，爲了付房租。你記得吧，那天你和你妻子，還有庫特・彼羅夫在這兒，你們吃過晚飯後還在這兒坐了一整晚。我都睡著了，你記得吧？」

「這就是說，陳林和他妻子、我妻子、彼羅夫，以及我有嫌疑。但彼羅夫根本沒進臥室，不可能是他。我是沒拿的。我妻子去過洗手間，不過她要是拿了那錢，我會知道的。」

「別瞎扯了。」我說。

「陳林和他妻子幫你準備上學校的東西，你到了學校就發現錢不見了。」

「啊，海文，那一定是陳林了，沒有別人。」

「是的，是的，」海文像老式偵探片裡的人物似地朝樓梯那邊窺視，「我們再來想一遍。」

「可現在怎麼辦？」

「現在你把所有的東西都鎖上。啊，你根本沒鎖？那麼你只好出門時戴上所有的首飾。我再想想，我不相信是那老人幹的。一定是他妻子。她年輕，他呢卻老了。所以她有了一個情人。」海文很是爲自己的新設想興奮，「這情人當然需要錢。你知道吧，在中國常有這種事。這件事的難處是我們不能去告訴陳林，說他妻子有個情人，他會覺得受了侮辱。」

「要是我報警呢？」我道。

「好吧，你去報吧。看警察有何見教。現在我得走了。告訴我警察是怎麼說的。」

你以爲這場冗長的空談就此結束？沒有的事，這兩個人在人情世故上的天眞和善良正是半斤對八兩，項美麗硬不下心去報警，她怕眞要是陳林幹的怎麼辦，她只好靜觀事態發展。這樣過了幾天。有一天海文來訪時，陳林將一張紙遞給他，把他拖到廚房裡去談了好半天。談什麼呢？項美麗獨自坐在廳裡等待著，忐忑不安，憂心忡忡，海文終於走進來了：

「這是一張籤文。」海文對我解說，「陳林爲手鐲的事去廟裡拜過了神。他們給了他這張東西。不過，上面並沒提小偷的事，盡是說戰爭和日本人，也沒提到手鐲。」

陳林給我們送茶時，我們偷偷看著他，他悶悶不樂，垂頭喪氣。

「我知道我不能去報警了。」我說，「可憐的老頭，他竟去求籤。」

「他還說，你客人太多了，他一直都想提醒你的。這些人有很多機會偷你的東西。不過他不想點出名字來。我覺得他很不喜歡彼羅夫，你知道，彼羅夫總是吃得很少，所以陳林——」

「吃得少不是罪過。」我打斷他道，「好了，我們並沒有取得一點進展，對不對？」

「你總是這麼急，美國人就是這樣。」

我也覺得奇怪，他這麼沉著，我卻怎麼會爲這事這麼焦慮。我内心深處是脆弱猶疑的，雖然我已算是懶散的了。中國人覺得順其自然比較好。不過我仍是沒法成天背著個手袋從餐桌走到書桌，從書桌走到浴室，從浴室走去睡覺。而且我總得在屋子裡放一點錢，以應不時之需。但我睡得不踏實，所以當海文半夜三更打電話來，我立刻就醒了。

「我妻子有個好主意。」他報告道，「她說你應當去取五十元出來。你明白嗎？」

「明白。」

「然後明目張膽把這錢放在床頭櫃上，然後你假裝睡著。你明白嗎？」

「明白。」

「但你其實沒睡著。你得暗中觀察。要是誰拿走了這錢，誰就是賊。這主意好吧！」

「好主意。但要是我眞的睡著了呢？」

「啊，這倒也是……當然，放二十元和八十元是一回事，對不起我吵醒了你。」

「我有個好主意。海文，」我說，「羅先生早就建議過我，他說我應當對陳林強硬一點，要嚇一嚇他，你同意嗎？」

「是的，也許你太斯文了。」

「可我做不到。先不說我的中文很爛，而他的英文很爛。我想請你明天幫我去跟他談談。好不好？」

「啊！我不行的。」海文是世界上最斯文的人，不過，我終於勸動了他。

第二天下午四點鐘他來了。我們呆呆地坐在廳裡喝茶，陳林無精打采地在廚房做事。屋子裡烏雲重重。海文終於立起身，那件白長衫勇敢地一抖：「我這就去。」他說，衝進了廚房。

我畏怯地等著。在食具碰響聲中傳來陣陣中文的溪流，但並沒有吵罵聲。我心底湧起一股憐恤之情。我想起陳林如何爲我送傘；當我累得要命地回家時，他怎樣對我百般呵護；雜貨店主多收了我的錢時，他是怎樣地生氣。對他這樣一個傭人，三十元錢眞的很少，而且他還是多好的一個廚師。

海文回來了，吃著一塊點心：「他說他沒拿。」他報告道。

雖然這已不是新聞，我卻安了心。海文咬了一口點心又道：「我很明確地提出也許是他妻子拿的，他說他不這麼認爲。」

「但——」

海文慢條斯理脫下外衣道：「他告訴我，他和他妻子在家裡談過了這件事，他們都認爲你的客人太多。你知道，他們說得有理。他還特別提醒我，那天上午來了個給你送信的俄國女人。他說得很謹愼，他不想指控她，因爲她跟他吵過架，他的意見不能作準。他說他脾氣臭，他懶，但這些只是缺點。」

「但是海文——」

「他考慮了很久，覺得或許得放棄你。」

「放棄我？」

「是的。因爲你有這麼多奇怪的朋友，你知道，他討厭彼羅夫。但他知道這不是他的事。」

「哈，眞有他的！」

「因爲他這麼忠實，所以，他希望你給他另找一份工作。最好是找英國大使館的差事。固然他曾跟那裡的一位廚師吵了架。但直到他離開北京，每個人都喜歡他。你一定知道，他很喜歡你，他說你人很好，對人友善，只是太容易相信別人。後來他講他自己的故事給我聽，很有趣的故事。」

他對我覆述陳林的故事，但我打斷了他。我說，不管怎麼說我不見了一百三十元和一個玉鐲。我擔心我會丟失更多東西，我該怎麼辦？

「當然，他還提了建議，」海文說，「他說你應當買一把眞正的好鎖。耶魯牌的，用來鎖住你的梳粧檯。你給他錢他就去買。我告訴他，這不是最好的辦法。我說，賊要是想偷東西，一下子就會把鎖撬開的。這時陳林說了一句妙語，他眞的是個不同尋常的老人，他說：『鎖並不是防賊的。賊是防不住的。小姐的朋友這麼多，鎖是用來防君子的。』你也許不會同意我，因爲你是個外國人，我們難以認同，但我覺得這句妙言的價值抵得上兩個玉鐲。」

這時陳林進來了，給我們端來了一盤額外的香瓜，他默然地看著我倆，不無敬意。我不知道這是爲什麼，但屋裡已經雨過天晴了。

「啊，讓手鐲見鬼去吧，」我道，「你跟他說去買把鎖好嗎？」

項美麗在這些描寫中，處處流露出對邵洵美與傭人相處的這種軟弱無能的欣賞。她這位來自於美國的猶太平民，和這位出身豪門的中國男人，都能以一片善心平等待人。所以無論到哪裡，他們都得傭人的愛戴。項美麗後來在香港遭難時，對她幫助最大的就是她的中國家傭阿金。當她和查爾斯都被關在瑪麗醫院，阿金獨自在家幫他們餵養六十天大的女兒卡蘿拉，即使項美麗根本付不出工資，他也一直都跟著她，像家人一樣與她同艱共苦，度過了那三年困苦的戰時生涯。只因項美麗平等待他，在他剛來她家不久，妻女生病、無家可歸時，項美麗收留了她們，並送她們去醫院看病，爲她們付醫藥費。

·第9章·

陷入毒海

顯然，如果用當代中國人的眼光來打量邵洵美與項美麗，他們這一類行爲似乎不可思議。所以對他們的一切行爲，都得以另一種尺度衡量。包括他們的相戀，他們的奇婚，也包括他們的吸毒。

似乎是，項美麗結識邵洵美的當天就一試吸鴉片的滋味。從此陷入了毒海難以自拔。當時他們還不是情人。那一天，邵洵美的幾個朋友跟他們一起。她在好幾本書裡都寫到她那天初次去邵家的情景，對照之下，我相信《時與地》中的描寫最爲接近眞實：

宴席上，他們禮貌地說英文，但現在，當他們激烈爭論時，他們卻一直都在說中文。我只好站在那裡等著有人想起我來，好幫我叫一輛計程車。終於，海文說：

「啊，對不起，我們忘了我們的外國客人了。現在大家正打算去我家，一起去好嗎？」

當然，我同意了。我對他的家庭生活很感興趣，他剛才很少提到。於是我們動身去他家。那是一座維多利亞格調的小洋樓。比起我在美國看到的同類型房子，它的院子更大。我說它是維多利亞格調，只是就它的外觀而言；山形外牆和粗泥灰底子使得它看上去有此型建築的風範。屋子內部就不同了。一瞥之下，只覺它空蕩蕩的。房間與房間之間的門都開著。沒有地毯，沒有壁紙，家具很小。那些椅子、沙發、桌子立在光禿禿的地板上，就好像一間沒有商品的空店面似的，缺乏人情味。而且這屋子疏於打理。房間裡人很少。一個男人懶洋洋地坐在那裡，像是沙發上一條多餘的曲線，四、五個孩子在奔跑玩耍，竊竊私語，還有個老女人，穿著一身藍色傭人衣服，然後，是個穿一身暗淡便裝的年輕女子。

海文的妻子最後出現，看來那些孩子有幾個是他們的。我很尷尬，因為全家人都瞪視著我。其中一個男孩，儼如微型海文，他對其他孩子大聲說了句什麼。海文跟他家人簡單說了句話，就叫我們跟他上樓。樓上有了點舒適氣氛。房間裡有了壁紙，家具也多些了，但樣樣地方仍然讓西方人感到刺眼。我們走進一間臥室，這裡並排放了兩張硬硬的小平床。床頭頂著牆。每張床上都有個小枕頭。鋪著白床單，上面擺著個盤子，盤子裡有些怪怪的器皿——一盞小銀燈，戴著個燈罩，像是個倒置的平底酒杯。還有個小盒，以及其他一些小物件，都是我從沒見過的。我坐到一張椅子上，有個男人旁若無人地進進出出。

就在這樣一種奇異詭譎的氛圍中，項美麗眼睜睜地看見，一件奇怪的事發生了。

海文躺到左邊的小床，面對著那個盤子。他點著了那盞燈。他的一個朋友，一位名叫華清的小個子男人面對著那盤子躺到了他右邊。他倆面對著面。兩人的頭和肩膀都靠在枕頭上。海文一直在說話，同時他的兩隻手忙個不停，眼睛則緊盯著那兩隻手的動作。起先我以為他是在編織。我很驚異，中國男人怎麼會幹編織這種活兒，且沒一個人注意到這種怪事。接著我看到，在兩根細線似的針之間被擺弄的，是一小塊黏呼呼的黑色東西。海文手法嫻熟。他將兩根針的端頭互相滾動。那塊像牛奶糖似的東西被揉弄著。它變了顏色，漸漸從黑咖啡色變成褐色，當它終於變成了一個硬塊，海文便用一根針挑起一小塊，把它放到一個圓形陶器裡。那器皿形狀頗似茶杯，只不過頂端部分有個蓋，蓋中間有個小孔。海文用針將那塊東西塞入這個小孔。它從小孔落下去，落到杯底變成一種山形小塊。這時海文用一根磨光的竹器挑起它。竹器上鑲著雕花銀邊，上面有個大孔。他把小杯放在竹器的一端，將自己的嘴湊近竹器的另一端，又用一個小圓錐將竹器懸放在燈火上，深深地吸了一口。那塊東西冒泡了，蒸發了，消散了。一道藍煙從他嘴裡呼出，空氣中突然瀰漫著一股氣味，那正是我在上海街頭曾聞到過的那種異味。突然之間我明白了：

「你抽鴉片！」我叫道。

人人都跳起來。他們忘了我在場。

海文說：「是的，我是在抽鴉片。以前你從沒見過抽鴉片嗎？」

「沒有。我對這事倒有興趣。」

「你要不要試試？」

「哦，好吧。」

沒人攔著我，也沒人對此表示驚奇。

項美麗就是這樣抽上了鴉片。就在跟邵洵美相識的第一天。邵洵美循循善誘地告訴她：「我們叫它大煙，大的煙。」所以以上我引用的那段描寫，其篇名就叫〈大煙〉。也就是說，項美麗幾乎在深陷情網的同時，也陷入了毒網。不知她是否有意爲邵洵美開脫，她在這篇文章裡有長長的一段背景交代，說是早在她童年時代，她就夢想著去冒險，體驗一些諸如獵獅、撞鬼之類的驚險事件，其中包括抽鴉片。她在文章開篇就有如下驚人之筆：

雖然我一直都想染上鴉片癮，卻不能說這就是我去中國的理由。

到了上海後她漫遊在大街小巷，常常聞見一種奇異的氣味，從一些屋子飄出。她說那時她已經忘了她的童年夢想，還以爲這就是東方獨特的味道，直到她遇見邵洵美，在他家撞見他抽鴉片。

那時抽鴉片在中國已經是非法行爲，但由於很多政要名流、富豪大賈都有抽鴉片的習慣，當局只好採取睜隻眼閉隻眼的辦法，基本上不聞不問。邵洵美出身世家，祖父邵友濂作過上海道台，那是清朝上海的最高行政官員。相當於現在的上海市長。還曾代表清政府出使海外。外祖父盛宣懷更是朝中要員，作過清郵傳大臣，號稱中國第一官商。他一手創辦了中國電報局、鐵路局和航運局。也是中國最早的兩間大學——北洋大學堂和南洋公學的創辦人。邵、盛兩家都是上海灘數一數二的豪門顯貴。邵家從邵洵美父親邵恒這一代起，染上煙癮者不乏其人。所以邵家人吸大煙已是公開的祕密，外不避警察，內不避孩童。在《太陽的腳步》中，一開頭就是孫雲龍躺在煙榻上吞雲吐霧的場景。這邊廂，他在吸著大煙，那邊廂，年幼的兒子卻在煙榻旁翻上爬下，問七問八。抽大煙在他乃尋常事耳，不過是他闊公子風流行爲之一種，就跟上舞廳跳舞，到戲院看戲一樣普通。項美麗描寫她試抽第一袋大煙之時，驚訝地發現，這夥朋友們一邊抽著鴉片，一邊竟然還：

一直在聊著天。我們聊著書，還有中國政治。我對政治一無所知，但這並不妨礙我關心它。我對他們談的每樣東西都興趣盎然，以至於大家不得不說英文。不過，當他們改說中文時，我也不在意。我已沉浸在自己的思緒裡，不在意任何東西了。

……

只是當海文問我感覺如何時，我才再次意識到我當下的處境，天哪，我在抽大煙！簡直令人難以置信，特別是，我一點也沒有異常之感。

「我覺得沒什麼。」我告訴他說，「我的意思是，我跟你們一樣很享受。不過我不覺得有何異樣。也許鴉片對我不起作用。」

海文微笑著抹了一下他下巴上的鬍鬚，說：「看看你的錶。」我驚叫了起來：手錶指在凌晨三點鐘。

「這就是了。」海文說，「你保持這種姿勢都好幾個小時了。你知道嗎，這期間你的手和你的頭一動都沒動。這就是鴉片。」

我們現代讀者，看到這裡，誰能不爲這個浪跡天涯的女子捏一把汗？她孤身一人，闖蕩在異國他鄉。這還不算，她還無可救藥地愛上一位已婚男人，更有甚者，她還染上毒癮。在無數好萊塢電影裡，我們都曾看到，陷身情海與陷身毒海一樣危險，假如兩樣一齊撞著，那幾乎就是死路一條。結局一定慘不忍睹，項美麗就此完了嗎？

她以前曾在多少次不可思議的困境中脫身，其中，最值得一提的是一九三二年十一月出非洲的經歷。那一次，在非洲的原始部落，她與那位天涯怪客派屈克大吵一場之後，轉身就收拾行裝走路。沒有親友，沒有車，沒有裝備，甚至沒有地圖，還帶著個她收養的非洲孤兒。眼前是長達八百英哩的漫漫長途，都是荒野與森林。有的地方甚至沒有路。一位部落酋長對她說：

「你不可能走得出去的。」但她仍然一意孤行。她雇了位土著嚮導，以及十二名土著挑夫，他們全部都不懂英文，正如艾米麗之不懂土著語言。在這個奇怪的隊伍簇擁下，這位年輕的白人女子開始上路。一行人跋涉了十八天，才終於看到了一座白人住宅。有個白人從屋裡走出來，遙望著他們，呆住了，他不敢相信自己的眼睛。而項美麗則欣喜若狂，「我終於能跟人說話了。這多天來我都不能跟人交談，我幾乎以爲我失去了說話能力。」多年以後，她在爲《紐約客》寫的一篇文章中這樣形容她在那一刻的感覺。

當然，眼下，在上海，她所陷入的困境無法與她在非洲的困境相提並論。在那裡，她要面對的更多是環境的困境，而在上海，除了環境困境，更多的是人的困境。當然，最難的是，她同時也陷入了情網。

那些日子裡，無論是她去邵洵美家，還是邵洵美去她家，他們在一起經常做的一件事，就是吸鴉片。《太陽的腳步》中，當雲龍的妻子美鳳終於發現他們的戀情，怒闖桃樂絲家時，這一對情人正躺在床上，不過，他們不是在做愛，而是在抽鴉片：

在那種怠愉的狀態中，他們大聲爲對方朗讀著，評論著，爭執著，不時地還親吻著。書和報紙在這張臥榻上堆成了一道牆，將他們圍在中間，鴉片的香氣飄逸在這小世界。他們昏昏欲睡了。就在這時，門鈴尖利地響起，阿波（傭人）穿過他們的房間去應門，他們遲鈍地感覺到，有人在敲門。桃樂絲動了動身子，擦擦眼皮，她突然跳了起來。有人在暴烈地敲門！門外一片喧譁，大門被敲得震天價響。

「警察！」桃樂絲叫道，她第一時間想到的是鴉片。

雲龍搖搖頭，以一種令她驚異的平靜語調道：「是美鳳。」

在與邵洵美相愛的五年中，鴉片並不是項美麗惟一的麻煩。

·第10章·

家有嬌妻

前面我們已經說過，邵洵美出身世家。他是盛宣懷的外孫。他妻子盛佩玉的身世與他正是旗鼓相當。她是盛宣懷的孫女。當邵家已在邵恒的手中敗落，盛家卻還處在「瘦死的駱駝比馬大」階段。盛家人煙鼎盛，子輩就有八男八女。盛佩玉的父親在盛家八兄弟中居長，所以盛佩玉的嫁妝，在中國現代文學史上成了一個令人啼笑皆非的話題，從三十年代延續至今，邵洵美因而有了「闊女婿」「請人捉刀」「捐班」之惡名。顯然，那些流言就連不諳中文的項美麗亦有所聞，所以《太陽的腳步》中，當桃樂絲的中外朋友們勸她懸崖勒馬，趕快離開宋雲龍時，一個重要理由就是：雲龍絕對離不開美鳳，他用的都是美鳳的錢……

音樂嘎然而止，舞場上一片騷動，他們的派對又開始了。瑪西婭猶疑了片刻，她的目光裡閃動著焦慮：

「有件事我忘了告訴你，」她的聲調柔和而莊重，「譚博士似乎認爲，只要他不爲你花錢，你就是安全的。」

她的目光直對著桃樂絲，似有所盼：

「他依賴他妻子生活，他用的是她的錢。」瑪西婭補充道。

但事實上，邵洵美本人也很有錢，他因從小過繼給無子的大伯，生父邵恒的破產還沒有對他造成毀滅性的影響。他獨自繼承了伯父一份家產。所以當項美麗向他求證那些傳聞時，他堅決否認。他說他跟盛佩玉是青梅竹馬，因愛情而結合。「我有我的錢，我爲什麼要用她的錢。」他說。

邵洵美與盛佩玉的婚姻也是上海灘的傳奇。他們一個是俊男，一個是美女，一個是才子，一個是佳人。兩家祖父都曾是清室重臣。兩人分屬表姊弟，長在相鄰的豪宅深院。而且一個名字裡有「美」，一個名字裡有「玉」，被譽爲「美玉姻緣」。簡直是《紅樓夢》之賈寶玉薛寶釵「金玉姻緣」的現實翻版。比寶玉寶釵還要更勝一籌，托現代媒體的福，他們結婚時，結婚照登上了當時最摩登的媒體《上海畫報》的封面，令全上海爲之驚豔。要知道，那可是在上個世紀二十年代哦！報刊上照片有限，狗仔隊連影子都沒有，要在媒體露一露臉，可不像今天這麼容易。

值得注意的是，人人都認爲邵洵美是美男子，在少女盛佩玉的眼裡，邵洵美的相貌倒是一般，五十年後，她這樣回憶：

> 洵美給我的印象是個聰明的人。文字好，人長得並不俊，長臉，身材矮了些。家裡人說他七歲就能對出他外公盛杏蓀的對子。

邵洵美卻深爲欣賞妻子的美麗，他因此而將名字從「雲龍」改「洵美」，他早年的許多詩，便是寫給佩玉的。在跟項美麗相愛的前前後後，邵洵美從來不避談他與盛佩玉琴瑟和諧的夫妻關係。這從項美麗的多本書中都可看出。項美麗跟她美國情人艾迪一刀兩斷的直接原因，是那傢伙回了一趟家就口必稱「我妻子」，使她情難以堪。邵洵美比起艾迪其實有過之而無不及。由於他天天都住在家裡，一切活動都在盛佩玉的眼皮底下進行。免不了時時提起她，且一提起來就是「My wife」（我妻子）。項美麗倒似乎不以爲忤。在她專寫邵洵美的《潘先生》一書中，幾乎每一章都提到盛佩玉不算，還把邵洵美這種言必稱妻的習慣照記不誤。在〈首飾盒〉這一篇中，有如下描寫：

> 「我妻子說她今天爲自己感到驕傲。」海文強調道，「你走了之後她自己過了馬路，平安到了對面，她非常自豪。」
>
> 我愕然：「自豪，自己過馬路？爲什麼？」

「好吧，你要知道，」海文說，「她以前從未自己過馬路，一輩子沒這麼做過，所以她自豪。」

「以前從未——」我怔住了，「不，海文，不會吧！」

這太過分了。我站在那兒，好容易才忍住沒笑出眼淚。海文卻又道：

「我妻子說，最好你上我們家住一陣子，當然，我們會很高興看到你的朋友來找你或打電話來。我妻子說，你的朋友如果看到你住在一個家庭裡，有人在照顧你，會比較好。她老是擔心夜裡有人很晚還打電話給你，還怕有人對你做失禮的事。」

我瞪視著他：「爲什麼？」

他對我的驚愕似有不解：

「爲什麼？你知道的，」他道，「你一個人過日子；你沒結婚。我妻子爲你難過。」

短短一段話裡，就出現四個「我妻子」，簡直是言必稱妻。這種情況，看來並非項美麗的杜撰。值得注意的是，《潘先生》這本書是由項美麗一九三五年至三九年給《紐約客》的專欄文章集結而成。上海懂英文的文化人常常能讀到《紐約客》，因此，邵洵美和他的朋友都曾讀到這些文章。肯恩的傳記中說：

洵美頗爲欣賞米奇在《紐約客》上發表的潘先生故事，它們也爲他帶來聲譽。他只是有時抱怨說，她把他寫得「像個木偶娃娃」。

當上海的朋友們跟項美麗談到她的《紐約客》專欄文章，問她是否喜歡這些寫作時，她的回應是：

我應用我在腦海裡找到的每一材料：經驗、印象、記憶、讀到的其他作家文章——每一材料，包括我周圍的人對我的影響。喜歡不喜歡對於我不是個問題。我的寫作不取決於它，我的寫作不能取決於我自己的喜好。事實就是那樣。我只是把它們寫出來而已。只要我寫作，我就會如此寫……那些介意人家描寫他們的人，應當離作家遠點。

《潘先生》一九四三年由倫敦一間出版社 Robert Hale Limited 出版。我看到的就是這個版本。我沒將這本書與當年《紐約客》上發表的原作比較，以考證項美麗在結集成書時是否做了改動。從以上她的回應看，她似乎是不會做改動的。她寫下以上那番話是在一年以後的一九四四年，在《我的中國》裡。只不過，《我的中國》是在紐約出版。所有的圖書館都把《我的中國》歸於自傳類，把《潘先生》歸於小說類。我卻覺得，無論從其寫作方式和內容來看，還是從書中人物——比如邵洵美——對之的反應來看，《潘先生》都應屬紀實小說一類。與當代紀實小說相比，它們的眞實性甚至更禁得起推敲。書中主要人物甚至都用了眞名。而從文字的考究、結構的精緻來看，它的文學性也是當代許多紀實小說望塵莫及的。項美麗當算紀實小說這種傳媒新體裁的先驅。她在《紐約客》發表的大多文章，其實都可歸爲這一體裁。事實上，《紐約客》

也把這些文章歸類於紀實作品，編輯部甚至有專人負責核對文章的眞實性。

我還注意到，《潘先生》中用過的一些情節，往往又被用到《太陽的腳步》中，只不過做了少許改寫，例如在《潘先生》中寫到：

在一個晴朗的傍晚，佩玉突然建議我，要是懷了孩子，最好穿緊身裙，那以後，我們開始討論多妻制問題。關於這個問題，她母親最有發言權。她曾是佩玉父親十位妻子之一。更有甚者，他最後並沒死在她們任何人的懷抱裡，他猝死於一名歌妓家中。

「十個妻子。」海文把佩玉的話翻譯給我聽，「但她們之中，沒一個人是愛他的。不論他何時回家——他不常回家——她們就都趕緊迴避，跑回自己的房間躲起來。」

而在《太陽的腳步》中，我們看到與之相對應、也與現實情況相似的描寫：

美鳳是他舅舅的女兒。她的生母是個蘇州歌女，被她父親娶回來作了他的第十個妻子。幾年後，美鳳的養母告訴她，這位女子跟一個男人跑了，因爲她不想再作他十四個妻子中的一個，被丈夫忽略，而那男人卻答應把他全部的愛都給她。於是美鳳被交給她父親另一位妻子撫養。

這段情節並非完全出自虛構，因爲在《潘先生》中，有另一篇文章，篇名叫做〈岳母趣事〉，好像是以上情節的注釋。也能說明，《太陽的腳步》裡寫到的美鳳，題材多少來自於眞實。〈岳母趣事〉中，當岳母被診斷得了末期癌症，兩個男人出現在她的病房，海文對此這樣解說：

「這是一個有趣的故事。」海文說，「充滿了人性色彩。你管這叫人性？……是的，非常、非常確切。我要告訴你，雖然她或許不想讓很多人知道這個故事。這故事有點兒羞於告人。正如你看到的，我岳母很美麗。她曾經是個蘇州歌女。所有的歌女都說她們是蘇州人，因為那地方出美女。不過我岳母是個眞正的蘇州女子。你知道，她是我岳父的第十個妻子。他非常愛她，但他也愛其他很多女人——他死在一個歌女家，而不是自己家——因此她很寂寞。她就跟施先生跑了。這你也知道。但你不知道他們倆沒錢，所以後來她又跟了郭先生。郭先生一直愛著她，且又非常有錢，所以她終於跟了他。」

「這我就不能理解了。」我道，我沒法把這故事跟我所認識的那個優雅的老太太聯繫起來。

「你不理解嗎？但這其實很簡單。我岳母曾是歌女，她一直接受的是歌女式的教育。這就是為何她們不能作個賢妻，卻能作個良妾的原因。她們美麗、風趣、聰明。而施先生也同意讓她跟郭先生走。因為施先生需要錢。郭先生為我岳母花了很多錢。不過，她後來還是回到了施先生身邊，因為她愛他。」

這兩種版本的描寫，我想盛佩玉都沒看到，因為她不懂英文。即算她曾聽聞過這些文章，也是來自於她丈夫的翻譯。不過，她對父母的回憶，倒與項美麗不謀而合：

父親……年四十便去世了。他妻妾滿堂。他死得很快，扁鵲也來不及救他，他也來不及想一下就拋棄了這個家庭，造成了些年輕的寡婦，又拋下了幼小的子女。我僅四歲，哪記得他是長得怎樣的一個人！當然是個好色者，有句俗語：妻不如妾，妾不如偷，偷得著不如偷不著。所以他要了六個太太，還老是去尋花問柳，不老而夭，是自己找的呀！

至於她母親，她是父親在湖北作官時娶的，當他棄官回到上海，便「租了一幢兩層樓房子給我們母女住，湖北奶媽帶了來。這主要是大眼看待，沒有叫我母親搬進他的大宅——辛家花園。」這樣直到丈夫死了，她帶女兒去奔喪，「才知道有了一桌子的苦命人，明白了丈夫妻妾成群，明白了丈夫對女性的不尊重。」然後：

祖母強令四歲的我歸大娘領養，使她失去了親生的骨肉，當然痛上加痛。為了不遠離我，她不肯離開上海，經友人介紹了一個在上海的福州人，他年紀較大，有兩個兒子，他們同居了。

與項美麗的描寫大致相同，這倒不奇怪，因為盛佩玉與項美麗之間的溝通，似乎多半要倚賴邵洵美這位好丈夫。這一看來有點滑稽的狀況，似乎倒成了這三個人長期保持和平共處關係的原因之一。可以想見，這位丈夫即使願意為妻子翻譯情人的作品，在他翻譯時，也一定會作聰明的取捨。

邵洵美對項美麗發表過的任何文章書籍都很關注。上面我曾提到他對《潘先生》系列的反應。一九四五年抗戰勝利之後，邵洵美給項美麗寫了一封信，這是他們自從一九三九年中斷聯繫之後的第一次通信，信裡就提到他已聽聞她出版了《我的中國》。顯然，即使在嚴酷的戰爭年代，即使他們已經不是情侶，之間隔著萬水千山，他也一直關注著她的寫作。

邵洵美也讀過《太陽的腳步》。一九四一年八月，項美麗一位加拿大朋友詹姆士・恩迪高特從香港撤退回加拿大，繞道上海，拿著項美麗的信去找了邵洵美。他在信中向項美麗報告邵的近況道：

> 他的左臉稍有點浮腫，顯得不對稱……但我還是看得出他是俊美的。這確實是引人注目的一張面孔。我們談起你的小說（《太陽的腳步》），他說這本書被出版商弄壞了。他認爲原稿有一種哲理上的深度，但美國出版商把它搞得頗「低俗」（cheap）——他用的就是這個詞——使得這本小說只是講述了一個美國女孩在東方的愛情傳奇。

我想，讀過這本書的人都會感覺，邵洵美有理由對這本書感到不滿。這是項美麗對於她與邵洵美的戀情，惟一表現出她內心主觀感受的一本書。利用小說這種體裁的特點，她在書裡放下《潘先生》、《我的中國》、和《時與地》中刻意維持的矜持，隨心所欲，放浪恣睢，寫下了那位陷入愛情困境難以自拔的女子種種不可爲外人道的內心苦楚。她的愛，她的怨，她的迷戀，她的掙扎……

書中的雲龍與現實中的洵美和《潘先生》中的海文之形象，疊疊分分，離離合合，疑幻疑眞，似虛還實，在作爲模特兒的邵洵美看來，自然只苦笑搖頭。不過以他一貫的溫和，他把這不滿表示得比較委婉。當然，他不會告知盛佩玉有這本書的存在，更不會把它翻譯給盛佩玉聽，尤其是以下這一類情節：

她（美鳳）爲孩子般強烈的嫉妒心所煎熬。當他（雲龍）與他的小姨媽瘋狂相愛時，美鳳幾乎死掉。那些日子他總是找到新的理由不回家，她就整夜不睡，直到他回來。她臉色蒼白，焦慮不安。在期待與妒嫉之間痛苦不堪。但她從未失控。因爲她確信他對她還是忠誠的。

當雲龍第一次帶桃樂絲去見美鳳：

「別擔心，」表弟輕鬆地道，「我不會主動提起這件事，她也沒談起這個話題。」

「也許她忘了。」雲龍道。

「沒忘。她吩咐阿淮打掃書房，收拾一切。祝你們好運！」

雲龍轉向桃樂絲，用英語道：「好了，現在我們可以走了。你害怕嗎？」

「我當然害怕。我看上去如何？」

「好極了，高雅極了。我很高興你穿了這件高領衫。它使你看上去相當嚴肅，一點也不像個情人。小心台階——噢，小心！」

在盛佩玉的回憶中，也含糊談到了他們的初次見面。她對位這位開放自由的外國女子初次印象倒是不錯。

弗萊茨介紹了一位新從美國來的女作家項美麗前來看望我。她身材高高的，短黑色的頭髮，面孔五官都好，但不藍眼睛。靜靜地不大聲說話。她不胖不瘦，在曲線美上差一些，就是臀部龐大。

對比盛佩玉的回憶中對當時其他著名美女，如陸小曼、王映霞等人的描寫，她對項美麗的刻畫算是十分難得了。一開始，她是位天眞的妻子，對丈夫的情人熱誠相待，她表面上看到的是：

她是位作家，和洵美談英文翻譯。如來我家吃飯，便從吃飯筷子到每個小菜都翻譯了，她倒是精心地聽著、學著。她和我同年的，我羨慕她能寫文章獨立生活，來到中國、了解中國然後回去向西方介紹中國的文化。我對她的印象很好，她也一見如故。洵美懂得的事很多，學貫中西，她找到洵美這條路是不差的。

兩個女子心地都很善良，對於她們之間的關係，雖然一個心如明鏡，一個懵裡懵懂，卻能友好相待。得到佩玉的認可，項美麗從此後得以常去邵洵美家隨便走動，而邵氏夫妻也常常到她家裡來作客。盛佩玉的回憶補充和證實了《潘先生》中的有關描寫，她不僅常到項美麗家分享陳林的烹調手藝，還跟她一起逛街購物。她特別回憶道：

那次米奇要演出外國話劇，請我和洵美去看，我倆一起去蘭心電影院看她演出的。她有一外國閒人捧場，滿座的觀眾打扮得整整齊齊都穿著晚禮服。我也穿了最新的長旗袍。米奇穿了淺灰色外國綢緞的連衣裙，裙子較長，但不是古裝，燈光一照，眞是十分美麗。

若是將這幾段描寫與《潘先生》中以下描寫對照著看，似乎能看出這三個人微妙關係中的一點端倪。這關係多年來是一個謎，由於三位當事者之間巨大的性格差異和文化差異而呈現出來的種種表面事實，教人參不透。因而寧可把它當作一則佳話流傳。作爲當事人的項美麗，也因爲種種不可爲外人道的原因，也只好含糊其詞：

上海大多中國家庭不再是妒情悍意的堡壘，但它們仍然保有著一些家族祕密，這些祕密差不多英國式地、以家庭爲單位地，被保守著。連日來，海文都在飯店與我和我的朋友酬酢，大概引起了佩玉的好奇心，她便要海文帶我去她家。我去了幾次之後，就成了常客。

與小說中的美鳳相比，這裡的佩玉含蓄多了。項美麗對小說與散文寫法之區別，把握得甚有分寸。但我們還是不難看到眞實與虛構之中交疊穿插的軌跡，以及作爲情人，她對那位以靜制動、以守爲攻的妻子的複雜感情。尤其是《潘先生》中以下這一段：

最大的孩子是個男孩，他是全家的驕傲。他出生以後，佩玉奮發努力，試圖延續自己的成功。她又一連生了四個孩子。但不幸她們全是女孩。鐵定地，堅實地，全是女孩。佩玉爲此深感羞愧，她和她母親常常怨歎命運。一個幸福的中國家庭應當不只一個男孩和繼承人。應當多一個男孩以防不虞。不過，我不認爲海文爲此事對佩玉不滿。一個男孩聊勝於無。佩玉有了很多孩子，已經避免了悲劇。可是海文的大家庭男孩匱乏，他們堅持勸他娶個小老婆，爲他延續子嗣。海文則不以爲然，因爲他愛佩玉。

在這段文字中，我們似乎聞到一種酸溜溜的味道。不過也看出來項美麗眞是個言行一致的作家。即便是對情敵也不失公正。除了寫佩玉的封閉幼稚，她也寫到佩玉的善良，例如那次大閘蟹事件：

這是吃大閘蟹的季節，也正好是西方吃牡蠣的季節。因此我以爲我沒問題。大閘蟹很好，我吃了三個，然後就不好了。長話短說吧，我吃病了。海文夫妻認定我不能冒險走長路回家。我反對也是徒然，他們吩咐給我鋪床。可是傭人們哭了起來，他們提起一個古老的傳說，說是外國人吃了中國螃蟹會暴死，他們全都想在我暴死之前把我弄出門，以免老天降罪於他們。他們說，應當趁我還有體溫，有呼吸，讓我在黑夜中離去。海文根本不信這個，他比他的傭人們現代。他嘲笑他們無知。我被留在佩玉房間過夜。海文睡在樓下的一張床上。

我沒死。早晨我醒來時，發現佩玉正在我身邊害怕地看著我，憂心忡忡。她下樓去叫醒了她丈夫，請他來爲我們溝通。海文聽她說了一些話，然後顯出得意的樣子：

「我妻子幾乎要說英語了，」他激動地說道，「再等會兒她也許眞的要說英語，她會說幾個詞。她想說的是，『你餓嗎？』但她怕你會回答，她不知道你回答了她該怎麼辦。」

大閘蟹事件以後，她們成了朋友，她們一起上街散步、購物，在飲食保健、衣著打扮方面互相取經。有一次，項美麗還和盛佩玉去拍了一張兩個人的合影，並肩而坐，煞是親熱。他們有時候還三個人一起出現在公眾場合，吃飯，跳舞，看戲。三人乘坐邵洵美那輛黃色蓬式車出遊的場面，儼成上海城中一景。項美麗曾頗爲風趣地寫過一篇文章，描寫她跟這一大家子人一道看戲的故事。刊登在一九三八年某期的《紐約客》上。那天晚上，十點半了，五個不滿十歲的孩子跟這三個大人浩浩蕩蕩，奔走於上海最繁華的街道，他們看過了西方劇又看中國戲，享受上海的夜生活。我不知道美國那些讀者看過以下這些描寫作何感想：

孩子們吵吵鬧鬧地在我們的大腿上尋找他們的座位，他們都想找到一個最佳角度，以便看清楚台上在搞什麼……接下來的情況就複雜了，因爲海文發現，不僅要向我解說每一情節，還要跟他的孩子們解說。這一來他只好極力看清楚每一細節。海文是個慈愛耐心的父親。可是，對我解說的情節，不一定也適於跟孩子們解說……終於，海文向我通報，他的孩子感到悶了，事實上我也發現，小茱迪在不耐煩地踢著我的小腿。「情節推進得太慢，」海文道，「這種戲對孩子不適合。我自己對這齣美國劇也有點看不下去。佩玉也覺得它有點悶。你說悶不悶？」

不管那些美國讀者對中國習俗多麼無知或離譜，看到以上這樣一些描寫，大概也會有些點迷惑不解：很難想像，一個西方女子與一個中國家庭，能夠親密到這種程度。而且除了那丈夫之外，她與這家其他的家庭成員基本上無法溝通。他們勢必猜度：這其中一定還有點別的什麼奧秘？好吧，大洋彼岸那些美國讀者的感覺，我們且不去管他，明顯的事實是，在上海當地那些風聞邵洵美和項美麗戀情的西方人眼裡（比如弗萊茨夫人那群大班太太及其丈夫們），這兩個女人的親密關係也顯得神祕而奇怪，令他們驚異不置。人們議論紛紛，甚至猜度這裡面是否包含著什麼陰謀。項美麗在《太陽的腳步》裡的如下描寫，看來並非完全出自虛構：

「你沒什麼事吧？」瑪西婭的目光快速地一閃，「譚博士爲你擔心死了。他剛剛還在說起，他說，只要雲龍和他妻子的親戚們不插手這件事，情況就還安全。不過一旦他妻子向她家人投訴，他們就會有所動作。那些人很有勢力。所以你要提醒桃樂絲小心。」瑪西婭手握著一杯茶，神經質地把它在桌子上前後推移著，「你沒事吧？」

桃樂絲驚異地看著她，遲疑了一下：「小心？」她問道，「我該怎麼小心？」

「噢……小心食物。別吃他們給你吃的任何東西。晚上要是你一個人在家，誰敲門都別去開。我沒法告訴你他們會採用什麼手段。」她看見了桃樂絲目光中的訕笑，頓時發作道，「桃樂絲，我們是認眞的！你一定要相信譚，你一定要小心。我要告訴你的是，我認爲你應當離開這裡——這就是你應當做的。你應當避開一些時間，以待事情平息。」

這些人顯然是在杞人憂天了。但從事情後來的發展情況看，《潘先生》系列那種輕鬆詼諧的語調，也不完全眞實。它也許符合《紐約客》散文的一貫風格，也就是說：輕鬆幽默，妙趣橫生，卻不能完全表露眞相，尤其是當眞相是那樣的撲朔迷離時。以至於許多年後，當項美麗回首往事，也還是剪不斷，理還亂。也因此，五年的時光，在她九十二年的生涯中，只是短短一段，卻讓她寫了那麼多本書，寫了那麼多年。不過，就算寫了那麼多本書，也還是沒能理得清她的中國之戀。

·第11章·

綠銀色的小屋

如果說項美麗與邵洵美的戀情在上海西方人圈子裡引起的是一片驚疑，相對來看，在中國人中間、在上海文化圈子裡，大家反而風平浪靜地接受了這個事實，甚至對此多少抱著一種欣賞的態度。邵洵美眾多的兄弟，以及他各界的朋友，很多都成了項美麗先後位於江西路和霞飛路寓所裡的座上客。

項美麗在《我的中國》一開頭就以巴爾札克式津津樂道的口氣，描寫了她的江西路公寓，這是她到上海後租下的第一套房子：

它位於一座中國銀行建築的底層。所以窗户一開就是熙攘喧囂的大街，那裡永遠灰塵撲撲。家具有一種特別的「風味」，你必須理解，這是江西路，是上海紅燈區的代稱。每逢我告訴人家我住在江西路，總會引起一聲怪笑，有些下流的老傢伙還會壓低聲音道：「那些姑娘們可好？」

最大的一間房都不怎麼大，但它有它的可取之處。其他公寓房子往往只是一個小黑屋，帶有一張餐桌和一個暗褐色中國式小櫥櫃。我這個大房間的牆和天花板卻漆成了綠色。三面牆上飾有金屬架，狀似竹林，如果從某一角度看，還銀光閃閃……這些金屬竹林斜著看不大好，所以那只折折床白天我用來坐，晚上用來睡，被放在一個不顯眼的角落，好像隱沒在美麗的竹林裡。竹葉有鋸齒邊，前任租客爲了保護他的頭髮和背脊，在床上堆放了很多座墊，那些座墊都飾有亮閃閃的五彩錦緞花邊。

但是她的鑒賞趣味似乎沒得到朋友們的認同。姊姊海倫從北京回來後，來這套房子看了一次，就不再來了，她「只是站在那裡，打量著四周，說『你是說，這房子很便宜吧？』就再不肯來了。」反映最強烈的，是她一位德國朋友安娜·馮·斯庫伯特，她是一位富有的大班太太，住在虹橋路的一幢獨立小洋樓。她看過這房子後，大驚失色，用一種悲天憫人的口氣勸阻項美麗道：

你怎麼可以住在這樣的地方？你不能住在這裡。在這裡你不能寫作。不，你不能住這裡。我眞爲你難過。爲什麼你要住這裡？你又不窮。在中國要住得好不用花很多錢。爲什麼，爲什麼？我親愛的米奇？

可是項美麗不在乎。多年以後，她回憶起這一段日子還滿懷留戀：

一九三五年至一九三六年的這段日子，我把它們過得多麼充實。我的日程排得滿滿的。在那間醜醜的小屋裡，我每天有規律地摸黑就起床，吃早餐，趕著去上班。我雇了個呆頭呆腦的男孩子作傭人。他在那些綠銀交映的竹林中穿來穿去。通常，我一個上午就可以做完例行工作。那一般是約見或採訪一些過氣大亨（當地把成功的商界人士叫做大班，從這裡起我也這樣稱呼他們），或是去參加一些俱樂部游泳池開幕之類的慶典。我自己也可想出些點子去採訪，比如一間中國藥店弄了個眞正的印度支那樹獺來吸引顧客，這一類的奇聞怪事。只要我的專欄不缺少材料，不讓我的讀者失望就行。總之，諸事順遂，我在辦公室在家裡都可以寫作。

午飯也多姿多彩。有時是弗萊茨邀請我上她那紅黑色調的家作陪客，來客也許是到訪的美國傳教士，也許是她力邀得來的梅蘭芳——那次演出可眞是一次轟動性事件。有一天我在中國飯店跟一位女孩吃中飯，那是我第一次在那飯店飲酒。我們還曾糾集一幫男人，搞了個午間派對。有一次，只有一次，洵美來《字林西報》編輯部找我，他的蒼白面孔和修長身形在那些英國記者中引起一陣騷動，連他自己都感覺到了。那以後他就只約我去外灘見面。

五花八門的人物都在項美麗這所怪裡怪氣的寓所出現，項美麗追求刺激和冒險的天性在這裡得到了充分滿足，每天都有驚奇，以致非洲的叢林都爲之相形失色。在這裡，哪怕是上菜市場買菜也是一場獵奇，多年之後，她在《中國烹調》裡有以下這一段有趣描寫：

我在上海冒險第一次購物——那是很多年前的事了——請了位朋友相伴。因爲她熟門熟路。她叫葉蓮娜，是位白俄。一九一七年俄國革命中的難民。當她被家人帶出俄國時還是個嬰兒。她在中國長大。她長得很美，尖下巴，金頭髮，有一雙稍稍斜視的眼睛和高顴骨。她跟其他白俄一樣，能說一口流利的上海話。艱苦生活教會了她如何幾乎不花錢地活命。我們一大早就出門，叫了輛黃包車去菜市場。

我跟著葉蓮娜在人群中擠來擠去。我們在一列列由洋白菜、生豬肉、活鴨、米粉、魚乾、蔥頭和稻米袋子組成的攤位中穿行，我被這一片喧囂弄得頭昏腦脹，葉蓮娜卻胸有成竹地逕直——盡可能直地——走到一個大胖子的攤位，這人正使勁搧著扇子。她對我介紹道：「他是我的朋友。」

他們熱情地互致問候，然後葉蓮娜開始挑揀擺在他面前的那些蔬菜和調料。他們不動聲色地談著他的老婆和孩子，她揀出的東西在他面前堆成了一堆。終於她揀夠了，兩人頓時沉默下來。一陣冷場之後，「多少錢？」葉蓮娜問道：「別忘了我們是朋友。」

胖子說了一個價，葉蓮娜大吃一驚似地往後一倒，「你說要付多少？」胖子問。現在輪到他爲葉蓮娜的開價而驚倒了。他倒抽一口冷氣。然後他減了幾分錢。而她也說了一個數，比她第一次的開價高出一點。這一場拉鋸戰持續了好一會兒，但顯然是必不可免的。兩人終於議定了一個折衷數字。蓮娜取出錢包付款，她數出錢來，一些硬幣，一些髒兮兮的紙幣。我們拿起我們的菜轉身離開，但葉蓮娜在攤子上拿了一個蘿蔔，對她的朋友道：「給我這個搭頭。」胖子笑著揮揮手，表示他讓步了。

晚上的生活更精彩，項美麗邀請年輕的朋友們來家中作客。他們中間有律師、外交人員，常來的是六、七位單身漢。他們每逢星期一晚上有個聚會，輪流作東。大家並不外出尋歡作樂，只是靜靜地圍坐在一起聊天。這些客人們總是在她家裡待到晚上十一點半就回家。在上海，這是罕見的風景。於是人們給他們這一夥人起了個名字，叫做「星期一晚間俱樂部」。這名字吸引了公眾注意，人們大惑不解，這班人在幹什麼？他們爲何不去看電影打發晚上的時間？但也有些人想來加入他們，甚至還有人建議他們組織一個團體。

至於邵洵美，他幾乎跟項美麗一樣對這個小屋情有獨鍾。

邵洵美與盛佩玉結婚後就搬出大家庭，在楊樹浦買下一座花園洋房。這就是前面引文中被桃樂絲描述過的那座維多利亞風格的房子。項美麗在其他書中也多次描寫過那座房子，細節大同小異。給人的總體印象是：房子外西內中，大而無當，華而不實。邵洵美告訴項美麗，他之所以要搬出高尚住宅區，住到這個位於蘇州河邊的郊區來，是爲了避開應酬，讓自己有更多時間留在家裡讀書寫作。然而，顯然事與願違，邵洵美不得不「花更多時間和更多汽油，開著他那輛黃色篷式車去他位於城中的出版社」，「他在上海廣結人緣，每天花大量時間在飯店見朋友，跟他們聚宴。」

現在好了，邵洵美不僅在自己家裡會友，在城中飯店會友，由於項美麗這間房子正處上海市中心地帶，他也把這裡當成了他會友的主要據點。而且漸漸地有取代其他據點之勢。

洵美喜歡我的房子。他不在意它的簡陋。因爲他認定了，大多數外國房子都是簡陋的。或許，他甚至把我那金屬竹林當作現代化的標記了，因而大爲賞識。他喜歡我家的另一原因是因爲它地處市中心，可以作爲他的最佳休息點。他呼朋喚友，在這裡高談闊論，接打電話。他帶朋友來我家，在這裡他們除了吃飯，無所不爲。我一直不明白爲何他很少在我家吃飯。只有一次，他和他弟弟在我家吃了午餐。他的弟弟小璜在巴黎受教育，能說法語。是個美男子，他胖胖的，溫文爾雅，動作不太靈活。現在他已是一名游擊隊頭目、抗日英傑了。那時卻還是個漂亮的男孩，他沒工作，待人誠懇，愛笑。他坦承，中國人在我這裡吃飯永遠吃不飽。

「我在你這裡吃飯之前，」他告訴我，「先去吉米那裡吃了些東西。不然我就得在你這兒吃過了後再去新亞吃麵。我們中國人不吃飯不會飽。」

常來的當然主要還是那些文化界朋友：

在洵美數以百計的朋友中，只有少數成了我的朋友，因爲這些人會說英語，喜歡美國或英國。其中有全增嘏，他在伊利諾大學讀過書；溫源甯，他畢業于康橋大學，自詡比英國人更像英國人；葉秋源，我在杭州結識他，後來他搬到上海住。還有一位杭州朋友郁達夫，他是著名的小說家，有位美麗的妻子。葉給我留下了最美好的記憶，他非常愛他的故鄉杭州，那是中國最美麗的城市之一，產生過一個著名的中國詩歌流派。葉秋源沉迷於詩歌，他說他服膺的是中國古典杭州詩風，希望自己的詩因循這一風格。他在我家常搖晃著他那顆大頭，踱步吟詩。他堅持自己的信念。我第一次去杭州，就跟他發生了激烈爭論，令我記憶猶新。我們在所有的問題上都意見相左。在那個面對美麗西湖的房間裡，我們大喊大叫，爭論不休。在湖邊那座山峰上，我們像美國大學生一樣吵吵嚷嚷……想起來眞不好意思，但這正是我喜歡的中國。

在那些熱鬧的日子裡，我還認識了一些中英文俱佳的作家。其中包括林語堂。他是洵美的另一位朋友，那些日子正在構思著他第一本英文著作。他還編輯了一份中文幽默週刊《論語》。在中國文壇，他大名鼎鼎。遠在美國的賽珍珠也與他保持聯繫，關心他的英文寫作。

項美麗特別提到，邵洵美的朋友們當時正在一起熱烈策劃的一份英文雜誌。在《海上才子邵洵美》中，寫到項美麗去見宋靄齡時，順帶式地提到過一句：「前英文雜誌《天下》的兩位主編溫源甯和吳德生也是常客。」那是在一九三九年，這個「前」字用得有欠準確，因爲根據有關資料，《天下》那時還存在，只不過因爲戰亂總部遷到香港，已經是一份有一定影響、頗具規模的期刊，而且是惟一一份由中國人辦的英文期刊。

一九三五年至一九三六年，項美麗、邵洵美與朋友們在江西路那所綠銀色小屋裡籌辦的雜誌，應當就是這份《天下》了。項美麗在憶及她的江西路生活時，有段長長的篇幅講到她與邵洵美及其朋友們籌辦那份刊物的經過：

這些朋友們在一起熱烈地討論一個新課題：辦份英文雜誌，宗旨是增進東西方文學之間的相互了解。有人提議說刊物應當含有政治性，但被否決。這個議題獲孫科支援，他是中華民國奠基者孫中山的兒子。目下在重慶，而據我所知，他當時是在歐洲。雜誌被定爲月刊，刊名叫《天下》，意思是包羅天底下每一事物。當然，如同其他中國辭彙一樣，它是一個引語。含有「世界」之意。編委會由我上面提到的那些人組成，再加上其他幾個人。其中包括吳約翰博士（大概就是上面提到的吳德生——作者注）。他們的名字列印在報頭上。編委們請洵美給他們寫稿，他欣然應允。我也很喜歡爲《天下》寫稿。只要我願意，我也可以寫得很文學。

顯然，這本雜誌就是《天下》。《自由譚》只存活了六個月，《天下》則從一九三五年創刊，直到一九四一年太平洋戰事爆發才停刊；它成了身在亞洲的西方人了解中國的一個窗口。項美麗與丈夫查爾斯·鮑克瑟相識相知乃至相愛，其媒介不是別人，正是這份《天下》。查爾斯是《天下》熱心的讀者和作者，一九三八年，查爾斯正是讀到項美麗在《天下》的專欄文字，才對她發生興趣，到上海她的愚園路寓所去求見她的。

《天下》的編輯部同人都成了項美麗的朋友，這不僅因爲他們都是邵洵美的朋友，「中英文俱佳」，也因爲他們的自由知識分子立場。在《天下》那些朋友中，項美麗提得最多的是溫源甯，因爲他是《天下》的主編。還因爲他英文特別好。目前在內地坊間流傳的一本念人憶事文集《不算知己》，就出自這位溫博士之手。溫源甯是在海外生長的華僑，他在英國康橋大學取得文學博士學位。他的英文好過中文。一九三三年起，他成爲在海內外頗有影響的英文期刊《中國評論》（*China Critic*）的編委兼專欄作者。他這些頗爲特別的身分，使得他得以周旋於各黨派各階層人士之中，在文化界、政界他似乎都是個活躍分子。解放以後因其「反動」立場和錯綜複雜的社會關係而被各種史料忽略。直到近兩年才起死回生。項美麗與他的一段交往起自於江西路，續之於她的香港歲月，當時溫源甯主持的《天下》編輯部避難香港。他是宋靄齡的座上客，跟正在採訪宋靄齡的項美麗又在那裡不期而遇。溫源甯雖是邵洵美的朋友，但在邵洵美與項美麗的戀情中偏向於項美麗。可是項美麗似乎並未因此而對溫筆下留情。她不僅說他自詡「比英國人更像英國人」（這句話後來被人多次引用，卻都並未說明出處。）又說他因此而對眞正的英國人心生妒意。然而她還是公平地說：

溫源甯當《天下》的主編，是個理想人選。雖然他中文不流利——他是華僑，亦即海外中國人——他的理念卻完全是東方的。他喜愛學習古典中文。這一愛好並不妨礙他接受T.S.艾略特（T.S.Eliot）的影響。他也很欣賞A.E.霍斯曼（A.E.Housman）。

還有吳約翰——吳德生，他也是一位有趣的人物：

> 他那時正在考慮著要加入羅馬天主教。約翰在哈佛研究法律，是大法官傑斯提斯・霍爾默斯（Justice Holmes）的學生。他追隨霍爾默斯多年。目下正試圖將西方的過去與中國的現在融於一體。跟洵美一樣，他也非常的中國，甚至拒絕穿西裝。他家中布置完全是傳統中國風格。比洵美更極端，他的英文帶有濃烈中國腔，而且是寧波腔。

《天下》既是這樣一份自由主義知識分子同人編輯的刊物，它就不免口無遮攔，四面樹敵。抗戰爆發後，溫源甯有理由認爲自己的名字已經上了日本人的黑名單，而《天下》亦面臨被日本人搗毀的危險。再加上來自於一位名叫約翰・亞歷山大的英國情報人員的警告，他說有情報顯示，溫源甯和他的雜誌有麻煩了。聽了這話，溫和其他編輯部成員立即匆忙登上一條去香港的船，奔上逃亡之旅。項美麗不無戲謔地寫到這班紳士們的「勝利大逃亡」，在她的筆下，任何事情都好像不無遊戲成分：

我從那條船的一位旅客那裡聽聞過他們這次逃亡的趣聞。起先，那些編輯擔心資金困難。匆忙中他們也沒法調集他們的銀行存款。此外，他們也認爲混跡于平實的中產階級群中，較爲安全。所以他們買的是二等船票。然而，上了船之後，溫源甯四處一看，發現二等艙環境惡劣不堪，使他無法忍受。於是跑到事務長那裡，換了頭等艙。全增嘏便對葉秋源道：「既然他換了，我們爲何不跟著換，無論如何，《天下》同人應當保持一致。」於是他們也都換到了頭等艙。這似乎意味著他們公開了他們的行跡。所以整個編輯部是紳士派頭地登陸香港的。

除了這班紳士文化人，項美麗這間綠銀色調的小屋也對其他窮文化人開放。他們都成了她專欄文章的素材。這似乎是件一舉三得之事：《紐約客》得到一批難能可貴的中國稿。那時候，中國在美國人眼裡就跟另一星球一樣遙不可及，因此其魅力不下於非洲。再加上日本侵華戰爭的狼煙四起，那裡成了世界上除歐洲之外的另一新聞熱點；項美麗得到高額稿費，使她得以在不久之後辭去報館的朝九晚五工作，作兼職英文教師加上稿費收入，就足以應付她在上海的高消費生活；而那些窮文化人，也在她這間小屋找到一方樂土，使得他們可以在這裡坐在她的沙發上，喝著她的紅酒，指點文壇，談詩論道。項美麗不只一次將他們的故事寫下來在《紐約客》發表，以下這篇文章便是其中之一：

中國人與繆斯

是海文把莎士比亞先生介紹給我的。我發現，很難說這是件令人愉悅之事。自從莎士比亞先生介入我的工作和生活，只要沒聽到那要命的鈴聲，就不能說這一晚我已安然度過。當然，我必須應門，因爲有可能是家裡來了封電報，也有可能是一位帶來百萬元支票的信差——我必須開門才能獲知答案。可每次我一開門，總是看見莎士比亞先生，戴著他那項黑軟帽，一臉憂傷。

我想在我家能接待莎士比亞先生當是幸事。海文說他是中國詩壇領袖之一。我不知道，因我讀不了他的詩。他也曾爲我翻譯過一些片斷。所以我雖能了解，他是在描寫酒後躺到一處樹蔭，在樹葉的掩映下，其樂融融。可我聽著這些譯詩時，並不能感到這一連串列動之中的抒情意味。當然，當他不寫詩時，當他給朋友打電話時，他並不眞的叫莎士比亞。他的職業是教書，在課堂上，他以一種伊利莎白風格的英文，把巴特的劇本譯成中文。

上海翻譯家眾多。譯者往往選一些對他們個人發生影響的作品譯。例如，我曾與一位孔先生有一次長長的會見，他是T.S.艾略特的信徒。他大量引用艾略特的詩。它們在他的言談裡燦若群星，恰到好處。由於他的偶像是艾略特，他的引文眞的是手到擒來，也就是說，當你引用艾略特時，你引用的全是英國文學二手貨。

「我告訴她她有麻煩了，而她，」有人說，孔先生會立刻接著他沖口而出：「啊，我的先知的靈魂！」我們全都開心大笑。

我還在上海碰到過一個先生，他花了一年時間翻譯布希・塔金頓（Booth Tarkington），他賦予塔金頓一種粗野直率的美國風格。我還遇見一位波德萊爾的譯者，他是個鴉片鬼。還有位先生極熟悉洪奈克（Huneker），有位酷愛沉思默想的小個子紳士，他將偵探小說引入中國，對我最微不足道的意見，他也會深思一番。他的引入並不十分成功，他將之歸咎於，中國人似乎對死屍並不感到神祕。

事實上，這類人物我認識一大幫。其中包括一位中國切斯特頓（Chesteton），一位基爾伯特・席爾特斯（Gilbert Seldes，他發現了米奇老鼠，寫過一篇有關文章），一位諾色克利夫（Northcliffe），一位昆雷考什（Quiller-Couch），還有一位福克納（Faulkner）。中國人與亨利・詹姆斯（Henry Jameses）格格不入，我想詹姆斯一定有些蒙古色彩。

但我們還是回到莎士比亞先生吧。他看上去不像他的偶像。是的，我幾乎可以肯定他不像。我初次見到他是在一個派對上。當時他正坐在一個角落，抱著手臂，冷眼旁觀。他不喜歡人群，他告訴我說：「我們有理由跟他們格格不入。」他解釋道，「他們除了生意經什麼也不懂，精明的凡夫俗了，我恨他們大家，他們也討厭我。」他用一種滿意的神色道，「我很開心。」

他好作驚人之語，且有糾正我英文發音的習慣。我試著欣賞這一習慣。有一次，當我說某件事是「decisive」（決定性的），他指導我：「不對，這個字應當唸做 decisive 。」他堅信不疑地道。

第一次他打電話約見我，是獨自來的。拿著包花生。那時是夜裡十一點。不幸我還沒上床。於是他說他要跟我聊幾小時。上海的開放自由風氣使得人們可以在別人家待到清晨四點，莎士比亞先生也想這麼辦。可我兩點鐘就送他出門。但他並不就此退卻，他繼續給我打電話。上個星期，他帶了個人來，拿著包茶葉，說是送給我的。

「我的朋友林先生。」他介紹道。我們接著便討論茶葉。

「他寫聖經小說。我寫詩，他寫散文，我們可以坐下吧？」

莎士比亞先生是個矮胖子，他朋友卻高而瘦。表情比他更爲憂鬱。我憐憫地看著他，問道：「他說英文嗎？」

林先生嘲諷地一笑。

莎士比亞先生道：「我想他說英文的。你正在讀什麼書？」

這晚的氣氛有點沉悶。我試了好幾次，想要引林先生加入我們的談話。但他只是微笑。有一刻莎士比亞先生跟他講中文，他們一邊講一邊看著我。我感到不自在。莎士比亞先生解說道：

「我的朋友說你是沙弗第二。」

我很高興，向他鞠了一躬。

「他說你有點頹廢。」莎士比亞先生繼續道。我有點驚奇，但再次鞠了個躬。莎士比亞先生說要一杯「那種白酒」，他的意思是伏特加。我拿給了他。

「我朋友寫了篇小說，叫《莫特・奧利佛》。」莎士比亞先生說，「故事來自聖經，寫得非常之好。我寫了首英文詩。我帶來了，如果你要聽的話，我可以讀給你聽。」

他不顧林先生不以爲然的一笑，讀了他的詩。我說很好。

「潘海文不這麼看。」莎士比亞先生道，「我剛從他家來。我讀給他聽了。他說他對我的詩失望。但他喜歡林先生的小說。林先生熟讀《聖經》。我還要一杯白酒。」

他倆喝了三杯酒，多多少少有點飄飄然。

「我朋友林先生說，他認爲你是宜爲人妻的那類女子，」莎士比亞先生又說，「你有母性。」

他倆都有點輕浮地看著我，我得開腔了：

「已經晚了，」我提示道，「我想你們該回家了。」

「我沒有家。」莎士比亞先生道，「我要在街上遊蕩一整夜。我要看晨曦。」

「你爲什麼不回家，」我道，「你的家怎麼了？」

「你應當說你的那些家，」他悲哀地說道，「我跟我母親那一家子鬧翻了，跟我父親那一家子也鬧翻了。現在，我想我要去杭州，我要獨自住到山林裡寫作。」

「現在？」我的口氣裡有了希望。

「現在，」莎士比亞先生道，「一離開這間屋子我就去。路上我得有點東西可讀。把那本雜誌給我吧。」

「不行，那本雜誌我還沒看。」我反對道，「我今晚剛買的。」

「你可以再買一本。」他道，把雜誌放到自己的衣袋裡，「我現在要去杭州了。但是先給我點吃的東西，我餓了。」

無論如何，他曾帶給我花生。我在冰箱裡翻找，找到一包起士、一塊點心和一把折折刀。我把它們放到一個盤子上，讓莎士比亞先生挑選。我不在意他拿了那包起士和那塊點心，但我不明白爲什麼他也拿了那把折折刀，並把它們都塞到他的大衣口袋裡。不過他們已經朝著門那邊走去，我可不敢因任何理由截停他們。他們在廳中停下了。

「我不在時，我的朋友林先生會打電話給你。」莎士比亞先生親切地說，「他要跟你討論《聖經》，這對他來說易如反掌。他精通聖經。」

「眞的？」我很熱情地說，「他最喜歡聖經的哪一部分？」

林先生第一次也是惟一的一次說了英語：

「頌歌。」林先生清晰地說。門在他們身後關上了。

我們在這裡不僅看到了項美麗當年抒寫紐約都市生活的那種輕鬆調侃的文風，也得以見識她那種一針見血地抓住人物事件要領的敏感，以及用三言兩語將事物深刻的意義勾劃出來的才能。也可以說是一種獨特的靈氣，我想當年一再打動了凱瑟琳和羅斯的，就是這種靈氣。《潘先生》就由這樣二十八篇小故事組成，項美麗在這本書中，不僅寄託了她對邵洵美的一往情深，也刻劃了一組他周圍那些中國人的群像，其中包括他的家人、朋友、僕人，甚至敵人，它們不僅眞實記敘了一個動盪的時代，也是文學精品。我從這些文章所得到的愉悅，不下於我讀賽珍珠、伊迪絲·華頓夫人，甚至珍·奧斯汀小說所感到的快樂。同樣的眞誠，同樣的優雅，機智而不刻薄，細膩而不瑣碎。最可貴的是，毫無矯揉造作之態，從中可以透見一顆悲天憫人的平常心。

這些日子是項美麗在上海生活的黃金歲月，她不僅把她的家儼然搞成一個文化沙龍，而且還不時在邵洵美的陪伴下出外旅行。蘇浙一帶自是他們的常遊之地。他們還去遊了一次黃山，同行者有十二個人，個個都是「上海重要的中文雜誌編輯和記者」。大家都一身旅行打扮，就連永遠著唐裝的邵洵美，也「脫下他那身灰大褂，換上了一套短衫」。

這次旅行給了項美麗很多驚奇。她驚奇地發現，這班平時文質彬彬的書生，在黃山都變成了好像受過奧林匹克爬山訓練的運動員。他們不知疲倦地跑遍了黃山的大小山峰，「我們整天爬山，每天都爬。追蹤著數之不盡的神話傳說，我們沿著那些修建于明代的石階上上下下。」十天時間裡，他們浸了溫泉，拜了廟宇。走訪了雲霧山中的村落。周遊過世界、有過非洲探險經歷的項美麗，在這些不知疲倦的書生們面前也要甘拜下風。爬山需要靈巧，這位身材高大的美國女子，在這方面就敵不過短小精悍的中國人了。特別令她驚奇的是，有位六十多歲的老太太，「身材瘦小，可在那古老的石階上，她的動作比年輕人還要靈活，我氣喘吁吁地跟在他們後面。喘著粗氣，狼狽不堪。」項美麗回憶道。上海周圍都是一坦平原，從那裡來到黃山的樹林之間，特別讓她感到新鮮興奮。雖然：

我滑倒在泥濘中，擦傷了手，扭傷了腰，但仍然樂在其中。晚上，我們吃過了一頓齋飯後，圍坐在那種直背的中國椅子上，聽和尚們講鬼故事和其他朝香客的故事。一天，我們碰到了一位朋友，他姓張，以畫虎而著稱。他的遊法很單純，他像一般香客那樣頭戴一頂大草帽，身著一身農民藍土布衣，他比照著他手中那張地圖巡遊古老的山峰。那是一幅黃山實地卷軸圖，畫於三百年前。我從沒見過一幅現代地圖能畫得像它一樣精確，我們對張先生和他這張圖推崇備至。與眞實地貌相比，它只有很少的地方因風化侵蝕而改變。

著名的攝影師郎靜山也在他們這個團隊中，一路上他「依循他自己那一套攝影理念」，爲大家拍了不少照片，然後他們去了杭州，像古代詩人一樣在西湖上泛舟，吟詩作對。

這次旅行是項美麗上海歲月中歷時最久、參加人數最多的一次旅行。在那前後，她還去過北京、蕪湖、揚州、蘇州，大都是跟邵洵美及他的朋友們一起去的。其中令她記憶最深的一次是在鎭江，一場大風雨讓他們一行人滯留在這裡，讓他們望河興歎了三天之久。那時日本人正在向華北進軍，舉國上下一片抗日的怒潮。項美麗走在街上，遭到市民不友好對待，他們對著她指指點點也道：「日本人！日本人！」原來揚州人那時還從來沒見過日本人，以爲他們既然是外國人，就跟西方人長相一樣。

·第12章·

俠骨柔腸楊樹浦

一九三七年十一月八日，中國軍隊抵擋不住日本現代化軍隊的猛烈攻擊，棄守上海。五個星期後的十二月十三日，南京棄守，震驚中外的南京大屠殺就發生在這些日子裡。就在南京陷落的前一天，十二月十二日，日本戰機在長江炸沉了美國軍艦佩那伊號。上海的西方人社會頓時一片恐慌。他們再也沒心情坐在維克多爵士的中國酒店高樓裡，喝著咖啡坐山觀虎鬥了。歌舞昇平的好時光一去不返。維克多爵士也顧不得英國高稅，他將自己的生意撤回到孟買，逃之夭夭。外國銀行紛紛關門大吉，大班們也拖兒帶女，登上飛機輪船，加入逃難潮。他們有的乾脆就逃回老家，有的先逃到香港，且看事態如何發展。再膽大一點的，則搬到上海租界。

項美麗早在「八．一三事件」時，便從江西路搬到愚園路。這裡有個國際住宅區。她的心境早已不復無憂無慮。身為猶太人，她眼見成千歐洲猶太難民湧進上海逃命的慘狀，難免有兔死狐悲之感。上海的同胞們越走越少，連弗萊茨夫人也逃回了美國。但是，雖然家人不斷來信催她快快回家，她自己也談起：「是到了改變一下的時候了。」可還是留了下來。她在一封信裡跟海倫說：

你問我是不是要在這裡落葉生根，不，上海是不能扎根的。可我仍然愛中國。別說了，我還沒有任何去其他地方的打算。

爲什麼呢？

部分原因來自她專愛冒險犯難的天性。

項美麗在一封寫於一九三七年八月二十四日的信裡，描述了她在這些日子看到的戰禍慘狀，她寫道：

昨天晚上我跟一位中國人吃飯，他在門口碰到我，說：「眞對不起，其他客人來不了了。他們都在南京路受了傷，魏亨利傷得特別重。好吧，跟我來，咱們倆去入席，總算有一位沒受傷的客人。」

我從花園酒店看到，這個城市的好多地方在燃燒。那眞是又美麗又恐怖。飛機到處狂轟濫炸，火上加油。街上擠滿了拖兒帶女的中國人，他們總是擠成一堆——你沒法讓他們聽你的告誡——仰望著天空。我現在在霞飛路。我們頭頂上還沒有飛機。這地方還依然如故，可我提心吊膽。我不會去冒險的，我會小心自己。宵禁迫使人人晚上十點以後一定得待在家裡。最奇怪的是，我一點也不害怕。狄克・史密斯說這是因爲我還沒看到過眞正的轟炸和屍橫遍野的景象。有時我也會神經兮兮的，還不算嚴重。不過，這些天裡我非常非常非常地憤怒……誰將是這場戰爭的贏家，我絲毫不感興趣。沒人能贏得一場戰爭。

戰火一天天接近上海市區，終於有一天，項美麗親身體驗了大轟炸。那天她正坐在她愚園路家中：

一架飛機飛過屋子，它飛得這樣低，幾乎都要碰到煙囪了。緊跟著它就在傑斯菲德公園（今靜安公園）附近扔了一些炸彈。臨近幾座房子應聲而倒。驚惶中我奔出門，我跑到離愚園路幾英哩遠的法租界，在霞飛路上找到了一所房子。那是一所老式小平房，據房東說，它曾由一位已經逃離到香港的女人租住。房東是位行動笨拙、說話結巴的年輕人，他似乎對這房子所知不多。但他說我可以在這裡愛住多久就住多久。要是我覺得房子太冷，甚至可以爲我安上火爐。他幫我買來一只廉價煤爐。

於是我在橫飛的炮火之中奔回愚園路，把我前任房東的書裝車運走。他說別的家具可以不用管，書不能丟。於是我花了一整個下午來回奔忙，搶救這些該死的書。

這段描述不僅從一個外國人眼中，直擊了上海戰事，而且還有另一作用，它證明那種「邵洵美在霞飛路爲項美麗租下一座小樓作他們的香巢」之說是多麼輕薄和不負責任。項美麗好像已經預知到會有這些流言蜚語，緊接以上那段描寫，她便有如下一段解說：

邵家不久就又聚集一堂，他們找了個較大的地方安家。搬了三次之後，他們也在我的新居那一帶找到一座同一式樣的房子，於是他們搬了進去。我相信直到現在，他們還住在那裡。

邵洵美才是項美麗堅守上海的主要原因。

所謂「不久」、「較大」，其比較項是「八・一三事件」。說的是從「八一三事件」發生以來「不久」，項美麗早在「八・一三」事件前，便「從一位朋友那兒接租了愚園路房子」，而邵洵美一家當時還「不顧我的卡珊德拉式預言，仍然住在楊樹浦。」他們是在八・一三事件發生之後，才匆匆在法租界上找了間房子搬了進去。那間房子在他父親的大宅附近，只有一間房，一家人擠住在一起。所以他們不得不再找「較大」的房子，以致搬了「三次」。

邵洵美帶著他的大家庭，最後落定在霞飛路離項美麗住處只差二十四個號頭的地方，看來不完全是巧合。

由於行動倉促，搬家工具又只有一輛「屬於他父親的古董福特車，油箱裡只有兩加侖汽油」，邵洵美除了一些細軟，全部家具，大部分衣物，包括他收藏多年的數千本書籍，都沒能帶出。而此時，在英國政府的交涉下，日本人答應讓外僑進入他們逃離出來的地區，從家裡運出他們沒來得及帶走的財物，這些地區中也包括楊樹浦。項美麗拿到了一張通行證，她自告奮勇，要幫邵洵美搶救他的財物，特別是他的德國印刷機和大量藏書。《潘先生》中有篇文章，戲劇性地記敍了這次搶救行動。整個行動幾乎跟她當年出走非洲一樣驚險。不同的是，那次她雇了十二個非洲土著挑夫，這次雇用的是十個俄國搬運工。因爲日本人不讓中國人進入這個地區。

海文終於找到了一所房子，可以讓他們一家人住進去避難。離那兒六英哩遠，二十分鐘的計程車，便是花園橋。他們逃離出來的楊樹浦老房子就在那兒。他們沒時間帶走滿屋的東西。九月將到，他們甚至沒帶出寒衣。眼下，那些凶惡的日本海軍陸戰隊士兵把守著那條街。花園橋上則有日本特警站崗。他們揮手趕開那些在附近徘徊著想要通過的外國人。這些人試圖過去看一看他們的家或工廠。

那天早上，我一手拿著早報，一手拿起了電話：

「潘海文！」我衝著話筒大叫，「潘先生，你們主人海文……喂，是你嗎？聽聽這個！」

在電話裡，我大聲讀道：

「根據昨天從日本領事館得到的消息，今日及之後三日，外國人士被許可進入楊樹浦地區。他們將被允許上午九至十一時、下午二至四時過橋。只可攜出衣物和床上用品。其他物件概不許搬取。」「如何！」

「啊，太好了！」海文的聲音嘶啞。他剛結束工作，打算睡一整天。「這個……這個……他們怎麼說的？我還不十分理解。」

我再讀一遍。

「啊，太好了！」海文說，這次清醒了點兒。「那麼我可以去拿回每一件東西了？是不是？」

「不是的。只有外國人可以進去。只可以拿回衣物和床上用品。別問我爲什麼？」

「只有外國人？你確定嗎？」每當面對不愉快的事情時，他的反應總是很慢。我說我可以確定。但我願意代他去。「無論如何，我想去看看那裡的情況怎麼樣了？」我說。

海文花了大約二十分鐘時間拿主意。過後，他情緒高漲起來。日本人的安排有點複雜。第一天，某部分地區的某些屋主可以通過；第二天，另外一些地區開放給另外一些屋主，等等。那些列在名單上的地區，大多是美國人與中國人混居在一起的。我們試圖在電話中確定我們進去的日子：星期六下午六點？或者星期日下午七點？

邵洵美接下來的表現近乎狂熱，他又恢復他一貫的詩人作風，只要決定去做一件事，就全心投入，而且投入到了令人匪夷所思的地步：

我們花了大量時間討論細節。這天海文來我家時，拿著他寫的指引。字跡恭恭正正，還附有一張他寓所的平面圖。有箱子的房間都用叉打了記號。它們的鑰匙裝在一個小口袋裡，有二十八片之多，因為海文跟我們一樣，永遠不記得他要找的是哪一片。

我覺得那些指引太詳盡了，比如說，第一句我就認為毫無必要：

「首先把四周圍掃視一遍，看看房子是否沒被燒掉，東西是否都在。」

但我不想批評他。海文對他的成果非常引以為驕傲。他臉上帶著一種得意的微笑，研究著他的這張地圖。

但眞實情況卻要複雜得多。

美國領事館那位年輕人來上海的時間不長，對我要過橋的申請，他惶亂而激動，他同意我星期日去。

每天我們都聽到搶劫的故事。有些可能出於虛構，有些卻是眞實的。每一晚都聽到炮彈的呼嘯聲。海文和佩玉朝蘇州河那邊遙望，他們歎息著，互相安慰說那一切不是眞的。

星期六晚上，一切都準備就緒，我在義務警察中找到幾位朋友。還找到一輛卡車、一個司機，還有搬運工。海文給了我最後幾個錯亂的指示。當中國開始朝楊樹浦發射燃燒彈時，我正好要出門。我們奔到窗口，我們都同意，這是戰爭爆發以來最漂亮的一景。

空中彈片橫飛，對空炮彈連連開花。火團一個接一個在夜空飛馳，就好像一群大貓在一塊深藍天鵝絨布幕上飛奔，火光從窗户這邊飛到那邊，然後爆開成金光流曳的一團。一聲巨響之後，火光從地平線那兒升起。飛機一次次投彈，清晰可見。它們盤旋著，當嗡嗡聲變低，變得單調而拖拉，就是它們要下蛋了。

場面眞是壯觀。但不容置疑，遭殃的地區正是楊樹浦。可憐的海文，這晚發生的一切好像是一場針對他的陰謀詭計。那兒有他的房子、他的書、他的古董桌子，現在都在這幅壯烈圖畫中化爲灰燼了。

「要是楊樹浦燒完了，他們在橋上的人應當知道。」我安慰他道，「他們會讓我們掉頭。我會立即打電話給你。當然，就算楊樹浦燒了，也不見得你們的房子就——」

「噢，不要緊的。」海文第二十次這麼說，「不要緊的，也許你都不用這麼忙著去。」

第二天早上，我穿得像個灰不溜秋的幽靈，跟原始人似的試圖借助色彩自我保護。輔警們在他們一個夥伴家集合吃早餐。這位屋主是個年輕的富豪。我看見這群快樂的年輕人圍著一張桃花心木的長桌，個個一身卡其布短打，吃著香腸，喝著麥芽酒。那天海文不是惟一需要幫助的人。在場的共有十四名輔警，他們全都佩著臂章，藉此向日本人暗示，對他們應當禮貌相待。

在亂糟糟的叫聲和爭論聲中，我們出門上了各自的小車，朝市區出發。我的卡車等在那裡。

這是一個晴朗的秋日。九點鐘我們已經排在一列駛向花園橋的車陣中。沿途只見幾個穿卡其裝的人影，或列隊跑步去執行公務，或沿電車路線在那裡站崗。我們的車還好，我待在後座，這位置有個小窗，可以觀察後方。我看著黃浦江。那些輪船和帆船出奇地肅靜，只有幾個軍人在下錨。噗通噗通的炮彈聲仍然清晰可聞。聽上去似乎相當扎實，方位在河對岸。我想起之前有個人告訴我，他在炮火中損失了一座價值八十萬美金的倉庫。

突然，有人猛敲車上的鐵板，向我傳送資訊：「眞對不起，」我聽見那英國司機彬彬有禮的聲音，「儀錶指示說，油箱裡沒油了。」

我跑下車，飛奔向加油站。眞不是時候，橋已經開放了。車隊從我們身邊開過，駛向日本警察陣中。我跑呀跑，當我氣喘吁吁拎著一桶汽油跑回來時，卻發現那儀錶是壞的，油箱其實滿滿的。我們加入到車隊尾部，小心翼翼地駛入那列刺刀陣中。

五個日本警察檢查我的通行證，另有八個也探過頭來粗聲喝問：「你要去哪裡？」好像他們不知道似的。又有六個傢伙毫無理由地截停我們，其中三個說，要是我們打算去岬角島的話，不能去；然後，最壞的消息由那位守橋日軍頭目說出來：

「這張通行證是昨天的。」他說，眼睛裡閃現一絲快意，「你應當知道，你不能今天使用它。」

我當然從未想到去看看通行證的日期。

我請來一位英國警官相助。之後是一陣長長的協商，期間有十四個日本人朝我們喝斥，叫我們走開。其中一個還說要逮捕我們，但最後，他的上司，就是先前扣住我們的那位，過來放了我們。我們被放行時，已經有幾輛空車返回來了。因爲他們發現他們的房子已被燒光。

是那位頭目作了讓步，他說我們可以去試試。我們可以過橋，但要是被任何海軍陸戰隊員截停，千萬不要跟他們理論，只能向後轉，他一邊朝我們這樣咆哮著，一邊用張硬紙片呼地一聲敲了下擋風玻璃，往右方一指。

河灣上傳來一陣猛烈的機關槍聲。曾幾何時，那是條繁忙的河道，可現在見不到一條船了，在那往日繁華熱鬧的河邊市場上，也再不見那些香瓜和洋蔥攤販的蹤影。

我從小窗裡看到，我們的車開上了百老匯路。

街道空蕩蕩的，清掃淨盡，不過除了商店都大門緊閉之外，乍一看，一切正常。一個年輕士兵騎著輛自行車擦過我們的車邊問路。他朝我們咧嘴一笑。然後轉到旁邊一條街上。那兒亦是寂無一人。

突然司機和我同時大叫：「啊，看！」

右邊有座磚房燒得乾乾淨淨。我徒然回想它以前的模樣，但它看上去是那麼古怪，我迷路了。之後就越來越糟。這一帶面目全非。我們看到了比斷牆殘垣更糟的東西，日本人洗劫了此地。

我們遇到越來越多空車朝相反的方向開。還看到幾輛裝著沙包和士兵的卡車，它們在搜尋伏擊者。然後，就看到一條街上，沙包堆築成街壘，只留出一條小小的通道。有個戴著頭巾的肥大錫克教徒，吃力地推著輛獨輪車走過，車上面有張沙發床，一張桌子四腳朝天地放在車後。瓦礫中毫無生命跡像，連老鼠都逃光了。

在一個加油站旁，我們停下車來，海文那條街到了。它看上去空無一人。我們屏聲靜氣開著車在街上兜了個圈。突然，我又聽到鐵板被敲響，三個日本海軍陸戰隊員站在我們的車前，他們一字兒排開，揚著手，氣勢洶洶。司機座那邊傳來壓低的英語咒罵聲。

他們看了我的通行證，開心地大聲道：「不行！」

那個日期終於讓我們敗退。我們敗退了，就在海文房子所在的街上。我們懇求、陪笑和哀告，都無濟於事。只好在假裝的恭順中，沉重地掉過車頭，加入到那悲哀的空車返回行列。

下面的部分寫她一週之後，又搞到張通行證捲土重來，終於大功告成。我覺得就不如《我的中國》中的有關描寫翔實。畢竟是傳記的寫法，線條雖然較粗，可是更接近眞實，對照之下，我們不僅可以看出這兩種文體寫作的區別，亦可讓它們互爲補充，讓我們更完整地了解眞相，所以我下面引用的文字便來自於一九四六年紐約版的《我的中國》：

洵美的印刷廠可能遭日本人沒收，要是他們知道廠主是中國人，亦即日本敵人的話。所以我們簽署了一份文件，說我早在一年前、或戰事中買下了這工廠。這事全靠一位名叫馬爾柯姆·史密斯的警察幫忙。當我一次二次地幫洵美運家產時，他還派了位警察陪我。他家的情景可眞是慘不忍睹，而且還遭了搶劫。那是我第一次目睹戰爭的遺禍。親眼見到那些暴行所留下的後果，眞是令人觸目驚心。

家庭照片、玩具、書桌抽屜等等，都被斧頭砍成碎片，散落一地。所有的房間都是這麼一幅景像。都是那些野蠻的日本人幹的。花園橋上的日本守軍檢查了我的通行證，他讓一個海軍陸戰隊士兵跟著我們去，以便監視。他們不讓我帶中國搬運工進去。但俄國工人、白種人則可被放行。於是我雇了一輛卡車和十個俄國人作搬運工。我們整天來來回回地搬著那些家具過橋。這次行動最困難的部分就是過橋。因爲那些守軍往往態度惡劣，情緒失控。起先還挺順利的。直到我們進入這次行動最重要的部分：運出洵美那些書。這些書沒放在他家，它們被寄放在附近一間倉庫。還好，倉庫沒遭到破壞。有個中國老看守仍然守著那兒。可他不讓我們進去。隨我們來的英國警察干預也無濟於事。他向我們要小費，我們好不容易才打通了他，搬走了我們的東西。

洵美有個相當有價值的圖書館，裡面有很多明代圖書。有些書還更古老。那天我擔心我沒法把它們運出來。我心裡想，那些土包子守軍，大概不會懂古書的價值吧？可是倒楣！那天把守橋頭的人不是土包子。他是個讀書人。一看到那些書他就喜歡，他把我們截停。說他要沒收這些書，因爲他不能肯定這些書裡有沒有共產主義文學作品。

我被困在橋上三個多小時，等待事情得到處理。有個戴海軍上將帽的矮胖子，形象可憎，他一個勁地推著我的手臂說：「你回去，你不能過橋！回楊樹浦去。」我打電話給那位萬能的馬爾柯姆，他派了位警察來干預。他們商討了一會，終於達成結論：我是位研究中國的學者，讓我過橋。

這天天氣寒冷，我卻滿頭大汗。我像位英雄似地歸來。洵美在家裡焦急地等待，他們全都圍坐在我家的火爐前等待。這時就都跑到街上來迎接我凱旋。我們舉行了個小小的慶功舞會。陳林爲我送上一盤他最拿手的點心，這點心平時總是供應不足。這天我把它吃了個飽。接下來的幾天都過得很開心，我們曬那些書，檢查書裡的蛀蟲——熱帶潮濕天氣的產物。

·第13章·

霞飛路一八二六號

現在我們再回到霞飛路一八二六號，那座項美麗在戰火中新租的小樓。她在這裡從一九三七年十二月一直住到一九三九年十一月，直到她離開上海去香港。如今，她離邵洵美更近了，因為沒過幾天他也把家搬到這裡，他租住的那幢小樓是一八〇二號。

如果說項美麗這一生由無數驚奇組成，就頻率來看，霞飛路這兩年中，驚奇事件發生率最高。奇怪的人物，奇怪的故事，從四面八方湧來。不說是無日無之，至少也可以說是無月無之。江西路時期，她家接待的人物中，僅僅邵洵美的朋友就「數以百計」，到了霞飛路時期，就更熱鬧了。來訪者不只是邵洵美的親友，現在又加入了項美麗自己的大批訪問者。他們來自五洲四海，其中有中國人、美國人、英國人、法國人、德國人、印度人、澳洲人，甚至日本人，這裡簡直成了個國際俱樂部。

這是項美麗個人的多事之秋，也是全世界的多事之秋。一九三七年年底，中日雖然已經全面開戰，歐洲形勢卻還不明朗。英、法兩國政府正在使出渾身解數，要把希特勒德國這股禍水引向東歐小國。希特勒則已經摩拳擦掌，鐵了心要發動一場世界大戰。驚人事變一個接著一個，他先是介入西班牙內戰，在格爾尼卡第一次向全世界顯示狂轟濫炸的威力。接著是併吞奧地利，在慕尼黑瓜分捷克，一九三八年十一月發生在全德國的「水晶之夜」虐猶暴行，拉開了之後持續七年的虐猶序幕。成千上萬的猶太人逃離德國。世界似乎已經被幾個瘋子操縱，人們一次又一次在他們的狂言妄行面前目瞪口呆。

但是，置身風暴中心反而會感到奇異的平靜。項美麗後來回憶道，說起來令人難以置信，雖然住在被日本人占領的上海，她們這些西方人的日子卻過得安穩而平靜。法西斯日本雖與法西斯德國以及義大利結成了聯盟，但還沒與英、法、美撕破臉皮，還想盡力讓他們在中日之戰中保持中立，以便他們先把中國吃掉再說。所以，退縮到上海法租界的外國人，雖然被日本人包圍在那一小塊地方，行動受到限制，卻得以喘定。上海的物價在那段日子裡飛快上漲，但對於西方人來說，生活還是很便宜。項美麗給《紐約客》的專稿，稿酬漲到數百美元一篇。羅斯還給她的專欄起了個名字，叫做「中國通信」。

爲了挖掘新素材，當然也出於她那愛冒險的天性，滿足她那永不遏止的好奇心，項美麗甚至跑去見識上海的妓院和夜總會，以實地了解考察舞女、妓女和媽媽桑的生活。

她把霞飛路寓所多餘的房子租了出去以增加收入。在租客之中，有位名叫珍妮的女子。長得美豔非凡，能操多種語言。她身世錯綜複雜，是澳大利亞人，卻與項美麗一樣成了世界公民。她少女時代在日本度過，據她自己說，一位日本王子曾是她的保護人。離開王子後，她作了藝伎，然後，因爲一連串的愛情事件，陰差陽錯，她到了中國。爲了謀生當過妓女，專門接待那些日本銀行家和工業家。當她住進項美麗家時，她是一位有一半日本血統的日本記者的情婦，同時又與一位美國男人陷入熱戀中。項美麗說，珍妮天生具有小說家稟賦，編故事是她的一大嗜好，所以她自述的這些奇特經歷中，幾分是眞的，幾分是假的，難以判斷。但其中至少當過妓女這一點是眞的，有一天她帶項美麗去見識上海最著名的妓院，並帶她去見了一位名叫露薏絲的肥胖女人，據說，此人曾是上海灘上最成功的媽媽桑之一。她是加拿大人，曾經作過護士。她的妓院比其他地方收費貴得多，因爲她的主顧大都是闊佬，都是些中國銀行家，他們喜歡白種女人。也願意出大價錢。

> 我開始的計畫是，作爲珍妮的朋友，去看看她，大家座談幾分鐘，不見嫖客。可珍妮從不放過任何一個撒謊的機會。她打電話給露薏斯，說要帶她一個朋友去見她，她說這位朋友正遭厄運，她是個美國女孩，嫁了個中國學生，現在被丈夫拋棄了，流落上海。所以她叫我王太太。

珍妮成功地說服了項美麗，讓她跟自己一道演這場戲。她最終打動項美麗的理由是：這次經歷保證夠刺激。她讓項美麗穿上她自己的一件黑色緊身衣，戴上一頂大帽子，還給項美麗畫了眼影。她們駕著項美麗的汽車前往。在離露薏絲住宅有段距離的地方泊了車，然後項美麗就發現自己置身於一間空曠簡樸，甚具現代風格的臥室裡。

我很驚異，露薏絲是個滿有個性的女人。我不知道我原先指望看到的是何等樣人物，我想大概是我在書裡讀到過的她那種女人吧。露薏絲是個養尊處優、喋喋不休的胖女人。她言語乏味，滿口下流笑話。珍妮告訴我，露薏絲慣愛傳播那些不在場朋友的倒楣故事，她的言談一點也不淑女。我們喝茶，吃巧克力蛋糕。那些蛋糕又大又油膩。露薏絲自誇她的蛋糕鼎鼎有名。她和珍妮議論著她手下那些姑娘：她們現在哪裡，正在幹些什麼，等等。那天下午沒有人來。我們在五點鐘之前告辭。這次會見中我印象最深的是送我們出來時，那個家僕望著我的那種評估的目光。

露薏絲後來眞的打電話來讓項美麗去參加一次交誼酒會。酒會上，她介紹項美麗認識一名客人。此人是個美國人，與她的美國情人同名，叫艾迪。好在此艾迪不是彼艾迪，而且她也不是艾米麗・哈恩，而成了王太太。不過，這一經歷還是讓項美麗大大受了場驚嚇。

項美麗的「探險」活動還不止於跟妓院老闆打交道，爲了了解上海舞廳的夜生活，她還去當了一夜舞女。

上海夜生活最普及的部分是有伴舞女郎的舞廳。這與我們美國百老匯的舞廳有點相似。

不過，其中還是有很大的區別。在上海，這種舞廳往往是大規模的，人人皆知，每個人都隨時可以入場。並不是說他們個個都會叫一位舞女，但舞女確實是吸引人們前來的重要原因。中國人認爲他們最好的舞女同時也是成功的歌女。她們往往被雇請在晚會上演唱，這種歌舞女郎有點像我們的音樂喜劇歌星。每個舞廳都有它的首席舞女。新手們跳一場舞只拿到一張票。但常規辦法是給舞女一個賬簿或票簿。同時給坐檯舞女的老闆禮金，以半小時計。這是平衡舞女跟她老闆之間關係的好辦法。中國報紙的閒話專欄作家總是密切關注這方面的動態，且每天都在自己的專欄中給予報導，比如：

「昨晚朱文清付給了老劉三百元。戈登・貝特爾小姐等了她那位大好佬一小時。」

「是誰送了香港美人新手鐲？答案就在瑪傑斯蒂克酒店附近。」

有的舞廳清一色是韓國舞女，有的舞廳清一色是俄羅斯舞女，也有的舞廳清一色是日本舞女。弗里斯科是個專給水手們消遣的舞廳，那裡有各種國籍的白人舞女。

作爲中產階級女子，我們不能進入這種地方。我們的男人去舞廳，但我們，就只有以旅遊者的身分進去參觀參觀，或是當酒吧都打了烊，卻還想以曼妙音樂結束這一天時，才會光顧舞廳。我有個朋友貝蒂，她丈夫名叫維克多・肯恩，她身材高挑，容貌亮麗，任職於美聯社。她想跟丈夫離婚，就遠遠地跑到中國來。我們倆決定去調查一下舞廳神祕的內幕和運作方式。現在我已想不起來那一切是如何開的頭，但我記得，當我們想到這主意時，我們有幾分醉意。我還可以記得起來，那件事是怎麼收的場。是貝蒂的一位作保險經紀的朋友，通過他的朋友安排我們去了弗里斯科。那人在弗里斯科當管事。他答應讓我們在那地方幹一個晚上。

「他說一定要跟其他那些正式舞女打聲招呼，」保險經紀解說道，「如若不然，如若你們衝撞了她們的生意，那可不得了。不過他已經跟她們說好了，他說你們只幹一晚。說你們想賺點小錢去印度。我不想讓他們擔心。」

當我們眞的開始行動時，我感覺非常的不對勁。我穿上一身晚裝，貝蒂也有點不安。因爲她的男朋友對這個主意大不以爲然。她很在乎她這位男友，因爲他比身高六十碼的她，高出了一公分。貝蒂不無怨懟地告訴我說，他這人死板極了。

那管事匆匆忙忙地迎著我們，他給我們安排了地方——緊靠舞池的一張小桌。其他的女孩都分布在舞池四周。她們坐在自己的小桌旁，桌子旁的空椅子是給客人留的。她們都朝我們望過來，這使我們意識到，我們的打扮太華麗了。她們都穿著殘舊的長衫，有些過長，有些過短，衣衫邊緣都磨損了。臂彎處有些還開了縫。

這時是十點鐘。對水手來說，時間還太早。他們喜歡散過了第一場晚戲後來。不過，他們很快就零零散散地出現了。我們的衣著可能不被同行認同，但她們倒是很快就跟那些水手搭上了。也有個水手坐到了我們桌旁。

他是個英國人，倫敦佬。他好像沒什麼錢。我們注意到了這點，因爲他不叫飲料，也不起身跳舞。他這麼做顯然不對勁，是在浪費我們的時間和座位。對這一層，看來他比我們更清楚，所以當那位繞著舞池巡察的管事走過來時，他就起身走了。之後來光顧我們的英國人也都不加入派對，在被管事干涉前，他們都滿足於坐在我們身邊跟我們聊天。

我聽說英國佬和美國佬在這類地方總是不對路，因爲他們付帳的方式很不一樣。美國佬生龍活虎，愛幹什麼就幹什麼。窮酸乏味的英國佬卻是叫瓶啤酒也要考慮再三。我和貝蒂低聲議論著他們給我們的這種明顯的感覺。

這時，有的女孩已經跟她們的陪客去跳舞了。那些人是每晚都到的熟客。身著體面晚裝的我們，則仍然在枯坐著。只有幾個不跳舞的英國佬遙遙圍坐在我們旁邊。

「糟糕，」貝蒂說，「簡直就像我的第一次高中舞會，我成了頭呆鵝，你看會不會整晚沒人來找我們跳舞？」

「看著辦吧！」我悶聲道。但接著僵局就打破了。有個美國海軍帶了貝蒂去跳舞，過了會兒，我也有了個義大利水手。

我倆斯斯文文地聊著。水手表示他以前沒在這裡見過我，他又說天氣很暖和，不過暖和的天氣是季節性的。我說正是如此。他誇我舞跳得好，合他的口味。接著這場舞就跳完了。在弗里斯科，他們喜歡快舞。我的義大利佬沒留下來，不過他爲我叫了杯飲料，還給了我五張舞票。貝蒂的海軍跟我們一起坐下了，他爲我們付帳。

接下來就很順利了。我拿到了很多張舞票，貝蒂比我做得更好，要不是她的男朋友突然之間闖了來的話。這傢伙直衝進舞廳，一屁股坐到了我們桌旁。海軍當時正坐在這兒，一見他的臉色就趕緊溜之大吉。

「出去！」貝蒂說，「你老是壞我的事。我叫你別來的。」

「我不想聽見你跟那人定下約會日期。」這憤怒的傢伙道。

「你算了吧，這關你什麼事。」貝蒂道。我沒聽見這場爭吵的其餘部分，因爲有個人請我跳舞，令我吃驚的是，這人居然是個英國佬。他是位蘇格蘭工程師。跟其他人一樣，他開口第一句話是：「你怎麼會在這兒的？」這話我今晚已經聽過了上十次。

我不想干擾我們桌旁正在進行的那場家務紛爭。於是接受了我那工程師的感謝，跟他去喝一杯。他喝醉了。過了會兒，他問起我的遭遇。我就給他講了個好聽的故事。是貝蒂專爲應付這種情況編的。說完了故事，蘇格蘭人就說他要帶我離開這一切。他要幫我買張船票讓我回我的美國老家。更有甚者，他還說要跟我一起回去見我的繼母，當面告訴她他對她是個什麼看法。然後他給了我一大堆舞票，就回家去睡覺了。

那一晚我做得好極了。要不是一個美國海軍占了我的便宜，就更好。他一張票也沒給就揚長而去。我本想找管事投訴，但又覺得有點滑稽。我們沒把我們的票兌換成現金，而是把它們送給了那些正式舞女。貝蒂的男朋友送我們回家，一路上他悶聲不響。可是半小時後，他在貝蒂家喝了杯咖啡，聽我們作了事後分析，心情就放鬆了。我們決定，永不再踏足這種地方。

這些調訪的結果，項美麗都寫成文章在《紐約客》和其他美國雜誌發表。她的潘先生系列和這些上海故事系列大受歡迎，《紐約時報》書評版有篇文章評論它們道：

不像其他那些坐在黄包車裡到上海花園橋走了一遭，就說他們了解了中國的作家，艾米麗·哈恩從一般現象中鞭辟入裡，她只寫她親身體驗到的東西，她以一種悲天憫人的善意觀察人與事，所以，她的筆端常含深情，她教給我們很多東西。

當然，寫文章不是項美麗這一時期的主要活動，確切地說，這是她來到中國之後文章寫得最少的日子。因爲社會活動太多了，天天都忙得團團轉。這一部分出自她的愛心，一部分出自她自由主義知識分子的秉性。她同情和幫助所有的弱者，不管他們的國籍、階級、信仰，黨派、性別、膚色。她既去位於虹橋的猶太難民營探訪，給他們送食物、幫他們找工作，也去參加德國外交人員的音樂會，和他們交朋友。她甚至收了個日本記者作學生，教他英文。所有上門來向她求助的人，只要她覺得看上去是好人，便來者不拒。於是上門來找她幫忙的人絡繹不絕。後來成爲她丈夫、與她長相廝守五十二年的查爾斯·鮑克瑟，第一次摸到霞飛路一八二〇一八號來拜訪她，就得以見識那種門庭若市的場面。

查爾斯·鮑克瑟是名英國情報軍官。他出身軍人世家，受過良好教育。大家認爲他是個語言奇才，精通多國語言，其中包括日語。這是他被派到香港的主要原因。查爾斯熱衷歷史研究，早在三十年代他在香港服役時期，就開始利用業餘時間研究遠東歷史。他寫了一些關於十八世紀荷蘭和葡萄牙在遠東地區商貿活動的文章，投到《天下》發表。也是因此，他注意到了常在這份雜誌上寫書評的項美麗。查爾斯喜歡項美麗的文章，因此向主編溫源甯打聽：「我喜歡這女人的才智，」他問道，「她是誰？住在哪裡？」

「噢，此事說來很可悲。」溫源甯道：「這女人當然很了不起，可是，事實上，她跟我的朋友邵洵美正陷入一場瘋狂的戀愛。可他一點也不把她當回事。你不知道，她眞的可憐。」

查爾斯說他還是想在去上海時見見我。他正要去那兒做一次短暫旅行。溫源甯不想讓他見我，他妒嫉查爾斯是個眞正的英國人。儘管溫源甯寧回到東方在東方人中待了這多年，還是有這種心態。溫源甯遲疑地說：「她是個可怕的美國人。」

是全增嘏給了查爾斯一張名片，告訴他到哪裡找我。

那天查爾斯在下午茶時間來到我家。他把名片交給陳林。後者讓他在樓下客廳等待。我正在樓上，跟洵美和珍妮在一起。

「又來了一個，」陳林把名片給我時，我說道，「是個從香港來的傻帽英國大尉。這些英國佬竟瘋到去《天下》編輯部找我，讓他等著。」

米爾斯先生聽見了門鈴，急急跑下樓梯去看，查爾斯在客廳裡，像一位好紳士那樣等在那兒。

「等了好一陣，我聽見有下樓的聲響，」幾年之後他告訴我，「我當時正在瀏覽你的書架，我轉身伸出手來道：『啊，哈恩小姐嗎？』可是赫然在前的卻是一隻大猴子，牠頭上戴著頂小紅帽。顯然，牠不是我正等著的那一位。猴子竄到窗簾後面直瞪著我。我也很緊張。這時你下樓來了，你看上去相當的不修邊幅——對不起，米奇，但你當時就是那樣，你那身衣服糟透了。而且你後面跟著位金髮美女，她眞的是漂亮之極。她坐到角落裡，我說話時她一直在打量著我，讓我好緊張。」

我注意到這位大尉看上去相當拘謹，但我以爲這是米爾斯先生的緣故。所以沒太過在意，我們喝了杯東西。他告訴我他喜歡我的書評。這話讓我高興。他又說他也是位作者。「我寫的是歷史方面的書。」他解釋道，「寫得不好。」

過了會兒前門又來了個被介紹來的人，這是位義大利來的俄羅斯捷克混血女人。叫彼得。她對印度舞蹈很感興趣，說她想舉辦個獨舞會。但卻找不到一支印度管樂隊。我能不能幫幫她呢？

「印度警察中一定有些愛好音樂人士。」鮑克瑟大尉說，「你爲什麼不給警察局打個電話，請他們幫你呢？」

那位太太開心地道：「這可是個好主意！我現在就打。我可以借用一下你的電話嗎？」

查爾斯吃了一驚，他是開玩笑的。沒想到他的主意竟然有了成效，六個月後，上海人眞的看到了這場印度獨舞會。不過，查爾斯當時的表情顯示，他認爲這一切眞的是太瘋狂了。我把他介紹給洵美，之後門又開了，表示又有一位新客人駕到。查爾斯起身告辭，他認爲他已經坐夠了禮貌所需的時間。

眞是夠瘋狂，即使對於一直追求刺激的項美麗來看也是如此。每天她有百分之九十的時間給了這些來訪者。他們絡繹不絕地上門來請求各種各樣的幫助。只因她是個交遊廣闊的西方人，又好說話。其實這些求訪者多數都不值得理睬。他們之中，有一個名叫唐・克索爾的小報廣告編輯，想從項美麗這裡找到點業務。一位福建來的陳先生，他拉項美麗去見他認識的那些歌女，指望她寫寫她們，好讓她們藉以成名致富。又有一個金髮女護士，她認爲自己只要有時間就可以把自己的經歷寫本書。有一些海軍官兵，「他們幾乎每天下午都來聽收音機，跟猴子玩，喝我的白蘭地。」一位名叫波爾的年輕人，他目光悲戚，「永遠沒吃飽飯，永遠訴說著他要自殺，因爲他陷入了一位中國女孩的情網。」還有一個也叫波爾的傢伙，這人的問題是他有偷竊癖。一位小煙草店老闆的不幸則是：他老婆跟她的法國情人跑到天津去了，一年多還不見回家。

總之，來客「一打一打的，多得我都不記得他們的名字了。」多年以後，項美麗這樣回憶。

由於時間被人大量占用，項美麗沒時間寫作。給《紐約客》和其他刊物的稿子一度只好停掉。戰事使她代課的學校停了課，所以現在她主要的經濟來源，就是作私人英文教師。但由於有錢的中國人都紛紛逃離上海，她的生源亦發生問題。禍不單行，一九三九年初，《紐約客》編輯部還通知她，她的新書稿《太陽的腳步》多半不會受讀者歡迎。他們告訴她，在這種非常年月，美國讀者對一個美國女人和一個中國男人的愛情故事不感興趣。再加上她先前出的那本寫早年生活的《事件》（*Affairs*），評論界反應冷淡，新書實在難以看好。看來，如果她希望讀者不忘記她，必須重振旗鼓。

·第14章·

你不是我的妾

不過，一九三七年至一九三九年那段日子裡，項美麗的主要麻煩，還不是她的如潮怪客和經濟危機，而是她與邵洵美的愛情。

人人都把項美麗與邵洵美的愛情看成一段美麗傳奇。就算如此吧，這傳奇也和一切傳奇一樣，其中無論是悲哀還是快樂，對當事人來說，都是美麗的成分少，苦澀的成分多。而就在那部分被大大誇張的美麗中，也有萬千不可爲外人道的悲哀處。

其實早在與邵洵美熱戀初期，項美麗已經看出了她與邵洵美這場戀愛沒有前途。無論如何，弗萊茨夫人當初的警告有一點沒錯，邵洵美永遠不會離開他的妻子。這一次，項美麗算是碰上她的剋星了，再怎麼自由奔放，也沒法像以前對待艾迪一樣，說走就走。況且從骨子裡看，她還是保守的德國猶太移民哈恩的女兒，不管如何地浪跡天涯，最終目的還是要找到一個永遠的家，爲人妻，作人母。一旦找到，她會爲之赴湯蹈火，百折不回，正如後來她爲查爾斯所做的，那一場轟轟烈烈的愛情，成爲戰時香港的愛情傳奇，那才是眞正的傾城之戀。彷彿是張愛玲筆下那種反傳奇的傾城之戀的一個反證。所以就連鐵石心腸的日本軍人，也爲之動容，放了她一條生路。

可是在一九三六年的上海，面對這個貌似歐化、其實地道中國、而且是舊式中國的男人，項美麗陷入愛情僵局，一籌莫展。因爲這男人雖然與她談情說愛，卻擺明不會跟她長相廝守。她曾經嘗試自拔。一九三六年春天，她曾試圖愛上一位名叫傑恩的波蘭外交官。「他是個英俊的大塊頭，也抽鴉片，好在還沒成癮。」她在給母親的一封信中這樣描述此人，並宣稱打算嫁給他，或是跟他生個孩子。這一插曲隨著傑恩調到北京而曲終人散。接著她又交了個英國海軍軍官。此人名叫羅伯特。羅伯特隸屬的英國皇家海軍艦隊駐紮在南京。八．一三事件爆發時項美麗和女友瑪麗正好去南京，就是爲了去跟羅伯特會面。她在那些日子裡周末常跑南京，不過遊伴不是邵洵美和他的中國朋友，而成了羅伯特和他那班英國海軍朋友。他們搞舞會，開派對，但她跟羅伯特卻無法像跟邵洵美那樣親密無間，雖然他們兩人之中，前者是個跟她一樣的西方人，後者是個東方人。項美麗卻覺得，她與那位英國人反而難以溝通。她與他的格格不入，從那次辛普森夫人事件可見一斑。

美國離婚婦人辛普森夫人與英王愛德華八世的熱戀是那年最爲轟動的國際愛情傳奇。一九三六年十二月十一日，愛德華八世宣布退位。爲了愛情他竟然放棄王位。作爲一個同是浪跡天涯的美國女人，項美麗爲辛普森大人感到驕傲；但做爲正統英國軍人，羅伯特的感受可不一樣。就在國王作出那驚世駭俗的決定前不久，有一天，在羅伯特服役的軍艦上，一場派對正在高潮，項美麗突然站起來，高舉酒杯道：

「先生們，讓我們爲——」

軍官們全都跟著舉起了酒杯。

「爲辛普森夫人乾杯！」項美麗大聲道。

頓時，一陣尷尬的沉默，還是艦長比較機靈，他不動聲色地拿起面前的一個盤子道：「把這盤馬鈴薯傳下去。」

事後羅伯特罵了我一頓：「你不能那樣。」他說，他眼睛裡含著淚水，「難道你不明白，要是那可怕的傳聞是眞的，我的整個生命就會變得沒有意義。海軍所效忠的一切就會煙消雲散。」

他們的分手不可避免，只是項美麗沒想到，曲終人散時，會有那麼多的人陪著。在那般悲壯的背景之中，他們的小故事只不過是閑閑的一兩筆，連補白也談不上。項美麗和羅伯特的最後一次會面正趕上一場大事件，那就是「八．一三」淞滬抗戰。項美麗當然不會放過這個好題材，那次驚險的南京之行不久就結晶成了給《紐約人》的一篇特稿——〈環遊南京〉。可憐的羅伯特，在項美麗這篇文章裡，他連名字也被化掉了。

這裡要說明一下，我決定去南京是因爲那裡有些年輕人、有派對、有舞會。我們打電話給那裡的兩位年輕人，告知我們要去。我們說將乘星期四早上八點鐘那班快車到。那是最後一班開往南京的車了。可我們不知道，沒人說別去。

……

火車花了十小時才到南京，通常五小時就到。在到達之前，我們換了十九次車廂。在離南京城牆幾里地的地方，引擎壞了。不過我們終於在午夜抵達。我那年輕人等在站台上；瑪麗的那個卻不見。我那位是個英國海軍。他穿一身整潔漂亮的白上衣，他等得很累了。他輕蔑地看了一眼斯威迪·派爾（項美麗的猴子），說：「看見吧，這是南京和上海之間最後一班火車，這條線現在從蘇州被切斷。飛機也沒有了。你們也不能走水路，因爲只有鎮江以下還在我們的控制中。」

瑪麗總是相信人家的話和警告。我嘲笑她，我說：「他只是在試試我們，別信他的。」海軍怪模怪樣地看看我們，不再說什麼了。我們在酒店喝了茶，吃了水果，午夜的南京，每個地方都關了門。所以我並不驚奇滿城一片漆黑。當我們看到房間裡的告示：「旅客注意：隨時會有空襲，務請關燈閂門。」我們還開心大笑。

我說：「天哪，那些外交官嚇壞了吧？」

我們談了會兒這趟疲勞的旅程，眞是累極了。我們把斯威迪·派爾放到浴缸裡讓牠游水。海軍邀請我們明天去他的軍艦午餐，然後他就走了。

然而到了第二天，一覺醒來，她們發現事態嚴重，上海爆發了大戰，它與周邊城市之間的水陸交通全部被切斷，項美麗立即決定馬上趕回上海，舞會和聚宴立刻被拋到了一邊。可是一絲不苟按計畫辦事的羅伯特卻不是這麼想的，他仍然一早接她們去到他的軍艦。

海軍態度曖昧，行動遲緩，他打發了一個手下去爲我們簽明天去上海的火車票，我說：「明天早上八點鐘有趟車，我們一定要設法上去。」他說：「啊不行的，寶貝，坐下午的車吧！」我們挾持著他下了他那軍艦，回到我們的酒店。在我們沒拿到火車票之前，他別想做任何事。他裝得好像火車正常，飛機正常，輪船也正常似的。我無法形容他那種態度。總之他拖拖拉拉的。然後我們發現，第二天根本就沒車。海軍開始跟一個南京人安排午餐派對的事。我驚慌失措地奔到大堂，在那裡亂竄一氣。

南京酒店全亂套了。櫃檯上找不到一個接待員。服務員團團亂轉，他們避開我的目光。這時我聽見有個人在說話，他說的是帶德國腔的英文，那是個大胖子。他說要租一輛巴士去杭州，然後從那兒轉去上海。這可是大費周折。我不想回房間看瑪麗憂心忡忡，看海軍悶悶不樂。接下來，在大門口，我看見一個戴帽子的年輕人，正在跟那個德國大胖子說話。我聽見他說：「今晚的車。」我不認識他，但我們都是外國人，所以我就衝過去說：

「有車嗎？你知道有車嗎？」

那年輕人說話也帶著德國口音，他道：「今晚有趟車。我不知道是什麼時間的。」

我說：「啊，太好了！他們說一輛車也沒有，可我必須回上海。」

大胖子說：「今天有車？你確定？」

年輕人說：「是的。因爲他們給我簽了票。當然，只有三四等車廂了。」

「啊，那沒問題！」我忙道。

他看了看我，補充道：「這車只到蘇州。我們要在那兒轉車，繞道走杭州線。還要再走五小時。」

我說：「我去拿我的票。」就往樓上奔。

海軍說：「今天？別傻了！爲什麼是今天？」

我和瑪麗沒理他，我們叫來酒店服務生，告訴他火車的事，要他快去車站給我們簽票。服務生說，這趟車一定是半夜開的。海軍高興了點兒，他在想他那午餐會搞得成了。

我眞是搞不懂他，我暗自想，這英國人沒治了，可他怎麼就這麼認死理呢。午餐會眞的那麼重要？我們亂成一團，這當兒電話來了：

「是那位太太嗎？」一個德國口音在話筒裡說道，「是誰要去上海？……對不起我不知道尊姓大名。但也許您樂意知道這個消息吧：有列火車將在一小時之內開出。我就在站台上，我看見了。要是您趕快，我可以給您兩個位子。不過沒有二等車廂，只有三四等車廂。好嗎？……好的。」

我們找不到拿了我們車票的服務生。我們沒了主意。突然——此刻是六點鐘——南京天色陰暗下來，暴風雨要來了。我們找到接待生，但沒計程車，也沒黃包車。烏雲壓城，接待員發著抖道：「一定會有一場大戰！」他看上去呆呆的。他那副標準接待員的面孔一臉茫然：「我的服務生都回去搬他們的家當了。」他道，「實在對不起。」

我們終於找到了黃包車。海軍回了房間，我們等不得他了。我們奔上往城牆那邊的一條塵埃滾滾的大街，黃包車伕在沙塵中奔跑的腳步聲清晰可聞，頭頂上烏雲翻滾。我一心只想著那列火車，也許我們趕得上它，也許趕得上。海軍被我拋諸腦後。但突然間他出現在那裡，他坐在一輛黃包車上，正襟危坐，目不斜視。我們一起直奔站台。

找不到拿了我們車票的人。我們必須再買張票。剩下的錢正好夠買點吃的。接下來我們衝進了一列軍隊。他們正開進站台，有幾百人之眾。個個用條竹棍挑著背包。他們身強力壯，不過有些人行裝過重，這個佇列淹至我們與列車之間，那種悄無聲息的靜穆，令我差點失聲尖叫。他們全都年輕、沉默、昂揚，秩序井然，鐵板一塊，把我們擋到了一邊。是那酒店服務生終於堵住了他們——我猜是靠他那身華麗的制服。海軍不見了。我們跑呀跑，我們爬下月台，跑過幾條軌道，跑過一堆列車，我找不到那個德國人。但我們爬上了一列一等車廂。它一定是剛剛開到的。車廂裡還有一個空位。只有一個。是服務生為我們找到這位子。我們倆爬上去鬆了口氣。接著海軍也來了，他把他口袋裡所有的錢都給了我們。他說，這是因爲他不希望我們做如此艱苦的旅行。現在他表現得好點兒了。但還是不失英國人本色。成百難民和士兵朝我們湧來，火車停在這地方眞是發瘋了。每個人，每個人都看到了這是一場戰爭。只除了這位英國人。海軍以他那陽剛的嗓門，粗聲大氣而四平八穩地發表他的意見。他說他剛聽到消息，這列火車要到早上才開。所以我們最好下車去吃午餐。當成百人向著車門衝來，我們不得不爲我們的座位而嚴陣以待時，眞是不知如何回應他才好。海軍正對著車窗站著，他抽著菸，目視自己的鼻尖。我們就這樣坐了一小時，又熱又悶，因爲我們的座位正好在列車的廚房旁。我們不能把斯威迪・派爾放到人群中，牠一個勁地說：「呷呷呷！」海軍終於走開去，他要給我們弄點給養。

這時那德國人過來了。他看到我們，不由得臉一揚。有個高大的印度人跟他一起。他穿件灰法蘭絨衣服，叨著個煙斗。這人長相可愛，彬彬有禮，且幽默溫柔。我告訴他們我和瑪麗的名字。德國人自我介紹說他叫瓦裡，說那印度人叫甘地。我們聊了起來，並喝了些熱啤酒，到處都是啤酒瓶。

過了會兒海軍回來了。他拿來個袋子，裡面裝著三明治、雞蛋之類的東西，還有一瓶檸檬汁，是從他朋友家裡拿來的。海軍說：「我現在要去吃午飯了。一兩個小時後我再來看你。」他就這樣走了。安全，清爽，冷靜，討嫌。車廂裡熱得流油，外面似乎涼爽一點。這使人感到仍然有個機會，只有一個機會。我們沒再看見海軍。因爲列車很快就開動了。我們開始了上海之旅。

追溯起來，其實項美麗的每一段冒險，都與一次戀情有關，從她二十三歲那年跟個作家去歐洲開始，出走非洲，到三十歲那年來中國，每一次，都是「此情無計可消除」的結果。不甘於在「才下眉頭，又上心頭」的怨懟中困守愁城，作爲一個自信滿滿的現代女子，既然面前的每一條路都「沒人說別去」，她便「仰天人笑出門去」。管它三七二十一，見路就走。

在去南京之前那些天裡，項美麗與邵洵美之間的關係似乎空前的冷淡。項美麗在戰事爆發後甚至有好幾天與他失去了聯絡：

洵美怎樣了？戰爭爆發後我花了幾天時間才找到他。他沒有設法第一時間把他改換地址的事情告訴我，因爲我們吵了一架。

看來，項美麗是憋著一股跟邵洵美吵架的怨氣而去南京的。不過，如果她跑去南京時多少還對那海軍抱著點好感，把他當成一個也許可以寄託終身的港灣，也在那個兵荒馬亂的站台上煙消雲散了。這位安全、清爽、冷靜的好男人，完全符合她當年開出的擇夫條件，甚至可以說是超標了。他是那樣的循規蹈矩，忠實可靠。然而今非昔比，現在的她，是一個陷入一場熱戀的女人，所以每個與她相遇的男人，都會有個參照系。在她描寫海軍那不動聲色的冷靜筆調中，情不自禁帶了點調侃。與那個傻呼呼老是妙想天開的邵洵美／潘海文／宋雲龍相比，這位正襟危坐目不斜視的紳士與她根本不是一路人。在這黑雲壓城城欲摧之際，她明白了自己要的是什麼。「我一心只想著那列火車……海軍被我拋諸腦後。」此時此刻，「仍然有個機會，只有一個機會。」

那列命定的火車很快就開動了。而這段戀情也就是這樣隨著南京的遠去無疾而終。南京在四個月之後陷落。項美麗也從此沒再去過那個城市。她還是得回上海去面對她的問題。

她的問題跟別人不一樣，非關安危，也不是生存問題。因爲她完全可以跟她那些美國、英國朋友們一樣，在這座危城還沒完全陷落之前逃之夭夭。在這種時候還留在城裡的西方人，如果不是負有特別使命，就是無處可去的倒楣鬼。項美麗肯定不屬於後者。這就難怪英國情報部門對她的行止大惑不解，有段時間還把她當作重點監視人物，列爲專案，材料厚厚的一大本。也難怪宋慶齡一直都信不過她，一口咬定「這個女人是特務」。因此在項美麗撰寫《宋氏三姊妹》時，她一直不肯合作。還警告她的秘書小心，別跟她來往。

還是溫源甯說對了一半：她陷入了與邵洵美的熱戀無法自拔。不過，邵洵美並不是完全不把她當回事。一九三七年三四月間，熱戀中的邵洵美曾提出與盛佩玉離婚跟項美麗結婚。至少他私下裡曾跟項美麗如此表示。但是項美麗感到這不是個能使她安心的解決辦法。

首先，邵洵美還是愛盛佩玉的；在這種情況下把他從盛佩玉身邊拉開，對項美麗來說沒任何意義。其次，他有那麼一個大家庭，六個孩子和一大群親朋戚友都把他當作主心骨。要是他倆遠走高飛，他逃不開責任；而她，也逃不開良心的譴責；因爲這個大家庭的成員，包括孩子們在內，都是項美麗的朋友。他們兩人肯定爲了擺脫這一困境一直都苦惱不堪，反覆商討。在

《太陽的腳步》中，當桃樂絲抱怨她只不過是雲龍的妾時，這位總是妙想天開的詩人突發奇想，提出了一項解決辦法。

「我是我自己父親的兒子，也是我伯父的兒子。」雲龍說，「你記得吧，我告訴過你的，我伯父沒兒子，我父親就把我給他作了兒子。我們中國人常常這麼做。哦，這在一家人看來這沒什麼不同。但現在你看，我便合法地變成了兩個人。所以我也可以合法地擁有兩位妻子。只有兩個。因爲現在多妻是不合法的。但你是另外一個我的另外一個妻子，所以沒人會因此向我問罪。你看呢？」

「不行。」桃樂絲說。

「好了，別擔心，我說的是眞話，你不是我的妾。」

雲龍的這種怪論，看上去似乎令人啼笑皆非。不過，如果我們把它看作小說情節而半信半疑的話，下面這段引自《我的中國》的回憶，卻是與之遙相呼應。說明它並非完全虛構。那場談話發生的時間是八．一三事件之後，也就是項美麗爲邵洵美搶運出那些財物和藏書，並同意作他那間印刷廠的掛名廠主前後的日子裡。有一天，他們談到米爾斯先生，項美麗不無哀怨地說，有了這隻猴子，以後她就不會寂寞了。

「……我會要在這裡、在這間安樂窩裡老去，發胖，到了星期天下午，就等人打電話來。」

「啊，別傻了，」洵美道，「根本不是這麼回事。你是我家的一分子。你永遠不會孤寂一人。我告訴你我們可以怎麼做。你一定要跟我結婚，然後就會萬事大吉。」

「跟你結婚？」

在這兩年多中洵美老是突發奇想。我已經見怪不怪。但這時我還是被他搞糊塗了，「你現在怎麼能結婚？」我問道，「你不是已經結婚了嗎？佩玉不會同意的。」

「不，她同意。這事我們已經談過了。不，我不是說笑話，我們是很認眞的。這件事關係著印製廠。你已經對人說這間工廠是你的。但也許日本人不會相信我們個說法。所以，是佩玉出了這個主意。因爲有一天晚上你說過你永遠不會結婚。當然，如果你以後要結婚，那又當別論。根據外國法律，我跟佩玉也不算結過了婚。像我們那種舊式家庭的結婚方式常常都很草率。現在，假如你願意說你是我的妻子，我們可以去辦一份文件。這麼一來，你爲我們所做的這一切、你對我們的保護，就更加合情合理了。另一方面，你也可以有個家。當然，你現在已經擁有我們大家了，但這一來在朋友們眼裡這件事就更加眞實，也更加堂而皇之。你說是不是？你還可以合法地在我們的孩子中隨便挑個你喜歡的，作你的孩子（除了我兒子，因爲我只有一個兒子）。我們把她送給你。我建議你挑小寶。不過你還是自己挑吧。其他孩子也都是你和佩玉兩個人的。他們不是已經都叫你『外國媽媽』了嗎？還有，你過世後可以埋在我們家在餘姚的祖墳。你老了可以到我們家跟我們一起住。其實我一直就這樣邀請你，只是你不肯。我不知道爲什麼。但我覺得這是個好主意。」

洵美的主意如此之多，如此之奇特，所以一開始我不把他這個主意當回事。不過後來我不覺得它太奇特了。總而言之，我去他的律師辦公室簽了一份文件，宣布「根據中國法律」，我是他妻子。佩玉送了我一對玉鐲，這也是中國的一種習俗。這件事半帶玩笑性質。我們誰也沒拿它當眞。要是日本人管我們要證據，我們就把那份文件拿給他們看，以證明印製廠是我的。有好幾年我都忘了這回事。不過洵美有一點是做對了，那就是餘姚祖墳之說，它眞的讓我安心了點兒。這個理由很荒誕，但我眞的不再爲我的老年擔心了。

他們甚至還去了一趟餘姚，以確認那塊祖墳的存在。那時項美麗當然沒想到，餘姚祖墳的細節，並非此事最精彩的一部分。在這變化莫測的人世，邵洵美的突發奇想，有一天還眞的成了項美麗救命稻草。不過當時他們確實沒人把這事當回事，那份文件不久就不知去向。直到——直到一九四一年，珍珠港事件爆發，項美麗在日本人占領的香港，眼看就要作爲敵僑跟她的情人查爾斯一起被關進集中營。他是她新生嬰兒的爸，身負重傷，死生一線。要是三個人同陷敵營，查爾斯和嬰兒甚至她自己，都有可能逃不出生天。走投無路之時，項美麗靈機一動，又想起了那份文件。

「你能不能想出個說法，讓你不完全是美國人。」索菲道，「我的意思是，跟德國之類的國家有點關係，他們會接受這一類說法的。我認識幾個美國人，他們就……」

「我沒有德國關係，索菲，你怎麼會想到這個？」

「不，我的意思只是……有沒有諸如此類的某種事情？」

一個念頭突如其來地在我心頭閃起：「我曾經有個中國丈夫……」

索菲顧不得表示驚異，她一把拉住我的手，帶著我衝下樓去，我們衝進前花園的一個綠色小院，在那裡找到一個小個子醫務官，他是個日本人，正站在那兒跟一個穿便衣的人談話。

索菲跟這穿便衣的人短短說了幾句，這人幾天前曾幫她辦過通行證。她對他說她的朋友嫁給了一個中國人，不過之前她沒意識到這一事實可以幫她離開集中營。又說她朋友有個朋友住在醫院。在這樣一個非常時期，她沒法把他運到城裡去。沒通行證人家不讓她過。如果能給她一張進城的通行證，那些士兵就不會留難她。她可以去外交事務處讓他們處理她的問題。

那小個子官員頗感興趣地看著我：「中國丈夫，嗯哼？」

我低下眼皮說：「是的。」

他打量著我，他的目光溫和了。想是高興看到一個美國女孩嫁給一個東方人。這使他對我們倆更加友好。

「坐吧。」他說，自己撲通一下坐到了草地上。

「有幾個孩子？」這醫官問。

我遲疑了片刻，這可眞是沒法向人解釋，於是我道：「一個。」

「是嗎。」他對我笑了笑，拿出了一張卡片，在上面寫了些什麼，蓋了個印。把它交給我。這樣，我可以有兩天自由時間，去跟外交事務處交涉。我和索菲跑回醫院，我踉踉蹌蹌地跑著，我的頭腦在旋轉。我感到惶惑，透不過氣來。我一頭撞到瑪金的身上。

「我拿到一個外出機會了。我應該這麼做嗎？」我問道，我想請教任何人，向任何人拿主意。

「你當然應該。」瑪金熱切地說，「要是它能幫你，爲什麼不？好運氣。希望我也能這麼做。」

我跑回查爾斯身邊，把卡片交給他。我讀不懂它，他能讀懂。

查爾斯倒到了枕頭上，他看著我，一直看著我。

「天哪，」他終於說，「你認爲你能利用這理由出去？」

「如果能成功，」我道，「這將是洵美爲我做過的最好一件事。」

一陣長長的靜寂。查爾斯臉上有種奇怪的表情。我幾乎要說他是怕了我，或者也許，他是開始害怕所有的女人。

「你應該留在這裡，和你自己的同胞在一起。」他終於說。

「英國人不是我的同胞。我覺得和中國人一起待在家裡更好。」我說，「我會沒事的。

當然，我是爲你作出了這個決定。」

查爾斯用他那隻沒受傷的手抹了一下額頭，嘴角閃現一絲疑惑的神氣。

「哦好吧，」他說，「好了，米奇，隨你去。」接著，他再次重重地說道：「天哪。」

日本人眞的讓項美麗利用這個藉口出去了。因爲他們認爲中國已經被他們征服，相對於正跟他們打得不可開交的美國，中國差不多要算是盟國了。誰說詩人的想像荒誕無稽？不過，就算是想像力驚人的邵洵美當初也沒料到，他這一突發奇想竟會有此歪打正著之功。項美麗因爲他一招，竟然得以以中國人妻子的身分待在集中營外，每日爲查爾斯和他那些同伴張羅吃的，然後送去集中營，讓他們度過了最艱難的日子，終於在一九四五年活著回家。不過，那是另一本書的故事了。

·第15章·

形形色色的房客

項美麗回憶起她當年在香港時而要證明自己是中國人、時而要證明自己是美國人的事，十分坦然。因爲她無黨無派，無宗無教。她這樣做並沒有損害任何國家和集團利益，也無損於他人。是她作人的行爲準則。她是個猶太人，可是她並不信奉猶太教。她是個美國人，但她有著德國人血統，而她一生中最重要的兩個男人，一個是中國人，一個是英國人；她是個中產階級知識分子，可是無論在富豪顯貴還是在挑夫走卒之中，她都有好朋友，她跟所有的人平起平坐；她是個白人，可是跟黑人、中國人、馬來人都相處得親密無間，在非洲剛果，她救活並收養了個土著孤兒，若不是走得倉促，還差點把他帶回了美國。在戰時香港，中國人阿金感於她對他妻女生病時慷慨相助，不要傭金地幫著她共渡時艱；她是個女人，但當人們說她的所做所爲堪稱女權主義先鋒，她斷然否認道：「我希望女權主義分子大吉利是，但我從來不是女權主義分子。」

一句話，她反對將自己與任何導致人類對立的派別體系牽扯到一起，她以自己的行爲表明，她爲人處事不會遵守任何有偏激傾向的既定遊戲規則，哪怕它們被當政者或強權組織規定爲道德標準。她特立獨行，我行我素，堅持的惟一道德準則是，每個人都有權利按照自己的方式去追求自己的幸福，只要不損害他人的幸福。在這個弱肉強食的世界，她永遠站在弱者一方，從不拒絕向弱者伸出援助之手。

我注意到中國有關她的文章裡，曾提到她在中國抗戰年代困居上海，和邵洵美辦抗日刊物、甚至幫助譯介毛澤東的《論持久戰》，並冒著生命危險將之廣爲散發的事，但沒人提到過她也跟德國人、義大利人、和日本人來往，其中有人還成了她的朋友，她甚至救了一個日本記者朋友的命。可是，坦白地說，就是在看到這個故事時，我決定了要寫她。

> 我跟松本新北的友誼完全是另一回事。它起於一個戲劇性的事件。有一天，我在洵美家，有幾位我不太認識的年輕記者正在那裡開會。我和洵美一向支援上海中國人的地下抗日活動。他們時常搞暗殺，但其中很少人志願去過更危險的軍旅生活。我們聽說了無數上海周邊游擊隊活動的故事。夜裡，中國人往往以小隊形式出沒，盤查過路人。要是那人能證明自己忠於中國就讓他走，若他是個漢奸就殺了他。
>
> 「這不太好。」我說，「他們只是些被戰爭利用的小人物。」

「是的。」洵美說，「我也不贊成這些失控的行爲。」

那一晚我們聽到那些記者的談話。他們喝了些黃酒之後決定「懲處」奸人松本。我在那裡一直聽完他們制定了一個相當瘋狂的計畫，然後才回家，我給松本新北打電話。

「你還住在江灣一帶嗎？」我問他。

「是的。不過我大部分時間都在多美的辦公室。」

「是這樣的，我不該這麼做，但我不贊成暗殺……也許並沒什麼事，不過我要是你，就不會天黑以後獨自回家。」

「我明白了。」新北說，「不過我想那是自然會發生的事。儘管我住在中國十二年了，儘管我不是他們的敵人。謝謝你，米奇。」

是的，雖然現在我開始痛恨日本人，但我一向堅決反對基於種族因素的復仇行爲。我繼續與松本交往。在上海被圍攻的日子裡，我和他有過多次談話。我常反對他的意見，甚至就在那晚之前還是這樣。當南京的新聞傳到上海，我實在不願跟他爭論。這不是因爲我忘了松本是個日本人，要跟他小心周旋。我倒寧肯他是個日本人，在我對所有的日本人關上大門之前，他是我要了解他們所思所想的最後機會。我不喜歡絕交，我仍然希望能找到擺脫這場漫長戰爭的途徑。可在南京陷落之後的那天晚上，我絕了望。那晚，我想松本也許是城中惟一一個不會對我說謊的日本人了。

我問他：「那都是眞的嗎？新聞報導裡那些軍人們的所做所爲都是眞的嗎？」

松本慢慢地點點頭：「都是眞的。」他說。

「但是爲什麼？你的國家怎麼會那麼幹？我認識的那些日本人不會像那樣吧？你的國家是怎麼了，新北？」

「他們是軍人。」松本說，「你不知道他們想些什麼。你不認識那些可憐的農民，多年軍旅生活使他們獸性大發。他們被許可那麼幹。比這更壞，他們被鼓勵那麼幹。這是他們攻下了一個城市的獎賞。每當攻下一城，軍官讓他們放假三天，爲所欲爲。他們一向都是這麼幹的……只因南京是這麼重要的一個城市，這一次的事才傳到了你們美國人耳中。其實這種事一直都在發生。」

松本在他的房間裡來回踱著步。他很激動：「這是全世界的羞恥。」他說。「我要告訴你一件事。當我年輕時，爲了避免服兵役，我讓自己生病。讓自己長期處於飢餓狀態，這樣就可以病得服不了役。我成功了。他們讓我進了第七縱隊。但現在反戰主義者沒了退路。我不能單槍匹馬跟一個國家對抗。南京是個既成事實，它是我們在此地、在中國的劫數。至少好幾年裡會是這樣了。我們將會強大，中國和其他國家將恨我們。但我們將強大。這是確定無疑的。」

「而你爲此自豪。」我尖刻地說，「你自豪，我看得出來。」

「有可能。」松本說，「我是人。」

看到這裡，我覺得在我心裡從小被培植的某種信念在動搖。在這恐怖主義分子甚囂塵上，攪得國無寧日、全球無寧日的時代，在先進科技將地理距離縮小到天涯咫尺的今天，人與人之間卻被更多的界限分隔成咫尺天涯，勢成水火。突然之間，我自己理解了很多事，比如那部多年來我一直不甚理解的電影《廣島之戀》。人們總是談論那部電影獨樹一幟的現代主義形式，其實，那部電影眞正獨樹一幟之處，是它的題旨。「你的名字叫廣島」，在這輾轉反復的喃喃低語裡，有著難以言說的痛心疾首，和關於全人類的憂患意識。一種叫做廣島的幽靈在全世界遊蕩，它使得愛情成爲噩夢，仇殺成爲日常生活。

我用解讀《廣島之戀》的目光，一再地解讀項美麗的生活、寫作、愛情和冒險。

我看到，一九三七年至一九三九年，在上海霞飛路一八二六號，中國抗日游擊隊員與日本前反戰分子交臂而過；德國官員與猶太難民共處一室；英國情報人員與印度小偷共飲一壺水，國民黨間諜與共產黨地下工作者（現在我知道，地下工作者跟情報人員，以及間諜、特務其實是同一語義的不同表述。其區別正如保姆跟家傭、家務助理的區別一樣，只看你在哪一語境使用。我所受到的教育使我習慣了以上那種褒貶分明的使用法。）同跟米爾斯先生套近乎。這座房子幾乎成了一座國際公寓。眾聲喧譁之中，項美麗在這裡一邊跟邵洵美吞雲吐霧，一邊編雜誌，寫文章，這些雜誌就是前面提到的《自由譚》、《自由評論》；這些文章就是分別於一九四三年和一九七〇年結集成書、在英國和美國出版的《潘先生》和《時與地》。

由於這座小樓房間頗多，而項美麗正有經濟危機，所以她作了包租婆，先後將多餘的房子租給好幾位女子。那位跟她一起去南京的美國人瑪麗是一個，那位跟她同見查爾斯，使她相形見絀的澳大利亞、日本混血美女珍妮是一個，還有一個是中國記者楊剛，她是一位中共地下黨員。不少有關邵洵美的文章裡說，毛澤東的《論持久戰》就是她譯的。我相信《時與地》一書中那篇〈為了全人類〉，那位女主角就是她。雖然名字也許是化名：

在我上海寓所來來去去的所有租客中，我最喜歡珠小姐。她是一位共產黨人，是中國愛國分子。這兩種人一個樣，都很嚴肅。我必須承認，楊珠是非常的嚴肅。但她仍然很可愛。從她的眼鏡後透射出一股真誠的幽默感，她會出其不意地突然爆出一陣大笑。世界上好像沒什麼事能讓她動搖。

這樣一種描寫，似乎跟五十年代電影和小說所塑造的經典女共產黨員的形象不謀而合。我想起了謝芳飾演的林道靜，王曉棠飾演的金環銀環姊妹。我想這位楊珠其人的家屬看到這段描寫一定很高興，趕緊要追看下去。如果她在歷次運動中遭受什麼誣陷，被打成叛徒特務等等，由這位洋當事人寫出的文字，應當成為要求平反的最佳證據吧，甚至可以在追悼會上誦讀，以求覆蓋黨旗國旗待遇。我雖跟她八竿子打不著，看到這裡也精神為之一振，彷彿為自己心中某種搖搖欲墜的信念找到了支撐。誰都希望自己多年信奉的理想多少有點兒真實吧？我猜以下這段文字的作者，看到上面那一段文字一定也很興奮：

一九三八年五月，毛澤東發表了《論持久戰》一文，繼而黨組織決定將《論持久戰》翻譯成英文傳播到國外去，並把翻譯任務交給中共地下黨員楊剛。楊剛時年僅二十多歲，公開身分是《大公報》駐美記者。楊剛和項美麗是好朋友，項美麗讓楊剛在自己家裡從事《論持久戰》的翻譯工作。當時，毛澤東還特地爲英譯本《論持久戰》寫了一篇序言，序言是用毛筆寫在毛邊紙公文箋上的，也由楊剛一起譯就。接著，楊剛和中共地下黨組織將這部譯稿的祕密排印任務鄭重託付給了邵洵美。邵洵美勇敢地接受了這項危險的任務。

邵洵美雖然辦有時代印刷廠，但它不印外文書，於是他不得不將譯稿祕密託印於另一家印製廠。這部譯稿從送稿、往返傳遞校樣到出書，都是邵洵美祕密聯繫好指定上海時代圖書公司總稽核王永祿去辦的。這部最早的《論持久戰》英譯本歷時兩個月才印出，共印了五百冊。這五百冊書藏在項美麗的自備驕車裡，由王永祿押送，邵洵美親自駕車，運到項美麗家裡祕藏起來。然後，通過三條渠道發行：大部分由楊剛提走發送出去；一部分由項美麗託一個名叫華爾夫的不足二十歲的德國駐上海領事館見習領事發行出去；尚餘一小部分則由邵洵美、王永祿冒險「暗銷」出去。那幾天，邵洵美駕著項美麗的車，在西區洋人住宅區轉悠，等到周圍無人時，就迅速停車，王永祿馬上拿起幾本《論持久戰》，從車內跳出，奔到洋人住宅前，往每只信箱裡塞進一本後，立即返身上車飛馳而去。兩人用了幾個清晨和深夜，一共發行出去了四五十本書。

邵洵美要是也有在追悼會上覆蓋黨旗國旗之想，當他九泉有知，看到此文，應該雀躍的吧。因爲文中的他，儼然一副抗日愛國共產黨人的光輝形象。不過，這正是五十年來我們傳記文學的經典文字。關鍵字不在那些「勇敢地」、「鄭重」、「決定」、「任務」（用了兩次）這類詞語，主要是那些看似廢話的詞語：「自備」、「親自」、「祕密」（用了四次）。在這種理屈詞窮的囉嗦中隱含著媚俗的誇張。難怪章詒和傳記文章一出，對中國內地五十年的傳記文學造成毀滅性的顚覆。其實章詒和文章的某些效果，讀項美麗文章也可感應得到。只是因爲這些文章都沒譯成中文，大多國人看不到罷了。而項美麗以她對複雜人性的敏感，在這篇文章中將一個類型化、集體化的典型人物，還原爲有血有肉的一位女性。

可是有一天，她讓我大吃了一驚，她坦承她有個丈夫，還有個孩子。楊在我這兒住了六個月，向來不提她有家，後來發生了一件事，才讓她向我道出以上兩條資訊。

我從沒想到她有夫有子，她把大量時間花在那些神祕的愛國聚會上。來找她的都是些學生模樣的人物，他們總是帶著各種箱包。聚會都在她房間裡進行。她的房間清教徒式的簡陋。就連床褥也是一張可捲起來的中國粗毛氈，鋪在一個彈簧墊子上。

那天，來找她的沒有共產黨學生，只有裴先生。裴先生從來不攜箱包，所以我覺得他似乎沒有肩負某種政治使命。我一直都猜想他或許是楊的男朋友。儘管她總是嚴肅地稱他爲P.C.裴先生。他走了之後，楊到我房裡來照鏡子。這舉動有點怪，因爲之前她從未對自己的外貌表現過絲毫興趣。她把頭髮紮到腦後，像只鴿子尾巴。

「楊，爲什麼今天你把頭梳得這麼漂亮。」

「是呀，」她承認，拍了一下那小小的髮髻，「我也不知道我爲何浪費了一早上時間弄它。其實我有三篇文章要趕在下星期交出來。」

她坐到床上，脱下腳上的拖鞋，坐上了床：「P.C.裴剛剛向我求婚。」她不動聲色地道，「你剛才沒聽到我們在爭吵嗎？」

「沒聽到。」我說，「我什麼也沒聽到。你們爲什麼爭吵？我想你是喜歡他的吧。」

她的目光在眼鏡下面閃動了一下：「我是喜歡P.C.裴。但是他要我嫁給他呀！我覺得他這麼做是冒犯了我。」她停了一下，看著我的臉，想知道我是否理解她的話。「婚姻，」她補充道，「對一個女人是種貶抑，我很驚奇，P.C.裴應當明白這個道理的，我沒想到他竟然有這種動物本能。」

我不同意她，我説，P.C.裴是位漂亮、健康的年輕人，他現在和今後都有權有此本能。我說：「無論如何，我相信他不是有意冒犯你。」

「他知道我的感覺。」楊說，僵住了。我們沉默了片刻。

「你有所不知，」她更溫和地解釋道，「他卻是知道的，我結過婚。我想我沒對你提到過這件事吧？」

「什麼？」

「是的，這事發生在大學時代，離現在很長日子了。我嫁的那人非常自我，我們在一起是個錯誤。」楊看了看錶，以確定她有沒有時間把這故事繼續說下去。「我應當更有理智些。但那時我們都認爲，在舊的資本主義制度下，年輕人應當關注大局，個人的愛情是小事。所以，要儘量節省時間，減少煩惱。這一來，當那人對我要求多多時，我聽從了他。不過，他並沒有跟從我的信仰。他在一家洋行找到了工作。他全身心投入這份工作，你可以相信我，他從不關心國家大事，也不想爲全人類做點什麼。他眞是非常的令我沒法忍受。」

楊沉吟了片刻。

「這一點也還是可以原諒的。我那麼做是爲了脫身去做我的事。我也根本沒打算嫁給他。但那件事造成了非常錯誤的後果，使我落入一種必須有所發展的狀態。一言以蔽之，」楊小姐道，「我們有了孩子。」

「啊！」我道，「這孩子現在哪裡？」

「在北京。」楊小姐輕描淡寫地說道，「她跟我姊姊們在一起。她們沒有工作。……那以後，我答應我們應當結婚，這是照中國的習俗辦事。我們同居了。我的事讓我學校裡那些修女們大爲震驚，對於她們來說，我的生活方式太離譜了。就算我結了婚，她們也還是不滿意。修女們也是令人難以忍受的。當然，那是另一種受不了。」

她躺到了床上，將手墊在脖子下，眼睛沉思地盯著天花板：「總之，麻煩從此也就開始了。我們老是吵架。樣樣事情我跟他的觀點都不一樣。他不理解我的工作，認爲我應當留在家裡帶孩子。唉，我討厭帶孩子，雖說生了孩子之後，我還是愛她的。但我不是良母型的女人——他跟我的姊姊們倒是挺合得來。」

項美麗這篇文章通篇講述這位楊珠的愛情生活。楊珠因爲她的丈夫不能「多想想全人類的命運，少想想他自己」而跟他分手，也因爲自己要爲全人類的事業奮鬥而放棄愛情、放棄家庭，放棄做母親的責任。將這一以冷靜幽默的筆調勾劃出來的人性化形象，與我在流行傳記中看到的那個單層次的女共產黨員形象相比，使我感慨多端。

楊剛在新聞界和文學界是以剛烈如火著稱的，中華人民共和國建國之後，她曾任周恩來辦公室主任秘書，一九五七年十月，她神祕地在《人民日報》副總編任上自殺身亡。楊剛若還健在，看到項美麗此文，不知作何感想。是否也會像史沫特萊看到項美麗在《我的中國》對她的描寫一樣，勃然大怒，翻臉不認她與項美麗多年交情，破口大罵呢？

其實在項美麗那本書中，史沫特萊的形象，比我們通常在一般宣傳式文章中看到的那個「國際共產主義戰士」史沫特萊更眞實，更可愛。儘管「她看上去像是個飽經滄桑的人，臉上線條生硬，衣著不修邊幅」，卻有一副熱心腸。當她得知正在跟項美麗熱戀的查爾斯跑到新加坡去看前妻時，便直截了當地對項美麗說：「別放他走！」當她看到項美麗剛生了孩子還四處奔忙時，她便：

以她那獨特的大大咧咧的同情方式對孩子表示關心，她簡單扼要地勸我道：「你不如把孩子抱在手裡，去對他們說：你們統統見鬼去吧！」

「可我不能那麼做，安妮絲，我不能那樣對他們說，他們人都非常好。」我道。安妮絲不解地瞪著我。世界對她來說是條巨龍，一條她得永遠與之纏鬥的龍。輕裝走世界的人在她的概念裡不存在。她也不爲他們操心。現在她看到，我終於有所爭鬥，她便有了用武之地。

安妮絲永遠帶來緊張空氣。就算是風平浪靜、平安無事的日子，她一走進門，你也會感到一股挾雷帶電、雨雪飄飛之勢。一天，我正平靜地坐在書桌旁，我敢保證那是太平洋岸邊一個和熙的春日傍晚，門砰地一下爆開，安妮絲衝進來了。她從肩上抖落雪花，我幾乎能聽到門外的馬蹄聲，聞到馬鞍上的汗水味，寒氣肅殺激戰猶酣……「我給你帶來了一隻雞。」安妮絲咆哮道。

在這裡，項美麗犯了每個自信的作家都會犯的錯誤，她以爲人人都能欣賞她那善意而鋒芒畢露的幽默感。

以此類推，我不由得會想到，是否楊剛生前也看到了項美麗寫她的那篇文字呢?所以，她的自傳也好，別人給她寫的傳記、回憶錄也好，都從未提到過項美麗，甚至也不提她曾租住過項美麗寓所。不過，也許又是項美麗的複雜背景使得她對那段經歷諱莫如深。她可不像邵洵美那麼天眞，身爲老共產黨員的她，對於項美麗這樣的人物會引起的麻煩心知肚明，所以寧可不提她翻譯過《論持久戰》的「光輝事蹟」。蕭幹那篇被人廣爲引用的〈楊剛與包貴思〉寫了楊剛與另一位美國人、她在燕京大學的老師包貴思的友誼。說包貴思在她惟一一部長篇小說中，以楊剛作爲女主角的原型。蕭幹的文章還引了小說中的一段。從那引文看，楊剛與包貴思的友誼與衝突，與史沫特萊與項美麗的友誼衝突極爲相似，兩者都是挾風帶電、自以爲負有解放全人類使命的左翼分子。包貴思寫那位加入了共產黨的中國女學生：

我傾聽她對我們時代種種罪愆的憤怒譴責，我無可反駁。我留意到那些不公正的事使她和她的同志們變得冷酷無情。我感到她這個充滿活力的人總是處於緊張狀態中。她沒有一點悠閒心情，永遠也達不到恬靜的境地。

當這女學生要去幹革命了，把自己的孩子留給外國老師照顧時，她竟然直截了當，以一種公事公辦的口吻，問老師要開出什麼條件。老師非常吃驚，她說她照顧孩子完全是出於愛心，不附帶任何條件，可她這位高足並不領情，她冷冷地道：

「可是孩子的前途要掌握在我手裡。」

簡笑了，她說，「在這一點上，咱們的見解又不一致了。孩子的前途既不掌握在我手裡，也不掌握在你手裡。你認爲未來是在你的掌握之中，我卻知道我自己什麼都不能掌握。親愛的，我也不認爲你能掌握。」

這一女鬥士式的形象，與項美麗筆下史沫特萊的的形象何其相似。這是一些被仇恨扭曲了的人物。不過，在項美麗的筆下，楊剛倒是有人情味得多，可愛得多。耐人尋味的是，蕭幹當時就住在離霞飛路不遠的南昌路，在回憶錄中他說，他幾乎天天都與也住在霞飛路的巴金見面，自然也會見到住在同一條路上的老同學楊剛。可是他對項美麗一字不提。四十年後，當有人向盛佩玉諮詢這件事時，她的回答是肯定的，她不僅證實了邵洵美在《自由譚》上發表過楊剛譯《論持久戰》，出了單行本，並跟項美麗、王永祿等人一起夜裡開了汽車把書丟在外灘外國人的信箱裡之說，她還爲自己在〈我與邵洵美〉一文中不提此事解釋道：

而在一九八二年第四期的《收穫》雜誌上蕭幹寫的《楊剛文集》編後記，長長的一篇文章根本沒提到項美麗，更沒提到邵洵美。再說如果這是一個貢獻的話，應該受到表揚，可也沒有。解放初洵美即將自己有的藏書給了夏衍同志。洵美告訴我，他對夏衍說：「這是幫朋友做的事，不能算自己的貢獻。」再說一九五八年洵美受審查，他進去四十天我就給夏衍去了一封信，當時夏衍已是文化部長，可洵美還是被關了三年，出來時瘦得路也不會走，進去前的房子被沒收，出來後也沒有解決。有這種種情況，我再寫出版外文版《論持久戰》又有何用？

這兩個女人不約而同，都不從政治利害的角度看這種事。在項美麗，這只不過是她無數件正義行爲的一件，不值一提；在盛佩玉，哪怕要靠這件事去救命，也先以普通人的道德標準權衡：人家不記你的好，不領你的情，還不如給自己多保留點自尊。

楊剛本人一九四三年至一九四八年到美國讀書期間，也寫了一本書，《美國劄記》，與項美麗那本《我的中國》不但同期，且屬同一性質，都是回憶錄和異國見聞錄。一九四三年聖誕前夕，項美麗從香港被日本人遣送回國，曾是轟動一時的新聞人物。《芝加哥太陽報》還把她抱著女兒卡蘿拉的照片登在頭版。說當時身在美國身爲記者的楊剛不曾風聞，似乎令人難以置信。但這兩位老朋友在美國的軌跡從未交叉，難道是道不同不相爲謀？

不過，楊剛在她的作品中從未提到過項美麗，還不特別奇怪。因爲項的背景實在太複雜。身爲老共產黨員、經歷過多次黨內鬥爭的她，不得不提高警惕。想想看，無黨無派的邵洵美，只因給項美麗寫了一封未被送出國門的信，就坐了八年牢。奇怪的倒是，項美麗在《我的中國》裡用了很多篇幅寫她的房客瑪麗和珍妮，卻隻字不提楊剛，更未提到過楊剛翻譯《論持久戰》的事。

若說她顧忌到查爾斯還在日本人的集中營，爲他的生命考慮，她不得不隱去有關抗日的情節，似不太可信。因爲她在這本書裡多次提到邵洵美和他朋友們的抗日活動，她不諱言「我們這些有中國情意結的上海居民……仍然與游擊隊有很多接觸。」也不諱言邵洵美那位成爲抗日游擊隊頭目的弟弟璜，把她家當成游擊隊的一個情報站：

他（邵洵美）自己的家不能用（來作情報站），因爲他是中國人，外國人比較中性。但也要冒很大的危險。他們在我二樓的後房建立了一個無線電發報站，那裡離馬路和警察較遠。他們在裡面發報。儘管我從未走過去看看他們到底在做些什麼，但我知道他們可以與重慶直接聯繫。不過，不能說這就意味著他們隸屬於政府。在美國我們一說起中國游擊隊，就以爲他們只有一支隊伍。我們錯了。他們有很多游擊隊，很多領導者，分屬很多派系。他們只有一個共通點，那就是都說其他派系的游擊隊只不過是匪幫。璜的那個游擊隊跟另一個游擊隊也發生了激爭。那一隊否認璜這一隊在上海周邊作戰的權利。這種狹隘的爭拗引起了諸多麻煩，所以洵美遵循他戰前那套處世哲學，他試圖讓璜這一隊人擺脫骯髒的政治，雖然他自己也未能逃過那一曠日持久的遊戲。它一直都存在。所以他對我後樓的發報站持觀望態度。

負責情報站工作的是兩個男人和一個女人。他們都穿藍色工農裝，這使得他們在霞飛路這種住宅區顯得相當惹眼。因此他們很少出門。除了在屋裡過夜之外，連吃都是由小飯館送麵條來解決。怪的是我對他們的工作一無所知。我曾希望得到保證，說他們是與重慶政府聯繫的。但我沒這麼做，我相信洵美的政治主張。無論如何，我認爲他是個有頭腦的人。

不過這事的確麻煩。發報會有一些噪音。有時引起人家注意。一天下午，馬爾科姆·史密斯，就是我那位警察朋友，不期而至，他到我樓下喝杯東西。突然，他疑惑地朝周圍掃了一眼，聳了聳鼻子：「你開了收音機嗎？」他問道，「我有種奇怪的感覺，有人在用短波發報或幹著這一類的事情。那聲音又來了！你聽見了嗎？」

是的，我聽見了，聲音太清晰了：卡卡卡克，卡克，卡克卡克卡克，卡卡卡卡卡克……我把收音機又開又關地折騰了一通，便儘快跑上樓去叫停他們。

「這些無線電的事奇怪得很。」我回到樓下時，馬爾科姆繼續道，「日本佬肯定說我們在外僑住宅區窩藏了發報機。你知道，也包括法租界。對此我毫不懷疑。但我們怎能抓得住他們呢？日本佬試圖用什麼三角測量法找出發報機。但用這法子找不到發報機的準確位置。他們最好能確定是在哪個區。當然，上海的一個區動輒幾千人，你不能光為了調查就抓這麼多中國人吧，我想日本佬自有他們的辦法，但我們不能因此而懷疑每個人。讓廣田他們自個兒忙去吧。」

這件事使得樓上的房客大為緊張，他們很快就撤走了。接著來的房客就是珍妮，從時間上推算，楊剛大概在珍妮之後搬來。與那個發報站相比，楊剛的危險性當然小得多；而與珍妮相比，楊剛的故事還不夠傳奇。也許這就是她被項美麗略過的原因。總而言之，那些日子故事太多，甚至發報站的事都只算小菜一碟，項美麗最大的麻煩，應當說來自於她與邵洵美合辦的那份刊物——《自由譚》（*Candid Comment*，《自由評論》。）

·第16章·

雙胞胎

我注意到，在那本邵洵美惟一的傳記《海上才子邵洵美》中，以及有關邵洵美和項美麗的一些有關文章中，都曾提到他們一起辦刊物的事，但提得最多的是一份名爲《自由譚》的刊物。也曾提到一份中英文雙語雜誌，不過，給人的印象有時是，此份雜誌只是停留在構思中，並未出版。如在董鼎山的〈羅曼蒂克的項美麗〉中提到：

有一時他（邵洵美）曾與項美麗嘗試出中英文刊物。他帶了項美麗去體驗上海生活。

提了一句就沒有下文。

而在趙武平的〈邵洵美的美麗錯誤〉中，這份刊物是份已經出版的中英文雙語雜誌：

其好友張若谷……談到邵洵美時特別指出「戰事幾使他成爲一個無產者，他曾與項美麗女士合辦中文及英文本《自由譚》月刊，大部分的著述都是邵自己寫的。」

如此看來，這份刊物就是《自由譚》？可是另外一篇文章，卻對《自由譚》有如下的介紹：

抗戰期間，項美麗與邵洵美合辦過「抗日雜誌」，其中即有本文的主題——《自由譚》（一九三八年九月創刊）。刊名的顏體書法是邵洵美手跡。以項美麗的名義向當局登記出版，比較方便（項美麗兼編輯及發行人）。《自由譚》的圖片非常豐富，版型編排手法嫻熟，一望而知出自行家手裡（邵洵美過去辦的刊物絕對一流）。大量的漫畫是該刊一大特點，開本大，漫畫亦尺幅寬廣，甚至占據一頁，如張東平的〈爲什麼不把財產捐給國家〉，葉淺予的〈換我們的新裝〉，都是一個整版。

從文中看不出來此《自由譚》是否就是以上那份中英文雙語雜誌。而且得出與前兩文所述不同的印象：一，它是一份「抗日雜誌」；二，它並非文學雜誌。

不管怎麼樣，確定不疑的事實是，邵洵美熱衷於辦雜誌，搞出版，他開過不只一間出版社，此起彼伏地辦過差不多上十份雜誌。所辦雜誌種類不只涉及文學，還有美術、漫畫、小品、評論、雜文等等門類。但他一直都有個心願（至少他讓項美麗這樣感覺），就是辦一份中英文雙語雜誌。這個願望因項美麗的存在而成爲現實。

在他們相戀的日子裡，這份雜誌一直都是一個熾熱的話題，給他們的戀情火上添油。而當這份戀情終於因一紙婚書有了著落點，雜誌也就到了瓜熟蒂落的時候，它不僅新鮮生猛，有聲有色，還是個雙胞胎。

洵美和我馬上開始熱情洋溢地各自爲我們那份刊物策劃奔忙。我的那份英文名字叫*Candid Comment*。它的中國同胞兄弟的名字，意思與之相同，只不過是它英文名字的直譯，叫《自由譚》。起初我打算中文版的內容也如同它的名字，與英文版一式一樣。這主意因種種原因不得不放棄。中文版印製費比英文版便宜得多。因爲它的膠卷較便宜，也因爲，在一個極小的空間就可以檢數千字。用不同的紙張就需用不同的圖片。這一來，同樣的圖片，甚至封面，也會有不同的效果。所以我們沒法向《福克斯》這種雜誌看齊，雖然我們一度傻到有此企圖。最後我們達成共識，我的雜誌和洵美的雜誌有相同主旨，大部分文章也相同。但在形式上，在圖片上，和所有其他工藝上，我們都可自作主張。我收到並採用的任一英文文章，只要洵美喜歡，他就可把它譯成中文採用。對中文稿件也同樣處理。這協定對我較有利。因爲我可以提供的稿件有限。遠東地區的資深英美作者能有幾人？可我卻能通過洵美得到大量中文稿件。中國作者的稿件源源不斷。不過，我也並不是那麼如魚得水，因爲我要被洵美的時間和好惡所限。我被他所制約。我只能看到他肯費心譯給我的稿子。不過，這就已經夠好了。

有時得我們自己趕寫些短稿。我們需要插圖時，就找洵美那些畫家朋友。我發現每個受過教育的中國人都是個好畫家。這是他們書法藝術的結果。我們西方人沒有發展我們的書法。中國孩子在書法上都受過專門訓練。所以他們並不只是些畫匠。在洵美的工廠，他們常常在人來人往中當場揮毫，只需一張桌子而已。在我們的畫家群中，包括鼎鼎大名的張氏兄弟。

如此這般，這個雙胞胎終於呱呱落地，時間是一九三八年九月。巧的是，離項美麗與邵洵美簽署那紙婚書正好差不多十個月。現在，項美麗不僅成了邵洵美印刷廠的主人，她還是他們雜誌的老闆和主編之一。由於她是他的妻子，這一切都變得合理合法。

雙胞胎期刊《自由評論》和《自由譚》出版後很成功。特別是在中國讀者中反響較大。據項美麗說，這是因爲，第一，《自由譚》賣得比較便宜；第二，邵洵美在《自由譚》發表的言論比項美麗在《自由評論》發表的言論激烈。所謂激烈，對於不問政治的邵洵美而言，當然是指抗日言論。其實項美麗的《自由評論》也發表了不少抗日文章，其中大概就包括楊剛翻譯的《論持久戰》。在被日本人包圍的上海，出現了這麼一份時有激烈抗日言論的刊物，當然會引起日本人的注意。項美麗是刊物的註冊人，於是他們找上她的門來：

肯——我不知道這是否就是他的名字——說他是一家報紙的代理人。他帶了另一位日本人來約我吃飯。那人看上去木訥可厭，肯管他叫「上校」。我們三個人吃飯的地方是國都飯店（Metropole）。這是上海最好的飯店。他們問我是不是《自由評論》的老闆，我自豪地說是的。

「這是一份好刊物。」肯說，「好刊物。不過你們的廣告太少了。」

「是的，不幸，確是如此。」

「有人告訴我們，」肯說，「晚報的人幫你們擺脱財政困境。現在每個辦報的人都想方設法拿外國的錢。你看看那位叫拉達爾・高爾特的編輯，靠他自己的薪水他怎麼買得起那部新車？不能的。」

「拉達爾有其他收入，你知道，他在家裡爲其他報紙寫稿。」

肯聳了聳肩膀，上校哼了一聲：「我不是說他不老實。」他遲疑地道，「咱們還是說你的雜誌——你想拿到日本廣告嗎？」

我說這事我還沒想過。肯說：「我想我可以爲你拉到很多廣告，每個月的進項——讓我算算看——大約五百美金。你看這主意怎樣？」

「夠大方。」我說。

「我想爲我們的中國部隊訂些你的雜誌。」肯說，「它在中國的刊物中是一份非常好的刊物。我有點好奇的是，有時候，你是否眞的知道你刊登了些什麼文章嗎？你看不懂中文，是不是？」

「是的，我看不太懂。」

「這就對了，你們的文章有時候很厲害……你一定有個好編輯，他是誰？」

「我不知道。」我說。

「你不知道？」

我搖搖頭：「我一個編輯也沒有。文章都是寄來的，要是我辦公室裡正好來了個中國人，我就請他讀給我聽。要是他說喜歡，那就可以說這是一個中國人的判斷了，我尊重他的判斷，就把那篇文章排進去。」

我信口開河地說道。不過我有理由這麼做。理論上我不能把我們雜誌的事告訴日本人。尤其是在他們圍困住我們、爲所欲爲之時。暗殺正在流行，透露出名字來會有麻煩。要是肯被我的回答激怒，他也並沒表現出來。他是圓滑的。他說：

「那麼你一定被當作天眞的工具利用了。你顯然沒發現，你們有些文章是反日的。甚至可以說它們鼓動暴力。我現在相信你眞的不知道。上校，這女孩是日本眞正的朋友。」他對他那個木訥的同伴說。「她不知道那些稿子。她跟我們有同樣的目標和理想——建立一個自由亞洲。那麼，哈恩小姐，我們可以允諾，我們會幫你們增加發行和廣告。這就定下來了。只要你們能改變你們的方針，對日本更加友好——」

「但我有理由不那麼堅決地跟你們友好，」我用我最遲鈍的口氣道，「我覺得你們日本人對我們外國人不友好。」

肯驚奇地道：「什麼？爲什麼你會這樣感覺？」

「肯先生，日本人不是眞的要把所有的外國人趕出亞洲吧？」

爲了表示他驚異得沒話可說，他再次瞪大眼睛朝向上校。終於擠出了一句話：

「你聽到她說什麼了嗎？上校？」

上校表示他聽到了。他們倆一道鄭重其事地說服我：我錯了，一切都錯了。我說聽到他們這般說我萬分高興。我們各要了一份蘋果派作甜品。我再沒看見過肯或上校。

這件事大約發生在一九三八年末到一九三九年初，因爲《自由譚》辦了六期就辦不下去。它終於在日本人的干預下，於一九三九年三月夭折。它的同胞兄弟《自由評論》當然也未能倖免。

·第 17 章·

宋氏三姊妹

一九三九年九月，隨著德軍攻占波蘭，英法向德國宣戰，歐戰終於爆發。圍困中的上海法租界日子越來越不好過。危險日日逼近。美元英鎊的匯率持續下跌。蝸居在這裡的西方僑民，人人都在計畫著逃路。被邵洵美一紙婚書穩住了的項美麗，卻似乎一門心思等著老死上海，把邵家餘姚祖墳當作歸宿了。她遠在美國的家人卻不知道這一層，他們看到報上不斷告急的世界大戰消息，頻頻來信，催她快快逃出中國這個是非之地，回到安全的美國來。母親漢娜甚至打算來中國接她。然而太平洋上戰雲密布，交通極為艱惡，漢娜到了日本就沒法繼續向前，只好打道回府。

另一方面，項美麗也不是沒作離開中國的打算，一九三八年初，她曾向家人表示想回家看看，並給姊姊海倫寫信，請她幫邵洵美在哈佛找份工作。兩人似乎打算一起遠走高飛。但得到的答覆卻令他們失望。那時美國的失業率仍然高踞，經濟蕭條的陰影徘徊不去。海倫說她無法在哈佛爲邵洵美找到職位。這使得項美麗只好放棄了回美國的念頭。努力就地尋求擺脫愛情困境和經濟危機之道。

就在這時，一九三八年春天，哈恩姊妹的前追求者約翰・根室（John Gunther）給項美麗來了一封信，說他將和他的妻子來中國。這封信對項美麗的一生發生了決定性的影響。

十年未見，現在的根室已令人刮目相看，他成了世界級的名作家。由於他在一九三八年出版的《歐洲內幕》一書中預言了希特勒和墨索里尼將是歐洲和世界的災星，而這預言竟不幸而言中，根室一時間聲名鵲起。他在歐美國家的知名度，竟與總統羅斯福、以及越洋英雄林白不相上下。於是他得以辭掉記者工作，成了全職作家。他的下一本書是《亞洲內幕》。他打算在這本書中揭示日本軍國主義對亞洲的威脅，探討如何結束中日之間正在進行的這場戰爭。他到中國來就是爲這本書搜集資料。上海是其中的一站。他說他想見一見項美麗。

他們見面了。根室驚異地看到，十年前那個生氣勃勃、美麗動人的艾米麗不見了，出現在他面前的是個骨瘦如柴、面有菜色的憔悴女子。他當然不知道這是項美麗沉迷鴉片的結果，但卻能感覺到，她的日子過得不怎麼樣。肯定是遇到麻煩了。根室便向她建議：何不像他這樣做個全職作家呢？

項美麗多少有點喪氣地告訴他，不行，她的條件還不夠，而且她最近的一本書《事件》（*Affairs*）搞砸了。不過她可不是那種愛訴苦的人，她立刻就打起精神告訴他，眼下她正在寫一本小說，內容是關於一個美國女人和一個中國紳士之間的愛情故事，事情順手得「就跟一塊好牛排」似的。

但根室卻跟她的出版代理人一樣，一點也不看好這本書。他說現在寫這種書不是時候，沒有人會關心一個美國女孩和一個中國男人的愛情故事，「何不寫一寫宋家三姊妹呢？」他建議道。

根室分析道，眼下正在進行的這場中日戰爭讓美國非常不安，日本人擴張勢力的威脅日益明顯。所以關於中國的書在美國是受歡迎的，不過，其賣點不是男女情愛，而是中國的政治人物。對美國讀者來說，宋氏姊妹這本書會非常及時。

項美麗說她對這個建議很感興趣。不過據她所知，已經有很多知名記者做過這個嘗試了。他們全都無功而還。雖說這三姊妹都在美國受教育，英文說得棒極了，但她們根本不跟傳媒沾邊，尤其不跟已婚男人沾邊。項美麗雖然擁有未婚女子這個優勢，但是：

我對宋家姊妹所知甚少，儘管我已經來中國這麼長日子了。我只遠遠地見過一次蔣夫人。我出席過孔家在他們上海家中舉辦的一次招待會，是弗萊茨夫人帶我去的。我跟孔先生和孔夫人握了手。然後就到外面草地上喝了杯茶。那天我甚至都不知道孔先生何許人也。她們三人中我對宋夫人還算知道一點，那位奇妙的安妮絲．史沫特萊曾把我介紹給她，他們說她做過宋夫人的秘書。

但是根室堅持他的意見。他是個說做就做的人。他不僅自己去見了蔣介石及其夫人，並將會見記發表在當年四月六日的《紐約時報》上。他一回國就向紐約的出版商們宣稱，他的朋友、目前人在上海的作家艾米麗·哈恩打算寫一本宋氏姊妹內幕。紐約那些關注亞洲的出版商們，幾乎人人都打過宋美齡的主意，但都沒成功。因爲這位傳奇女子老是推說，等她有時間了，她會自己來寫自己。現在，由這位以內幕系列名震遐邇的大作家，推薦這位小有名氣的美國女作家來寫這本書，怎不讓他們動心。於是，一九三八年的某個秋日，項美麗驚奇地收到了一封美國來信，那是一封道勃雷迪與多拉出版公司的邀稿信，信中還附有一張出版合約及一張五百美元的預付稿酬支票。此外，英國的麥克米倫出版社也來信表示，他們願付最高稿酬請她寫這本書，並將奉上預付款。

這一下，項美麗好像被逼上梁山、只好背水一戰了。不過，最後令她下定決心的，還是邵洵美的極力慫恿和支援。

當項美麗跟邵洵美商量，要不要接下這份合約，接下之後該怎麼行動時，邵洵美道：

> 這眞是個好主意。你一定要寫這本書，它會讓你成名。我們大家從此以後都會生活得幸福快樂。這些日子你實在是太懶了。

他又出主意道，根據中國習俗，一家人老大說了算，宋靄齡是那一家人的大姊，所以：

「別把重心放在宋美齡身上，宋靄齡才是你的主要目標。」

「靄齡？」

「孔夫人。」他解釋道，「我知道很多有關她的事。有很多人可以找。我姨媽就是她的老朋友。她們從小就很熟，後來也一直都保持來往。我要去請教她該怎麼做才好。」

邵洵美指的是他的五姨媽盛關頤。位於上海霞飛路一二七三號（今淮海中路一五一七號，日本領事館所在地）的盛家大宅與位於同一條街上的宋公館應當算是隔鄰了。所以兩家的子弟時有來往。在宋靄齡的青年時代，盛家是上海灘豪門巨富，而宋家還處於草創階段。宋靄齡留美歸來，一時沒找到合適工作，曾到盛家作了盛五小姐的英文家庭教師。兩人從此一直保持友好關係。兩家人也一直互有往來。盛家老七盛蘋臣就是因爲她姊姊的關係，成了孔府的一名謀臣，後來撿到蘇浙皖統稅局長這樣的美差。

主意多行動少的邵洵美，這次一反常態，說做就做，他立刻就去見他的五姨媽。姨媽沒在家，不過當他了解到姨媽的去向後，就更有把握了，因爲姨媽正是去了香港孔府。「我們得等。」邵洵美說。

這是在中國，所以我耐心地等姨媽一回家，洵美就帶我去見她。我們談了很久。她是一位美麗的太太，笑容可掬。「我的可愛的姨媽」洵美這樣給我引見道。姨媽不能確定孔夫人是否喜歡這樣一本書。但她說，總得試試看。我花了些時間向周圍的朋友諮詢，又從洵美的熟人處拿到些背景材料。我還給那三姊妹各寫了一封信。

我分別給她們寫不同的信。我想從來沒人這麼做過。她們每個人都有自己的房子和自己的社交圈。每人的社交圈都可能有與其他兩位不同之處。我的信也因之而個個不同。我沒收到宋夫人的回信。蔣夫人過了一段時間才從重慶回信。她說雖然她喜歡我這封信的意向，但她眞的太忙，無暇顧及那類事情。只有孔夫人被我給她信中的一個理由打動：我說我要寫一本忠於事實的書。孔夫人回信建議我去香港見她。

「好吧，有何不可？」我輕描淡寫地道，「我好多年沒去過香港了，我們倆就去那地方走走。」

「這事有點難。」洵美道，「你性子急，但這事需要耐心。」

「我性子急？」我大表驚異，「你爲什麼這麼說？我比我認識的任何人都有耐心。我的耐力空前的深厚，我耐心得都不敢回美國了，因爲我沒法保有每一個人，所以我動作遲緩。」

洵美笑而不答。

「要是有船我們下星期就去。」我乘勢道，「你等等，讓我找找看……」

「爲何不明天就去呢？我們還來得及關門大吉。」

「噢不，我可以找人幫忙管事的。」我說著就打了兩個電話，洵美只好尷尬地笑。

他們在兩個星期後眞的成行。一起去香港見宋靄齡。那是一九三九年六月的事。那是一次漫長而艱難的旅行。因爲是在戰時，海上交通完全沒有規律，只能有什麼船就上什麼船。他們上的是一條小船。途中停停走走，停靠的那些小碼頭都聞所未聞。船長對大家說這是爲了躲避戰火。中國游擊隊經常在那一帶海上出沒，他們常與日本人發生槍戰。而日本人的飛機也時不時在頭頂上呼嘯而過，搞不好還扔下幾顆炸彈。不過，對於天生嚮往冒險生活的項美麗來說，這些都不算什麼，甚至還是一次值得回憶的經歷。身爲專欄作家的她，把這次經歷的片段也寫成了一篇文章，名叫〈南方之旅〉，記敍一艘小漁船怎樣遭遇日本飛機的掃射，船主一家四口，包括一個八九歲的孩子和一個嬰兒，只好棄船爬到她們的輪船上，這才死裡逃生。

再說，這是她和邵洵美兩年來第一次一同出遊。自從初戀的日子裡他們同遊南京以後，他們就很少離開上海，除了一九三六年的黃山之遊，大概就要算那次去浙江看祖墳了。項美麗享受這次旅行，但邵洵美似乎心事重重。不能分享她的快樂。他也許是爲留在家裡的那一大家子人擔心，也許又是爲未來的行程憂慮，不管怎樣，至少項美麗感覺到了他的煩躁不安：

他抱怨這趟航程一點也不舒服，他一直都悶悶不樂。直到他想起了他祖父當年出使俄國，也在這條航道上走過，才開心了點兒。

「他還留下了一本日記，」洵美說，「回去後我拿給你看。啊，眞奇妙！他把每件事都記下來，讓他印象特別深刻的，是那些俄國人在餐桌上不斷地換食具。他寫道：『他們每次都拿來不同的新盤子，造成一陣騷動，可送來的食物則總是不夠。』」

到了香港，雖然天氣大好，陽光燦爛，有很多朋友接待，卻無助於提高邵洵美的情緒。《天下》編輯部的那班朋友自是頻頻來訪，邵洵美還有很多老同學都避難在香港，天天都有宴請，他們喝早茶，吃海鮮，到淺水灣開派對……這裡的日子跟上海那種愁雲慘霧的淪陷區氣氛相比簡直天上地下，大家都勸邵洵美把家搬到香港來。但他還是一反常態，緊鎖愁眉，悶悶不樂。有一天，當項美麗單獨接受一群英國朋友的邀請之後，他終於發作了：

「這班英國佬眞把我惹火了！」他憤怒地道，「看看這個莫里斯，他竟然請你一個人星期天跟他去郊區散步。」

「但——你不肯散步，你總是說你腿不好，不肯散步。」

「我不是要去散步，我只是要他想到邀請我。要是他帶個朋友來上海，我會光請他而不請他的朋友嗎？

他似乎有他的道理，可是項美麗覺得他是在自尋煩惱，無事生非。因爲她不像邵洵美要爲一大家人操心，她單身一人，早已習慣了四海爲家，何況香港跟上海一樣，也有很多西方人。只是香港跟上海不同，在這裡西方人和中國人各成一個世界，基本上互不來往。就算是高層人士，也各自有各自的會所和遊樂場，項美麗的英國朋友告訴她，在香港要交中國朋友很難，「這裡沒人認識中國人，」這位很想交中國朋友的英國人道，「所以我想去上海。」

終於有位英國人來邀請邵洵美和項美麗兩人一道赴宴了，此人就是查爾斯・鮑克瑟。原來查爾斯那次從上海一回來就找了個英國女孩結了婚。現在，一聽說項美麗和邵洵美來到，他在香港最好的一間中國餐館設席兩桌，由他夫妻倆作東，請了《天下》的溫源甯、全增嘏那班中國編輯，又請了他自己的英國同事。這下子中英人士濟濟一堂，查爾斯還學中國人到每一桌勸酒，邵洵美開心地對項美麗道：

「你看，這才是眞正的紳士，他們說他的書寫得好極了。」

要是他知道，當項美麗向查爾斯祝賀新婚時，查爾斯說了什麼，也許他就不會這麼高興了。查爾斯醉態畢露地對項美麗道出他婚後生活的失意，他說：「一個人單身住在香港，結婚這種事總會發生的。你知道，我在這裡待了四年，要麼變成個絕望的醉鬼，要麼結婚。現在我兩件事都占全了。」

要是邵洵美能夠預見，正是這位眞正的紳士，一年之後與項美麗成了情人，他簡直會要火氣沖天，就像那次在上海陪項美麗赴日本人宴席似地，當場拂袖而去了。

查爾斯的酒宴沒能改善邵洵美的心情。一直到他們回上海，邵洵美始終怏怏不樂。這是他倆最不開心的一次旅行，在這日夜相伴的兩個月中，兩人都越來越清楚地看到了他們之間那道無法彌合的裂痕，不，不能說裂痕，因爲它從一開始就一直在那裡，那是一種觀念上、性格上的分歧。現在，就連項美麗也開心不起來了，她第一次用旁觀者的眼光來看邵洵美：

載我們回家的那條船名叫瑪爾查洛夫，在船上，洵美化名徐先生。他穿了一身西裝。這是我們相識以來我第一次看見他穿西裝。他看上去糟透了。以前我從沒注意到他的腿那麼短。他剃光了鬍鬚的下巴跟那身粗花呢上衣不相襯。他的墨鏡也太黑。他很快就發現了上十個老朋友，他和他們整天都待在甲板上，全都戴著墨鏡，一直都在談著要是這條船遭到攻擊，他們如何智取日本人。

不過，從《宋氏三姊妹》的寫作計畫來看，這次香港之行倒應當算十分成功。宋靄齡不久就接見了他們。對於項美麗來說，這次會見非常重要，從此以後她的事業便發生了轉折，這轉折導致了她個人命運最大的一次變動，她與宋家兩姊妹——宋靄齡、宋美齡——的友好關係一直持續到她們去世。而她也因此永遠離開上海，在重慶和香港度過了她一生最爲艱難也最富戲劇性的三年。在《我的中國》中，項美麗詳細描寫了這次會見的前後：

洵美走進我房間來找我時，是下午三點差一刻。他看見我坐在床上，全身發抖，牙齒打戰。

「怎麼回事?」我對他說，「以前我從沒這樣過。再下去我就要哭了。」

「但宋靄齡並沒這麼可怕，我一直都跟你這麼說。我姨媽也會在那裡的，她回到香港了。你怕什麼?」

「我怕的不完全是她。」我沒再多説，拿起我的手袋就跟洵美走了。現在我知道我怕的是什麼了。我意識到，這次會面標誌著某一重要事件的開始。我應當停止玩樂，開始工作了。我的其他作品，我的寫作和教書工作以及其他每件事，都只是爲此作準備。這才是我第一份要全力投入的工作。至此，我才走進了中國，走進了戰爭，走進了眞正的生活，這感覺足以讓任何人畏懼。

孔夫人的家宅建在海邊峭岩上，帶陽台和網球場。我們的計程車在公路上直往前開，然後開下大路，從前門開進院子。一名家僮在那兒向我們微笑行禮，兩名護衛打開院子裡的車庫門。看上去好像他們正等著我們似的。他們全都長得牛高馬大。

一間有法式窗户的長條形房間通向一條遊廊，我一眼就看見洵美的姨媽坐在那裡，一副賓至如歸的神情。這房子不似我想像中那麼富麗堂皇（據我所知中國闊佬的房子總是富麗堂皇的），它甚至都不算很大。家具都罩著印花棉布，很好看。一切簡單整齊，不過，整個內部裝修是最現代的維多利亞風格。我安心了點兒。這時愛麗絲·周走進來。她説孔夫人是個沉默寡言的人，這使我又開始緊張。終於，樓梯上響起腳步聲，我跳了起來。

她沒有我印象中那麼高。這也許是因爲幾年前在上海的那個招待會上，弗萊茨夫人老是提醒我注意她高雅的動作。也許又是我看走了眼。現在看上去她優雅嬌小，眞可以這麼説。她比我矮，手腳都非常纖小。皮膚光滑，長著一雙親切的黑眼睛，一頭黑髮挽成一個高高的髻（因爲她不喜歡個子太小），她身材不錯。我們這些外國人在中國住得再久，也常常對中國夫人們感到迷惑，就只因爲她們是中國人。我們會告訴自己這很荒誕，但我們仍然會爲她們那中國式的浪漫風采神迷目眩。或許她們那一笑一盼之中含義微妙，她們就是在大笑時也莊重而矜持。孔夫人伸手給我，她微笑著，我立刻被她迷住了。

她手持一把小羽毛扇。我們談話時，她一直輕搖著扇子。我記得在電扇的微風中羽毛的輕揚，我記得那個重要的下午很多細節。我們並沒一直談那本書的事，關於它，我們談得適可而止。她告訴我她到現在才答應見我，不是因爲她不喜歡傳媒，而是因爲根室。根室是我朋友，他讓孔夫人如此生氣，我很遺憾。她說根室在《亞洲內幕》中寫到她的事都是錯的。他從沒見過她，又如何能知道她的言行舉止。在那本書中他把她寫成一個邪惡詭譎的理財高手，走起路來像頭母老虎，在家中房間裡橫衝直闖。孔夫人說起這些時，聲音抖顫著。她說她妹妹蔣夫人比她更生氣。而我，艾米麗·哈恩的信，使她感覺我想寫出眞正的宋氏姊妹。眞正的，她重覆道，你是這麼說的吧？

我說是的。我答應要小心核對事實。我試著向她解解新聞工作者的要義。他們應當迂委折地從多種渠道獲取資訊。「約翰寫的那些，」我說，「是他在上海和香港見到的那些人講給他聽的。他以爲他看到了眞相，我想，他不懂中國，不夠謹愼，所以您才看到了剛才提到的那些歪曲。」

「但他怎能這樣道聽途說呢？還寫了這麼多，還把它印出來。這是不對的。這是可惡的。我妹妹很生氣，我們想，我一直不肯見人是否錯了。我一直過著隱居生活，不喜歡人多的場合。這不，我受到懲罰了。我知道我有很多敵人，啊是的，哈恩小姐，我應當跟他們交鋒，不該一味逃避。可我一直都害怕報紙和他們那套玩意。我的朋友——」她把一隻手搭到邵家姨媽的手臂上，「她說你是一個善良的女子，非常誠實。我知道你在戰爭中幫了邵先生很多忙。他們一家人很感謝你。要是我能相信你的判斷力……我知道我可以信任你的感覺……」

「夫人，我們這就可以開始準備。」我說。孔夫人告訴我，我這麼快作出這樣的反應，讓她安了心。

「我不會傷害您的。讓我們開始工作吧，我會把開頭部分給您看，當然我不能按宋家姊妹的意思寫作……」

「我們當然不會……」

「但我答應一點：要是我寫完了之後，你們不能接受這本書，我不會出版它。這您滿意嗎？」

這次會談十分成功。她們雙方都對對方留下良好印象。過了兩天，宋靄齡就要秘書來通知項美麗，她同意合作。她說到做到，不僅自己跟項美麗合作，還說服她的妹妹們幫助她。二妹宋慶齡一直沒有正面回應，項美麗只在宋靄齡的安排下，跟她在公眾場合見過幾次。但小妹宋美齡卻對她大姊的安排言聽計從。她不久就派人跟項美麗聯絡，讓她繞道香港飛去重慶，在那裡參加她的各種活動。

項美麗毫不猶豫地接受宋美齡的安排。她坐船到了香港，在一間小酒店等了幾天，就收到一封神祕的信，說是王太太去重慶的機票準備好了。

這是項美麗第二次化名爲王太太了。她在夜裡戴上一副黑面紗去領取那張乘客姓名標爲王太太的機票。沒人來向她解釋爲何要搞得這麼神神祕祕，項美麗自己的解釋是：「這是中國高層一向的行事作風。我現在正在寫宋家三姊妹的故事，自然就要依他們的安排行動了囉。」

那時重慶正日夜遭受著日本人狂轟濫炸。香港往重慶的飛機只能在午夜十二時至凌晨兩點之間起飛，就是這樣也經常出事。有一次飛機不得不降落在珠江上，全部乘客都在日本人的機槍掃射下喪生，只有駕駛員泅水逃生。宋靄齡安排她的一名侍衛護送項美麗上機。她對項美麗那一大堆行李很不以爲然，她認爲項美麗此行不過是去見一見宋美齡。來去不過一星期時間而已。但項美麗可不是這麼想的，她憑多年採訪寫作經驗知道，此事沒這麼簡單。由於每人只許帶一件行李，她不得不把所有的衣服都穿在身上。羊毛衣上面套上了三件大衣，腳上還蹬著一雙羊皮靴，「我看上去像隻企鵝，走起路來也跟企鵝似的蹣蹣跚跚。」她這樣回憶道。

項美麗的估計沒錯，此去重慶她一住就住了三個多月。在宋美齡的外籍顧問端納的安排下，項美麗一到重慶就見到了宋美齡，她這樣描寫她對宋美齡的第一印象：

我與蔣夫人的第一次會見比我上次在沙遜路看見她輕鬆得多。有些中國人告訴我，我會發現第一夫人沒她大姊那麼多的「人情味」。他們說我會因此而忐忑不安。他們的「人情味」何所指呢？也許意味著一切，也許什麼都不意味。有時它指的是公眾人物也不是無懈可擊，我這並不是對孔夫人和蔣夫人飛短流長。我認爲它指的是一種「溫情」。的確，美齡的心比較冷。我估摸她或許想要堅冷如鋼，不過是以一種較爲大氣和禮貌的方式表現出來。她認爲公眾人物就應當摒棄一切個人情感和情愛，像英格蘭人一樣嚴肅冷峻。也因此，第一次見面後，我認爲她對她大姊的愛，比她表現出來得要多。

部分原因也由於端納的訓練，在他的調教下，蔣夫人在媒體和公眾面前的每一句話，每一個姿勢，都經過了計畫與斟酌。

不過她們兩人談得倒是頗爲融洽，開場的話題自然是宋靄齡，宋美齡跟她大姊一樣對根室書中有關宋靄齡的描寫非常生氣。她又對目前外界有關孔祥熙夫婦的流言蜚語評論道：「這是對我丈夫的間接攻擊。」

艾米麗乘勢坦率地提問：

蔣夫人知道她在中國老一代政治勢力中是個不受歡迎的人物嗎？

我很驚訝，我的問題竟然立刻得到了明確回答。蔣夫人說，是的。她說自她結婚以後，就一直在與反對她的舊中國政治勢力作沉重而不可避免的較量。

關於蔣夫人和她身邊的人，已經有不下二十種描寫，我不想理會它們。我對她的印象大都寫在我的書裡了。蔣夫人說她也曾經寫作。她很快就讓我感到很輕鬆。當她丈夫不期而然走進來時，我們已經談得像老朋友。他不知道她有客人，因此沒有先通告一聲，就穿著雙拖鞋走了進來。我跳起身。就算他穿著雙拖鞋，那種將軍的威儀也還是使我震懾。每次他一出現，我發現我都會站起來。他妻子爲我們作了介紹，他朝我躬了躬身子，就走回後房。

「好好，」當蔣夫人急急地用中文向他解說時，他說，「好好好。」他又鞠了一次躬，就回房關上了門。他剛才說的那種「好好好」，是一種禮儀言辭，其意義隨你怎麼解釋都行。蔣夫人微笑著道：「他沒戴他的假牙。你坐呀，哈恩小姐。」

宋美齡在重慶是個大忙人，每天活動多得滿滿的。而這些活動又往往被空襲打亂。但她還是不時抽出時間與項美麗見面，並安排項美麗參加有她出席的各種活動。包括一所她贊助的女子學校和戰時孤兒院。宋美齡的態度十分合作，「你很喜歡我姊姊吧？」她對項美麗道，她說她希望她這本書能夠消解有關宋靄齡的那些惡意流言，因此宋美齡熱心地「提供我所需要的一切資料。」並保證不會以自己的意見干擾這部書的寫作。她只要求項美麗出版之前將手稿給她們過目，以便核對事實。

「當然。」我熱情地道，「只是我不希望你給我任何意見，哪怕你與我的觀點有衝突之處。」

米奇參與宋氏姊妹拜訪傷兵之友醫院的「官方行程」，攝於重慶，1940 年 5 月。（由左至右為：蔣介石委員長、孫夫人、孔夫人、副官、米奇、黃上校和蔣夫人

「我也是這樣想的。」美齡道，「你書稿中的不符事實之處，我和我姊姊會指出來的。可我們不會提出任何意見。這是寫作此類書的惟一可行方式。要不然它就變成哈利辦公室的宣傳品了。」

那年耶誕節，項美麗就在重慶度過。重慶雖只是個戰時陪都，但它像眞正的都城一樣，集中了各國使節和傳媒。西方許多組織都派了專員長駐這裡。延安政府也在這裡設有辦事處。到處都是講英語的人，項美麗不僅遇見了許多上海時期的老朋友，還結識了不少新朋友。其中左右派人物都有。就是在這裡她再次遇見史沫特萊。後來成爲國際傳媒巨人的美國《時代》週刊記者泰德・懷特（Teddy White）也成了她的密友。這兩位都是左派人士。在哈佛讀書時修讀過中文的泰德也曾像斯諾（Edgar Snow）一樣深入中國西北地區，回到重慶後還寫了一本書記敘他的見聞。這本書從未出版，泰德解釋道：「我自己讀過手稿之後，感到除了少部分之外全都應該刪去，因爲它們不眞實。我對自己說，這種書不値得出版。」泰德因之將這本書稿付之一炬。項美麗正是因此深深尊敬他。

這也正是項美麗自己對待她正在寫的這本書的態度。所以雖然重慶的生活艱苦之至，且時時都有生命之虞。爲了取得第一手材料，她仍然在那裡一待就是三個月。她不得不天天抱著打字機鑽防空洞，只能利用空襲的間隙在油燈下寫作。其間不只一次差點被炸死。有一天她從防空洞回家，發現整座大樓已成一片廢墟，她的所有行裝都化爲灰燼，已完成的一包書稿也不見了，過了好些天才奇蹟般地尋回。又有一次她在採訪途中被空襲困在嘉陵江上，在炮彈的呼嘯聲中，跟著一群中國難民奔往輪渡逃命。幸而跑在她旁邊的中國難民扶了她兩把，才讓她逃出生天。

三個月後，她爲了採訪宋氏三姊妹在香港的會合而回到香港，本來打算在此寫完全書，又因三姊妹聯袂去重慶的活動而追蹤她們再次回到重慶。這次一待就是六個月。直到完成全書。在宋家三姊妹相聚重慶的一個月中，她參加了她們在重慶的所有活動。由於宋慶齡住在宋靄齡家裡，她也得以近距離了解宋慶齡。雖然這位「國母」對她印象不佳，還警告身邊人別與她來往，但這並沒妨礙項美麗公正地寫到她。

這是我開始寫這本書後第一次與她、這位神話般的宋家第二個女兒接觸，以了解她的活動。重慶的年輕人和左派分子歡欣鼓舞，迎接她的到來。她被他們當作聖母與女王的結合體。她性格羞澀且謹慎，極力逃避他們的注目，只與少數忠實的老朋友會面。可在她那些仰慕者，以及政治色彩曖昧的人眼裡，這卻意味著她住在那所屋子裡失去了自由。

這些人捕風捉影，說這位紅色女王不幸地成了她那狡計多端的姊姊和資產階級銀行家姊夫的囚徒。可是據我所知，孫夫人完全自由，她想看什麼人就看什麼人，想去哪裡就去哪裡。在那段時間裡，她與她的家人，包括蔣夫人，保持了良好的關係。對於這位也是第一夫人的妹妹，她並不想與之敵對，也不想把她看成競爭對手。

項美麗經常到訪宋美齡的家。當宋美齡與蔣介石在重慶北岸的居所被炸，搬到南岸的山中別墅時，她也跟著搬到了南岸。

蔣夫人的住所離我有段長路。我要坐滑竿穿過幾道山才能到那裡。我偶爾會去造訪。她住在山上密林間的一座小屋裡。從天上看不到那房子。這一點是最重要的。在那個炎熱的夏天，我與夫人在那小屋裡度過了一些美好時光。

項美麗以抒情的筆調回憶那些乘坐滑竿翻山越嶺去見宋美齡的日子。她描寫一路上的風光，密林中的盤山小路，山谷中的草地，描寫她如何享受轟炸間隙短暫的和平與靜謐。當轎夫們在旅途中停下來休息時，她甚至有心情在樹蔭下讀「我從蔣夫人那裡借來的《牛津短詩集》」。然後，順著一道長長的石階，來到宋美齡的山居小屋。「我都忘了我來過多少次了。夫人有時會抱怨在這個安全的山谷裡，她都與世隔絕了。在這裡，她只能通過電話與外界聯繫。她試著用將古詩譯成英文的方法來解悶。」

在這樣一種情境中，她們兩人的距離漸漸縮短。項美麗覺得宋美齡身上那種矜持的冷漠感在消褪，她寫道：

像所有宋家姊妹的屋子，起居室的家居很舒適，它們消除了我對中式高背椅的恐懼。在那間溫馨的小臥室裡，宋美齡請我嘗她做的新品種柑橘醬。在重慶時，她喜歡自製柑橘醬。這裡能搞到各種奇異的水果，其中有一種薄皮葡萄，我這輩子沒見到過。

哪怕是在這種避難的日子裡，在那夏日夢幻似的幽靜中，夫人也改不了她緊張工作的習慣。她身體不大好。飽受偏頭痛之苦。自從一九三七年她與端納在滬寧公路上遭車禍以後，她就一直被這種頭痛病折磨。香港有位按摩師爲她治療過，但效果不顯著。除此之外，她還有蕁麻疹。

項美麗在非洲也得過蕁麻疹，所以她與宋美齡正所謂是同病相憐，她們在這方面也找到共同語言。宋美齡漸漸打消對項美麗的採訪和寫作的戒心。她不再把項美麗只當作一位採訪者，她像手藝人對待同行似的，也跟這位作家交流寫作和讀書心得。

我不會在我的書裡寫到那些，但我覺得，在那些下午，她也跟我一樣很開心。那是些放鬆的時光，無憂無慮。我們只談倫理和文學，不談政治。我們信口開河，像兩個天眞睦睦的小女生。那眞是好！

她們的友誼一直保持到宋美齡晚年隱居美國。所以在宋美齡晚年，人們又跟她談起寫作傳記的事，她想到的第一人選就是項美麗。不過那本書後來因爲種種原因沒寫成。

當然，在三姊妹中，項美麗最愛的一位還是一直都給她熱心關照的大姊宋靄齡。她不僅愛她，而且也跟她的妹妹們一樣，對她的意見言聽計從。第二次去重慶，本來她只打算停留一個月，就跟宋靄齡和宋慶齡一道回香港，在香港完成她的書，就因爲臨行時宋靄齡的一句話，讓她不顧嚴酷的環境留了下來：

「我改變了主意，我覺得你最好留在這裡。」孔夫人道，「在這裡沒有香港那麼多會讓你分心的事，你會寫得更快。我妹妹蔣夫人答應，她會更加支援你的寫作。現在她比較有時間。就留在這裡寫完你的書吧！祝你成功，然後開始新生活。」

「你眞是對我太好了。」我哀心地說。

「我很抱歉，」她說，「我又干涉你了。但我相信這樣做對你最好。」

「也對我的新生活最好。」我說，「別擔心，我會開始我的新生活的。」

「但願如此。」孔夫人說，口氣有點猶豫。

此時此刻，宋靄齡難道預料到了項美麗這樣的女子不會安於循規蹈矩的日常生活？甚至，她都預料到了一年之後項美麗與查爾斯之間那場傾城之戀嗎？那一次，由於項美麗在查爾斯還沒離婚的情況下公然懷上了他的孩子，比她的上海之戀更爲驚世駭俗。但當項美麗的一些朋友都因爲這場愛情與她絕交時，宋靄齡仍然站在她這一邊。

項美麗後來深情地回憶當她陪著宋靄齡在香港海邊遊車河，她告訴宋靄齡她與查爾斯的情事時，宋靄齡的反應：

她的反應是典型的。她沉默了片刻。當時我正緊握住她的手。我眞怕她會給我一巴掌。但她只是直視著司機的後腦勺。突然，她吃吃一笑，像個小女孩似的吃吃地一笑：「我妹妹又要罵我了。」她說。

然後她開始責備我，溫和地，以一個基督徒和正統妻子的立場責罵我。她告訴我，當人們說我不是個好女孩時，她總是爲我辯護。接著她陷入深深的沉思。我打斷她的沉思道：「我想我們最好還是別再來往吧，你不覺得做我的朋友會讓你尷尬嗎？」

不，她說她不這麼認爲。她才不管那些。她開始給我一些醫學上的建議：我應當大量喝一種特別的茶，我必須試著信教，她說，沒有上帝的幫助生不出孩子的。還有，查爾斯的妻子有可能同意離婚嗎？我們一路上就討論著這些傷腦筋的問題，直到回家。我眞的不知道，她要是勃然大怒，或是根本就不能接受這一事實，我該怎麼辦。但當然，她永遠是慈愛的。從那以後她時不時地送來一封鼓勵的信，或是送來一些滋補身體的食物。

無論如何，《宋氏三姊妹》一九四一年在美國如期出版。這是第一本有關宋氏姊妹的書，當即成爲暢銷書，一九七〇年再版。根室的預測成了事實。邵洵美的預測也成了事實，這本書令項美麗一舉成名，也讓她從此可以靠寫作爲生。出版過六本書、並在《紐約客》上寫專欄達十年之久的項美麗，至此，才令美國讀者對她刮目相看。

不過，她與邵洵美的愛情，卻因這本書走到了終點。

·第18章·

跳出毒海

項美麗是一九三九年八月從香港回到上海的，她在上海又住了三個月，一直到十一月，繞道香港去重慶。這三個月她過得一點也不輕鬆，她知道，要寫成這本必須全心投入的書，有兩件事一定要解決，一件是她與邵洵美的關係，一件是戒毒。

因爲，如果要寫這本書，她一定會要離開上海。在重慶與香港之間奔波。她必須採訪的那些人，包括主角宋氏三姊妹，不是在重慶，就是在香港。重慶正處於被日本狂轟濫炸的最艱難時期，生活十分艱苦危險。而國民黨政府正在嚴禁鴉片，她沒有條件再吸食鴉片。但不幸的是，她這時已上癮了。

她在外貌上的變化且不說，事實上，鴉片已經控制了她的生活起居。情況漸漸惡化到，到了一定的時候抽不到大煙，她就會渾身發冷，涕淚橫流。起先她還不肯承認這一事實，但有一天，她決定試試自己的煙癮到了什麼程度，便接受了一群英國朋友的邀請，去一個遊艇會度周末。那地方位於遠郊，參加者全是外國人，如果她發作毒癮，一時間沒可能弄得鴉片。

結果，在派對進行到一半時，項美麗毒癮發作。她全身發冷，手腳發抖，肚子疼痛，旁邊沒人知道她的毛病。就是知道了也沒用，附近沒法弄到鴉片。所以她只好忍著，退到一旁悄悄坐待派對結束。更可怕的是她的精神症狀，「我感到迷失、茫然，好像我赤身裸體，世界一片荒涼。」她好不容易才堅持到最後，終於在一位朋友護送下到了邵洵美的家，看到她那種慘狀，他們差一點就要給她服食解癮藥。邵洵美阻止道：「這種藥會破壞快感，而且可能引起中毒。要是她想服藥，下次再說吧！」

躺在床上喘息方定的項美麗說：「不會有下次了。」

她找到一位醫生，決定請他幫助戒毒。這段戒毒的經歷，她也把它毫不隱諱地寫在〈大煙〉那篇文章裡：

我不是上海惟一一個抽大煙的外國人。除了日本人外，我還認識幾位。其中的一位與法國外交部門有些聯繫，他和他妻子是在越南染上的鴉片癮。通過他們，我認識了波比，一位德國難民。他是位醫生，在上海開業謀生。他不是癮君子，我從來沒見過他吸過一管鴉片，不過他似乎常跟癮君子在一起。有時我很詫異，他爲何常去拜訪海文。我不歡迎他，因爲他有點傻乎乎的。但那天下午，當我收到一封令我非常爲難的信，我沒管他聰明還是傻，因爲正好他來找我，我便向他訴苦：

「是我正在辦的那份雜誌的事。」我說，「他們，也就是雜誌的股東們，要我說明一下雜誌的狀況，他們說我應當去重慶跟他們談談。」

「你當然不能去。」波比說。

「我能去。」我手一揮，生氣地道，「我一定能去。你這是什麼意思？我不能去？你這是白擔心。」

我躺下來，飛快地捲了筒煙。我的心裡被要做的那些事情弄得一團糟，我得安排好家裡的事，還得申請通行證。而且我必須通過香港，要先乘船到那兒，再乘飛機去內地。這些事想想都心煩，波比卻又在那兒說了：

「你聽我說，你得認眞聽我說，你不能去——你不能。」

這一次我正視他的話了：「爲什麼不能？」我問道。

「因爲鴉片。你的煙癮。」波比說。

我笑了：「啊，那算什麼！那算什麼？不，那根本不算一回事。」

煙土已經弄好了。變成了圓錐體，我把它吸下去。又道：

「任何時候我都可以停掉它。你一點也不了解我，我可以告訴你，我想停就能停。」

「那你何不現在就試試看呢？」他停了一下，道。我沒回答，因爲我在考慮他這個意見。波比繼續道：「我想，還有點時間吧。我認識你一年了。在這一年中你從來沒停過鴉片。年輕人，我想你會發現自己做不到的。」

「你錯了。」我暴躁地道，「我跟你說，你全搞錯了，你不了解我。」

「但你要知道，到了內地，要是你被逮住了，那可眞不是玩的。要是你被逮住了，你知道會發生什麼事。」他抬手在他喉頭抹了一下。那意思是說國民黨的一條新法已經生效，吸鴉片者將會被處決。焉知這事就不會發生在我身上？

我有點猶疑地看著他，說：「那我該怎麼辦？」

「你會沒事的，因爲我會幫你。」波比說，談話突然間峰迴路轉，「你可以很快戒掉，你聽說過催眠術嗎？」

我說我當然聽說過。甚至還見過。「有些醫學院學生在學校裡讓人入睡。他們用燈作道具，告訴那些人他們睡著了。」

波比在我家當場用德語打了個電話，掛上電話後他說：「明天早上我們就開始。我在一家小醫院給你訂了張床位——一間私人醫院。你明天儘早起床，該幹什麼幹什麼，要是你想抽煙，也可以抽。我不反對，但只能到九點鐘爲止。我會給計程車司機寫下地址。」他寫好了地址，走到門口又說：「海文會勸你別去的，你別告訴他。」

我說：「啊，不會的，波比，他不會勸阻我。這是我自己的事。他從來不干涉我的。」

「還是不要告訴他。別忘了帶過夜的必需品。你大概會帶鴉片，你要是帶了，我一定會發現的，所以還是少給自己惹事的好。」

我成爲癮君子之前，曾經想到過，一個上了癮的人一定很害怕戒煙。事實上並不是這回事。在某一階段，吸煙者會歡欣鼓舞地接受每一項建議，包括戒煙。不吸煙？有何不可，他會說，多好的主意！我們明天就開始吧。那晚，吸了一管煙以後，我心情大好，就給海文打了個電話，把這事告訴他。他很高興，但不明白我爲何這麼著忙。

「啊，太好了！」他說，「但是幹嗎明天就去？要是你等一等，我們可以一道去戒。有些人戒起來比較容易。你等一等，我要請波比也給我訂個床位。」

「我很願意，海文，不過波比爲我把醫院的每件事都安排好了。現在我很難改動。而且他說，我沒有太多時間了。一個多星期後我就得去重慶。你要訂位比較容易。」

「當然啦，你這麼開心地接受一個不大認識的人的意見……」

他回答道，聲音異常溫柔，但我知道那其實說明他生氣了。

這是一場鬥爭，但我沒時間了，我掛上了電話。要鴉片，或者不要。別無選擇。下一步會怎樣，我太知道了。我要是同意海文等一等，那他就會提出一次茶會，或是一次療程，他會把這事一推再推，直到忘記。我聳聳肩膀，又抽了一袋煙。第二天早上，我差一點睡過了頭，好在還沒有。我請我的老管家爲我提著箱子，叫了輛計程車。我鑽進計程車時，他站在那裡，自言自語著，一臉擔憂。有關鴉片的任何主意他都不相信。「我會來看你的。」他說。

我從沒聽說過波比的醫院。我們的車沿路開過一些商鋪，一些小平房，它們環繞著租界區。我差不多以爲我們可能會進入日本人管區了，但在離日本人還很遠的地方，我們看到了那幢房子。那座樓差不多像上海中產階級住宅一樣大小，有點破舊。門口掛著面髒兮兮的白旗，上面有個紅十字。波比站在門口，一絲微笑從牙縫裡流露出來。他的眼鏡片反射著陽光。顯然，他並不確定我會來。他問海文對這事怎麼說。

「他要你也給他訂個位──找一天。」我說。

「他什麼時候準備好了就可以來。這位護士會照看你的箱子。」

我跟著他走進一間辦公室，這屋子擠擠的，塞滿了箱子，有一台老式桌子，一把老掉牙的椅子。他讓我坐在這椅子上，給我一粒藥和一杯水，讓我呑下它。我好奇地四下裡打量。那些紙板箱靠牆堆著。還有個儀錶櫃。一縷陽光在地板上游移。屋子裡很熱。波比臉上冒出了汗。雖說抽鴉片的人對氣味很遲鈍，我也能聞出殺菌水的氣味。我問波比那些箱子裝了些什麼，波比說它們什麼都裝。他漫不經心地說著話，來來回回踱著步，他在等著那藥片發生作用。

我說：「我不明白你爲什麼要用藥。那些醫學生只用燈管。」

「啊，我可以那麼做，但那要花的時間太長。」波比告訴我，「以後我要一次治療整屋的癮君子，我要把他們同時催眠。要是我得說服每個人都凝視著一盞燈，那有多難。不，巴比妥酸鹽快一點。你還沒要睡？」

「沒有。爲什麼要同時治一整屋子人呢？」

他解釋道，對很多人採用這方法比對一個人省事。事實上，他說，我的情況是很極端的了。它會有用，它正在發生作用，它肯定會起作用。他勸我，他要我相信這方法。我應當信服它的權威力量。他是有國家高等鴉片治療主任名銜的。他溫和地熱切地談著這些，漸漸地，我好像透過一道明亮的玻璃看見了一間教室，教室裡滿是穿白衣的中國人。一排挨著一排，全都一模一樣，他們都仰望著站在講台上的波比。他說……說……

「你現在可以讓我作一個小小的心理測試嗎？」他說，他是在對我說，而不是對那些白衣中國人。

我蘇醒過來，極力讓自己回答：「好的。只是你要告訴我所有的結果。你答應我嗎？」

「好的，好的。」他不耐煩地說，又開始踱步，有個聲音從他肩頭傳來：「你正在睡，你要睡了，幾分鐘……」

眞的只有幾分鐘。我還沒完全醒，就坐起來，得意洋洋地道：「你的藥失效了。」

波比仍在踱著步。他擦著手，一遍又一遍地自言自語：「非常有趣，非常有趣。」

突然屋子裡再度變黑。我說：「藥失效了。」我覺得很沮喪。波比所有這些準備工作豈不都浪費了。波比在我面前站了下來。

「你知道現在是什麼時候了嗎？」他問。

我隱約想起，很久以前，海文曾經問過同樣的問題。波比自問自答道：「現在是下午五點鐘。你是上午十點以前到的。」

「發生了什麼事情嗎？」

「你一直在說話。期間我只出去吃了個午餐。」

我聳了聳肩，但波比沒給我時間來討論這種奇怪的狀況，他緊盯著我道：「你有抽煙的願望嗎？」

我搖頭。眞的，煙盤、煙燈的影像不再在我心中盤旋了。事實上，他的問題讓我吃了一驚：「我爲什麼想要抽煙？」

「你沒有願望，你不想抽？」他又問。我再次搖頭。

波比說：「那好，你現在上床去吧。想吃什麼可以吃一點。我吩咐他們明天不要讓人來看你。這對你好。今晚我會來查房的。」

我試著站起來，但好像有道欄杆壓著我：「我覺得冷。」我說，「啊，波比，那分析怎麼樣？你有何發現？」

「你非常有趣。」他熱情洋溢地說，「王護士會照看你的。」他走了。

王護士帶我七彎八拐地走過走廊，好像在客輪上去找客艙。她帶我走進一樓一個小房間，房裡牆壁雪白。從法式窗子裡看出去，是一個草木茂盛的花園。床有點舊，床欄有點生鏽。王護士已經把我的東西收拾好了。她把衣物掛在牆上的固定掛鉤上。躺上床後，我心裡想，中國人是不會把衣服掛起來的，他們把衣服收到櫃子裡……

後來，一份晚餐出現在我面前。我不想吃這種上面蓋了一層黏乎乎褐色東西的飯。過了會兒它就被拿開了。夜裡波比一定來過，但我不記得了。過了會兒，我就醒來了，我對自己說，爲什麼我會睡得這樣糟。我睡不安。我不舒服。不過說不出來哪裡不妥，喉嚨嗎？胳膊嗎？腿嗎？胃嗎？到處都難受。只有一個地方似乎是正常的，就是意識。我對世界上樣樣事情都感到愧疚。不過並不痛苦。所以還可以忍受。天亮了，我很高興。強尼曾說過鴉片的感覺很好，我想起來，他有條腿受了傷，後來他吸了一兩管鴉片，他說：「那傷口還在，可是不再疼了。」好，我對自己說，發生了什麼事呢？傷口永遠在這裡，並且現在它又疼了起來。一切都在。不過它是可以忍受的，可以忍受。

有個細節值得一說。那就是，在這個星期情況最糟的時候，我也從沒想到過，要是我能吸一口鴉片就好了。當催眠發生作用時，我能意識到。不過並不影響效果。它還是有效。他們並沒鎖住我房間的門。前門也沒有守衛。要是我想走，我可以穿上衣服出門就回家，或是去海文家。但我不想走。我所有的欲望都消失了。我計算著日子，等著波比來告訴我，我在好起來。我坐立不安，哈欠連連，我噴嚏不斷，涕泗橫流。但我從未企圖逃出醫院。波比來看我的時候，我試著說話，我的聲音顫抖：「我很緊張，我找不到詞。」我嗚咽著道。但他說我的情況很好。他又補充說，他知道我是眞的決心戒煙。因爲我沒帶一點鴉片來。他說他知道，我被催眠時，他搜過了我的東西。後來他告訴我，這一夜我會痙攣。痙攣通常是一種脫癮的症狀。它可以在被治療者身體的任何部位發生。但大多數人是手臂痙攣，他們會感到好像手臂上每塊骨頭都斷了。我發生痙攣的部位是腿，是通向臀部的所有筋骨。凌晨四點鐘時，感覺最強烈，因此我不得不像嬰兒般把我的腿綁住。但如今我再也記不得這綁布了。我對自己說，我的腿是一個附加物。接著，我祈求上帝，上帝終於作出了決定，我睡著了，睡了很久。那一夜也許是最難熬的一夜。

項美麗就是這樣戒除了鴉片。沒有花出很大的代價，沒有反覆，但也並非傳說中那樣輕而易舉。當初別人告訴她戒煙絕非等閒之事時，她驕傲地說：「我跟別人不一樣。」看來也並非大言不慚。她確實跟別的癮君子不一樣。她有強烈的事業心，她對世界有永不滿足的好奇心，那種要去尋幽探祕並把結果訴諸於文字的強烈願望，那種從寫作中體會到的快感，蓋過了抽鴉片的快感。兩者一旦發生衝突，她便毫不猶豫，不惜代價，排除了後者。

項美麗戒毒之後不到一星期就去了香港，從那裡轉道重慶，在極端惡劣的條件下，開始歷時一年半的《宋氏三姊妹》的採訪和寫作。她這輩子再也沒吸過鴉片。

·第19章·

長別離

若說是《宋氏三姊妹》的寫作造成了項美麗與邵洵美的分手，其實並不確切。只能說這本書是一個契機，使得他們早已注定的分手，有了理由和條件。說起來，一對性格相投的男女互相傾慕發生熱戀，其實並不需要太多的條件。但是這樣的熱情是否能夠維持下去，維持多久，甚至能經受婚姻的考驗，卻是一門千秋萬代的男男女女用畢生的智慧和愛來鑽研的學問。很少有人通過答辯，即使那些在外人看來天作之合的美滿夫妻，也往往經不起翻箱倒櫃的探究。所以就連絕世情侶愛德華公爵夫人，也這樣總結夫婦相處的秘訣：「忍耐，要忍耐。」這與中國唐代那位九世同堂的模範家長張公藝的答詞不謀而合，當人們問起他與妻子兒女相處之道時，他叫人拿紙筆來，在上面寫了一百個「忍」字。

項美麗的性格中卻沒有忍字。當初她之所以宣稱一輩子不結婚，就因爲她明白自己性格的這個特點。她說早在她還是少女時，就看出來了，在婚姻關係中，有著種種令人屈辱的細節，而女人總是處於不得不忍辱負重的不利地位。可是「啊，我是這樣的粗心大意，這樣的心胸狹隘，所以我只得如此自保，沒有更好的辦法了。我是一點一點學到的。」她指的自保之道就是：不結婚，只跟已婚男人交往。

當她跟邵洵美相戀的初期，就是抱著這樣的心理。所以在西方人眼中，他們的這場戀愛眞是驚世駭俗。她跟邵洵美是情人，跟他的妻子是朋友，跟他的子女家人也和睦相處，同進同出。這在那些西方人眼中簡直不可思議；可是在妻妾成群的中國豪門大族長大的邵氏夫妻以及他們的親友眼中，這風景可沒什麼特別，除了項美麗是外國人這一層因素。

所以不僅邵家親友默認他們的關係，就連邵家老太爺邵洵，也跟項美麗和平共處，友好往來。當邵老太爺一九三八年去世之時，項美麗也置身在那些來來往往探病弔唁的親友之中。甚至還有這樣一個插曲：是項美麗去通知那位當了漢奸、邵洵美與之斷絕來往的弟弟邵式軍來見其父最後一面的。項美麗在《潘先生》中有一章特別寫到這件事：

第二天，海文打電話告訴我，他們已買了人蔘，但奇蹟並未發生。潘家老太爺不行了。

「我覺得他要走了。」海文說，「我們都是這麼看的。所以我們全都守在他身邊。」

「不是全都，」我反駁道，「我的意思是：爲何你四弟不在？」

正如我所料，海文無言以對。

「你父親從沒跟他斷絕。」我道，「是你跟他斷了。你父親沒這麼做。他們一直還友好來往。你父親去過你四弟的家，出席了他爲你母親生日做的法事。還有，你父親收下了你四弟的錢。」

「也許你說的這些都是眞的。」海文說，「但現在一切都由我主持，一切都由我安排。我是一家之主。我已經說過，老四不再是我兄弟了。我不能讓他參加我父親的喪事。」

「但他一定會擔心的。」

「他？他不知道。」海文說，「我們沒通知他。他現在跟日本人混在一起，是個大人物了，我不想用喪父這樣的小事打擾他。他這種重要人物不會爲這種小事煩心的。」

對我來說，這話根本不是解釋。中國人對他們的父母都很重視。我眞的爲老四不安。但我看著海文臉上陰鬱的笑容，無計可施。

「那個中國人是不是很有趣？看，就是那個跟比爾坐在一張大桌子邊的人。你以前見過他嗎？」

國都酒店很少夜晚滿座，這晚卻例外。我順著朋友指的方向看，比爾・克拉漢，一位美國稅務專家，面對我坐著，他正在跟三個中國人談話。坐在他右邊是位城中著名的大富豪。坐在他對面的是位花花公子式的人物，我定睛一看，原來是海文的漢奸弟弟。

他出現在這兒沒什麼奇怪。比爾常提到，他常常要跟新上任的日本稅務頭兒打交道。

「我時不時跟他吃飯。」比爾說，「我想我可能會挨炸彈。所以我們總是去外國酒店，不去中國地方。我們談話時，他們在門口布置了一大幫人防衛。那些人很緊張，只要門一開，他們就跳出來了。」

我心不在焉地喝著咖啡。我知道海文不在乎他的叛徒弟弟在公眾場合穿金戴銀吃飯會發生什麼事，但他父親可能活不過明早。

我有點擔心海文，在這個奇異的國家，很多事都可能出錯。這使得我有心干預一下這件事。喝了一口白蘭地，我起身走向比爾那一桌。

比爾有點驚奇，特別是當我向他說了聲對不起，就轉向他的同桌說道：

「你不知道你父親病重嗎？」我道，「他的手腳都涼了。他們認爲他拖不了多久。我想你最好知道這件事。」

老四是個美男子。他那張白淨面孔不動聲色，但他急急地對他的同桌說了些什麼，三分鐘之內，他們就互道再見，然後他就消失了。

於是邵式軍得以在他的大哥將他拒之於門外的情況下，趕回家去送了老父的終。

項美麗與邵家的關係之密切可見一斑。不過，在邵家親友眼裡，項美麗的身分，肯定不是她自己所希望的那樣。如果說在剛開始時，她還因處在熱戀的昏迷期中，對自己處境的熟視無睹，那麼隨著她對中國習俗的了解，和與邵洵美一家人關係的深入，以她這麼一個冰雪聰明的人，不可能沒發現，她與邵洵美的這種關係，違背了她的初衷。她陷入了作一個維持名存實亡婚姻的妻子更為屈辱的境地。《太陽的腳步》中，那個憂心忡忡的桃樂絲的形象，可說是現實中無憂無慮的項美麗的另一面。她在小說中說出了自己在現實中說不出口的話，「我是你的小妾！」當雲龍每次和桃樂絲相會之後就忙不迭地往家裡趕時，桃樂絲總是那樣含淚道。雲龍就是在這時提出了他的「我有兩個我」之說。可是桃樂絲並不像項美麗那樣自欺欺人，或是假裝糊塗，對著雲龍「你是我的另一個妻子」之類的安撫之詞，她：

懷疑地看著他，但他的臉上一派平和。

「真的嗎？」她堅持地問，道，「但是別人呢？他們會怎麼看我？要是你出了什麼事，我在你家裡是個什麼地位？」

「他們當然會照顧你的。你是我的妻子。我不明白你為什麼老是為這些事煩心。我討厭死了保險這類東西。」

這也是現實中的邵洵美對現實中的項美麗說的話。不僅如此，在現實中，邵洵美似乎還要更為中國更為務實。前面已經提到，早在一九三七年，邵洵美和項美麗已經在尋求擺脫困境之道。從項美麗的家信中我們又知道，邵洵美雖然一再聲言他仍然愛他的妻子佩玉，但也曾經有過離婚的念頭，甚至打算與項美麗遠走高飛去美國。從那封信我們也得知，他們之所以沒去成，只是因為項為邵在哈佛找工作失敗。且不說這說法從項美麗的角度看，有多少自我安慰的成分，至少我們從這一細節可以看到，這兩個人並不像他們在公開場合中表現的那樣，對他們在這種戀愛困境中的處境旁若無人，自得其樂。只是沒表現得像小說中那樣富於戲劇性。

可是當項美麗決心要寫一本有關她前途命運的新書，從前的那個一往無前的艾米麗・哈恩就在項美麗身上復活。她對生活和事業的熱情永不會爲任何事阻滯攔截。她要去那種「沒人說別去」的地方，誰也攔不了。而《宋氏三姊妹》這本書的寫作，恰巧給她提供了一個機會。當她第一次去香港，就發現邵洵美已經沒法跟她共同進退。他們在冷戰中回到了上海。從《我的中國》中的有關描述看，在這段停留上海的日子裡，她抓緊時間，寫出了《宋氏三姊妹》的開頭、有關宋父宋約翰的那一部分，耐人尋味的是，這份初稿的第一讀者不是邵洵美，而是維克多爵士，當維克多爵士毫不客氣地指出書稿太悶之後，項美麗便毅然決然地：

把它付之一炬，換過一種輕快的風格重新來過。我離開上海之前，他讀了第二稿，他說這回他一口氣就看完了，直看到凌晨一點鐘。

然後她爲了收集後面部分的材料第二次去香港，這一次她已是獨身一人。那年九月，歐戰爆發，上海的情況更加惡劣。一方面歐洲猶太難民蜂擁而至，一方面租界的風聲也越來越緊。收音機裡每天都有壞消息，香港似乎也快要保不住。大家都勸項美麗謹慎行事，但她堅決不肯改變行程。這時候，完成這本新書的願望壓倒了其他一切。她從香港轉道去了重慶以後，項美麗與邵洵美之間更是音訊難通。這一方面是因爲戰事，一方面也是因爲當初那種熾烈的感情已經

香港維多莉亞港，約攝於 1940 年

冷卻。兩個人都開始發現對方的毛病。精神上的疏遠必然在身體上表現出來，其重要徵兆之一就是外貌上的陌生感，前面我們已看到，從香港回來的輪船上，項美麗便第一次注意到邵洵美腿很短，穿著西裝有點可笑。這個美男子在她眼中開始失色。後來，當她戒煙時他去看望她，她更發現「他的眼睛看上去有點陰沉，我注意到，他的牙齒髒兮兮的。」她甚至認不出他來了。而一旦她去了重慶，山隔水遠，勞燕分飛，當初那種相濡以沫的溫情更是漸漸流失：

> 洵美沉溺於惡劣的心境中。壞情緒揮之不去，他一封信接一封信地發著牢騷，終於我發現自己也被他弄煩了。
>
> 一開始，他抱怨自己被忘掉了：我爲何要去重慶？在上海他可以更好地跟我合作。沒有他，我絕不可能跟宋氏姊妹聯繫上。然後，他說他曾熱心地爲我挖掘中國的本地色彩，並且爲我找人，讓他們提供有關宋氏家族的材料，好使我的傳記不同凡響，等等。

可是當初，當我勸他一起來重慶助我一臂之力時，出乎我意料之外，他拒絕了。

「費用太貴了。」他反對道，「而且你根本不應當去這麼長時間。眞的，費用太貴了。」

他最後的結論是：「我不能去。而且，要是我去了重慶，日本人知道後會找佩玉麻煩的。」

是最後這條理由說服了我。那次談話的餘音言猶在耳，現在他卻又是這種態度，這對我不公平。好像我逕自跑到這個中國都城來尋歡作樂，而他卻孤獨地忠誠守護祖先香火延續。他從不提那本書。他寫這封信時好像一隻眼睛在瞄著後世兒孫，行文僵硬、平板，一個被拋棄的小男人形象躍然紙上。洵美表現出的是一顆破碎的心。爲什麼會這樣？他要知道，我是眞的不能趕回來。四川的山洞對我難道有什麼吸引之處？他說他在平安夜作了個噩夢。他相信我終於找到了眞愛。他說我重新回到了那個我曾爲他放棄的世界。我已經忘掉了上海的一切，以及我的中國家。

到了這個階段，兩個人的文化差異和性格差異就更加明顯地暴露出來，發生作用。作爲一個骨子裡恪守傳統的中國男人，邵洵美不能理解項美麗的苦惱和追求。而作爲一個有著自由奔放的不羈心靈的美國女子，項美麗也不能理解邵洵美的悲哀和憤怒。她接著寫道：

我也同樣有點兒受傷了。我用完全不同的目光看我自己，覺得自己充滿了英雄氣概。我認爲我自己完全是個陽剛女子。正在開創一種反傳統的生涯。

更不要說，和所有的人間情事一樣，即使是這樣兩個充滿了詩情畫意的人物之間的羅曼蒂克，也還是不可避免地，被種種世俗瑣事弄得斑駁點點，令人啼笑皆非：

還有，洵美跟那個德國移民相處得不好。一年來那人低調地住在我的房子裡。「你的管家，」洵美這樣提到他，他說這德國人老是跟傭人們吵架，還想趕走我那老實巴交的保姆。他說，沃爾夫跟那兩個傭人沒法合作。他們總是為了我的車吵，為了我的錢吵。我留下了一定數目的錢。算來足夠支付不菲的家用。有一部分錢是幫洵美的，因為他總是有些不時之需。現在那些錢不夠了。而這一切之中最令我煩惱的是，他們不聽我對新買猴子的關照。還記得猴子嗎？那間寵物店答應我賣給我一對小猴。但我離開上海時，牠們還沒到。現在牠們終於到了。洵美去檢驗牠們，但他不照我的意見行事。我說好了一個價錢，洵美卻認為我出價太高，他試圖殺價。

他倆為了這對猴子來來往往地寫了好些信，項美麗心急火燎，覺得全世界都在覬覦這對猴子，都想從邵洵美鼻子底下將牠們搶走。她一天一個電報，催邵洵美快快行動。終於，從上海來了份電報，但上面只有兩個詞：「猴子買下。」

項美麗看了電報火冒三丈。她認為這個連主語也沒有的句子可以有多重解釋，根本無法解除她的憂心。可以認為是別人買下了，也可以認為是洵美買下了。這男人往日的體貼細心哪裡去了？他就不能多寫一個字來平息她幾個星期以來的焦慮嗎？她大發雷霆。在重慶她那間又冷又濕的小屋，她覺得自己又孤獨又無奈。於是她想起在香港時兩人之間的不快：

在香港那個夏天的下午，我就預感到我的上海歲月已經走到了盡頭。時光帶著我們流逝，但中國人卻喜歡讓每件事都停頓在刹那間，留住那一刻，就像電影中段的一個定格。這不是我的錯。但洵美不公正地爲此責罵我。我的上海歲月完了。我想他骨子裡也明白這一點。

話雖如此說，五年的情絲畢竟沒法快刀一把斬斷，即使是像項美麗這樣的一個自由奔放的女子。她在重慶雖然不乏追求者，更有一位姓馬的華裔愛爾蘭記者，每天給她寫一封情書，公開向她示愛，但項美麗不爲所動。也像所有跟情人吵

米奇與友人 1941 年秋天攝於香港。（由左至右：愛格妮絲・史美莉、米奇、希爾達・史溫克拉克和女兒瑪麗、瑪格麗特・華生斯羅）

翻了的癡情女子一樣，內心深處，她還在盼望一線轉機。

那年四月，她追隨著宋氏三姊妹回到香港。那是宋氏三姊妹自一九二七年以來第一次一起公開露面，國共分裂使她們分裂，抗日戰爭使她們彌合。此舉讓項美麗有了同時採訪她們三人的機會。在香港，她在溫源甯的安排下租住在位於跑馬地的一套公寓，跟兩個單身女孩住在一起，其中一位是《天下》的秘書。雖然她跟她們相處得很好，但仍然感到孤獨寂寞：

我深深思念洵美，但，但是想起以前發生的事，我不敢寫信請他來香港。在宋家姊妹的行程結束之前，我也不能趕回上海。要是可能通過長途電話跟上海聯繫，這本書（指的是《我的中國》）的結尾也許會跟現在的版本大不一樣。我從洵美得到的惟一資訊，是一封非常長的信。在密密麻麻寫了五張的打字紙上，他自責，說自己是個混蛋和壞情人，他條分縷析，說要作個好極了的甜心。更有甚者，他誠懇地自我分析，承認自己懶散，自我，粗心，甚至說他妒嫉我的工作能力。我讀著讀著，心裡越來越舒服，像是一塊正在烘烤的蛋白酥一樣甜滋滋的。這種感覺一直持續到我看到最後一頁。在最後一段，他簡明扼要，向我借五百美元。然後，他在以下的「又及」中這樣寫道：

「要是你想知道我為何寫出這樣一封信，告訴你，我正在讀一本書：《怎樣贏得朋友，影響他人》。」

這一次，項美麗感到受了深深的傷害，她當下決定，馬上回上海，一定要和洵美面對面地說清楚。「我欠洵美一個說明。他不是眞的焦慮。歸根到底，他不在乎任何事。受傷的是我，不是他。」她心裡想。

的確，項美麗從不會停留在任何一個定格，她總是說做就做，將她的所有情緒化爲行動。也不管這時她正處於採訪宋氏三姊妹的高潮，需要安靜，當晚，她就走出自我封閉的狀態，恢復與香港西方人士的交際。她給查爾斯的太太尤蘇拉打了個電話，訂下與他們夫婦及另一位白人男子的晚餐派對。又趕緊去訂下了回上海的船票。幾天之後，她匆匆給宋靄齡留了張條子說她走了，就提著行李上了船。兩位室友瑪菲絲和比莉把她送到船上，三個女人正在艙房裡互道珍重，突然她們看見，有個女人氣喘吁吁地出現在門口，這是愛麗絲・周，宋靄齡的秘書：

「快走！孔夫人說——」愛麗絲上氣不接下氣地說，「快下船，去她家。別管你的行李了。」

我大吃一驚，披上件衣服就跟著她下了船：「怎麼了？」我們鑽進汽車時，我問道。

「我不知道。」愛麗絲這才鬆了口氣，開始整理她那一頭亂髮，「我什麼也不知道。家裡現在像個瘋人院，今天下午他們在院子裡拍照。到處是記者。不過孔夫人並不是要你去見記者。我們從後門進去。」

「我擔心我的船。」我說，「還有我的衣物。我從沒遇到過這種情況。」

「船長說了，你們的船天黑之前走不了，別擔心。」

孔夫人沒讓我等多久，雖然當我等在那間小起居室裡時，覺得時間過得很慢。從那兩道關著的門後，傳出一些熟悉的聲音：美聯社的史賓塞・莫沙，《電訊報》的喬治・基芬，還有俄國相機的快門聲。還有蔣夫人生氣勃勃的聲音，以及孫夫人悠靜平緩的聲音。這聲音我還不熟。而且她只是對誰的玩笑話短短笑了笑。我沒聽見孔夫人的聲音，過了會兒她本人就走進來了。她責怪地看著我。

「你要走也不來說一聲再見。」她立刻道。

「您那麼忙，我不想打擾您。」

「這一早上我都跟邵先生的姨媽待在一起。她正要回上海。」

「她們都好嗎？」我關切地問。

「很好。」她似乎猶豫一下，「你告訴了她們你要走嗎？」

「事實上，我沒說。這些日子事情太多了。船期和船名都沒法確定。再說，何必麻煩呢，我想，我到了就會打電話的。」

孔夫人又問了一些關於我的船和艙室的問題，我心裡納悶，她幹嘛扯這麼遠哪，我們兩人說再見是很容易的，對我來說更容易……

「你有沒有想過他們沒有你會怎麼樣？」她突然問道。這個問題與我此刻正在想的問題如此貼近，我大吃一驚。

「我知道，」她說，「我知道你正在想著同樣的問題。我並不是個善解人意的人，不過，從你近來對我透露的一些事情中，我了解你心裡正在想什麼。今天我跟他阿姨一直都在談這些。她喜歡你。我想到了：你是孤身一人在中國，沒有家人照顧你。」

我的第一反應是：這可是完全中國式的關心呀。我從未對她說起我離家出走，孤身一人來中國的事。

「我不想你覺得被中國人利用。」孔夫人繼續以那種令我驚奇的口氣道，「要是這種情況發生，要是邵先生占了你的便宜——唉，他那方面多半是無意的，但我知道中國的習俗——你會怨恨我們大家。是的，我想你會的。我了解中國人，我也了解美國人。你會忍氣吞聲地離開中國，但你會傷心。是不是？」

我坐在那兒，默默無言。

「我不想那樣的事發生。」孔夫人說，「現在還不太晚。原諒我干涉這件事。但我相信這樣做要好一點。別回上海，你要三思而後行。」她對我微微一笑，「你認為事情已經完了嗎？」她提醒我。

「是的，我這樣認為。」我已經回過氣來，我說，「是的。」

她坐在那裡慈祥地看著我。我也看著她，好像她正一步步地從一千零一夜的神話故事裡走出來。生平第一次，我被人拉著停下了腳步。隔壁的房間鴉雀無聲，門突然吱呀響了一下，有道亮光一閃，傳來一個人清晰的聲音，好像是攝影師叫被拍攝人放鬆。

「那麼好吧，」我說，頭腦中驟然一亮，「啊親愛的，就這麼辦吧，我不回上海了。」

「這就好。」孔夫人道，「我明白你的感受。我愛那個城市。它是我的故鄉。但我們必須等待，戰後才能回去。那時要是你還跟我們在一起，你也不應當回去了，你說呢？」

我呆坐在那裡想著我在香港的生活，我說：「可我不要住在香港，我寧可回美國去。但是我被困住了。」

「眞的嗎？爲什麼？」這位視旅行爲家常便飯的夫人道，對於她，從來不會有護照和銀行存款的煩惱。「如今出門不是很容易的事嗎？」她天眞地道，「不過我的意思也不是讓你這麼快回家——當然，你母親一定在爲你擔心，不過，你可以給她寫封安撫信，解釋理由。我也有幾個孩子在這個悲哀的年月裡遠遊他鄉。眞讓人無奈。我想，你可以回重慶。」

我也這麼想。

「我要告訴你一個祕密，」她說，看上去有點激動，「你先不要告訴任何人：我們都要去重慶。」

這才是今天最大的驚奇，我問道：「孫夫人也去？」

「孫夫人也去。我的小妹請我們回去參觀。她這次一來我們就在談這件事。現在她說我得作出回重慶去的最後決定。你看，她不能停留太長時間，因爲四川那邊老是有很多事等著她做。我們定下了一次不太長的行程。此外，我也答應回去看我丈夫，因爲他不能上這兒來。孫夫人的意思是，我們要把它搞成一個眞正的家庭聚會。」

「這正是我不大理解的地方。」我質疑道，「是不是說明你們與共產黨已眞正再次和解了呢？」

「據我所知，這是一次個人參觀活動。」她道，「孫夫人不會住在蔣家，她將住在我家，我家房子比較多。」

「噢。」

「現在該說你的事了。我覺得，這次旅行可以讓你的書有個好結尾。」

「豈止好？簡直是絕妙的結尾！夫人，你不能想出比這更妙的安排了，要是你這是在爲我安排的話。」

項美麗就是這樣放棄了回上海的最後機會。從這段描寫看，似乎是宋靄齡的干預讓她那爲愛情一團混亂的頭腦爲之一清，重新看到了自己的位置和前景。是那樣的理智，是那樣的平靜。但人在外部表現出來的東西永遠比內心世界的眞相簡單。要不然怎麼會有小說這種體裁呢？我想那是因爲，幻想的世界，往往比現實的世界更接近心靈的眞實。

所以要解開項美麗與邵洵美之間的恩怨離合，我們還應當看看她在分手那一年、也就是她最痛苦的日子裡寫的小說。

《太陽的腳步》比《我的中國》早四年出版，那時她還沒從與洵美分手的傷痛中恢復，也還沒陷入另一場熱戀。情感的成分蓋過了理智的成分。這是幻想最活躍的時候，所以我們看到，在《太陽的腳步》中，令雲龍與桃樂絲終於分手的，是一場戲劇性的事件。美鳳知道丈夫與桃樂絲的戀情之後，她決定不動聲色，「聰明的女人會耐心等待」，儘管所有的武器都在她這一邊，「她是妻子和母親。她是盛家人，是雲龍的表姊。她與雲龍有血緣關係。而桃樂絲只是個西方蠻女，她甚至不會說中文。」

終於有一天，機會來了。美鳳帶著兒子和家人一道出外採購年貨時，發現雲龍的汽車停在桃樂絲的門外，而他先前謊稱去了公司。美鳳的表弟笑道：

「美鳳，你可有了個好笑料！等他回家時，我們可以取笑他，問他這一下午上哪去了？」

「江灣。」美鳳道。他們的小車一次又一次地開過那輛褐色敞篷車，現在已經確定無疑了。美鳳朝車門作了個手勢，這是她要下車的表示。這下子大家噤若寒蟬了。

「等等。」美鳳說，「最好先打個電話。」

「好，給我找個電話。」美鳳說，她那堅決的口氣說明了一切。

他們找到了一間茶室，美鳳拒絕所有家人的幫助。她一個人撥好了桃樂絲家的電話號碼。她一個人在電話旁等著，她一個人焦躁地等了五分鐘，她一個人，聽著電話鈴聲在那陰暗的、坐滿了人但鴉雀無聲的房間裡一遍一遍地響著。沒有回答。她沒有等人去找電話修理處，她逕直衝向那輛像她的臉色一樣蒼白的汽車。表弟和小龍都無從相勸，美鳳和表弟激動地對視了一下，那個一直默默看著女主人的車夫阿陸則顯得有點悵然，女主人命令他把車開回那幢停著褐色小車的屋子。沒人敢說什麼，靜默中只聽見美鳳的呼吸聲。

當雲龍讓家傭給他拿鴉片來時，桃樂絲反對道：「我想耶里上校五點鐘左右也許會來。」她猶疑地道，「我不能再推託他了，你也知道他是怎麼個人，他都不肯在門口等著，直接就闖進門來。要是他發現我們在吸鴉片，肯定會驚呆的。」

「耶里上校是個悶蛋。」雲龍道，「我累了，我想抽一管。你一定要看耶里上校嗎？」

「當然不。你看這兒，要是你能讓阿朋學會說『她不在家』，我可以把廳門鎖上。」

「很好。」雲龍滿意地道。

耶里上校可能打電話來，這一點桃樂絲不能確定。她過去也提起過他的名字，她可以說：「或許我可以先打電話給他，讓他別來。」但整個問題的要害不在這裡。問題在於，這是雲龍第一次下午到這兒來。她很開心。他那種安穩的樣子說明他要度過一個快樂的下午。甚至——他會留在這裡吃晚飯。

「要是你希望的話，我可以取消約會。」

「也許吧。」雲龍道，這就又像從前了。

冬天黃昏來得早。阿朋進來提議拉上大窗的窗簾，以切斷對街那個好奇男孩的視線。那人老是從他家窗口在一塊手帕的掩護下偷窺。

這裡描寫的顯然是項美麗霞飛路小屋的情景。在她住在這座小屋的兩年多時間裡，邵洵美與項美麗差不多每天都來往，但他們的交往大多都在眾人眼皮底下進行。雖然他倆的關係已是公開的祕密，卻是不無掩耳盜鈴之處。邵洵美與項美麗的幽會對他妻子而言，卻一直是一種偷情行爲。爲了消除妻子的懷疑，他每天都把他的日程安排告知妻子，他也從來不在項美麗這裡過夜，到了一定的時候，他就趕著回家。項美麗在現實中是否表現出了她的委屈？不得而知。至少在小說裡，這位桃樂絲十足是個怨婦。她不只一次向雲龍表示，他們應當爲這種處境找到條出路，或是美鳳，或是她，雲龍必須在她們兩人之中作出選擇，至少不能讓她在這種曖昧的處境中，獨自度過一個又一個的漫漫長夜。所以看到雲龍終於進了一步，把他貢獻給家人的時間分了一份給她，在這準備過新年的日子裡，留在她這裡吃晚飯，她是滿心的歡喜。當大門被猛烈敲動，她萬萬沒有想到會是美鳳，還以爲是來查煙的警察；但雲龍心裡有數，他第一反應就是：「美鳳。」他吐出這個詞時，山氣風平浪靜。

這一對情侶坐在那裡面面相覷，但心情卻正所謂「南轅北轍」，各人有各人的心事，各人有各人的苦惱，就算是同樣的憂懼，也不是一樣的內容。

然後他站了起來：「我得去洗掉手上的鴉片。」他說，這話意味深長。「你去讓她進來。我們必須讓她進來，你知道。」

他踏上那雙紅拖鞋進了臥室旁邊的衛浴間。桃樂絲急步走到門邊，那門好像要被敲爆了。桃樂絲打開門閂。她倒並不害怕。她只是明白，兩年來她一直在等待著的一件事，現在發生了。

她把門開得大大的。

「哈囉！」她歡快地說，直望著這群中國不速之客沒有表情的面孔。

美鳳纖小的身子抖動著，她已經失去了自制力。她的目光掠過桃樂絲，在屋裡巡視。

「雲龍。」她簡明扼要地道，這是一道命令。

桃樂絲指了指衛浴間，雲龍剛才鑽到裡面去刷洗他的手了。美鳳奔了進去，她反身門上了門。

這一切太像一個夢了，不是噩夢，是那種令人不太舒服的夢。門後面立即響起了哭罵聲。桃樂絲對盛家表弟、美美和小龍道：「你們幹嘛不坐？」

他們向她說謝謝，然後坐下了。美美和表弟對望著，苦笑了一下，倒還大方自如。衛浴間的雜訊越來越大，越來越亂。桃樂絲叫人端上茶來。

她發現自己在發抖。她爲自己這種表現感到憤怒。這到底算什麼？美鳳以前也來過她家，也曾在這裡與雲龍不期而遇。

茶來了。小龍發現了一個新的瓷馬，心情好起來了，他玩馬。馬並沒被他弄壞，但美美厲聲喝斥他，似乎從中發現了她可以打發時間之事。衛浴間裡，正在爆發一場戰爭。

「怎麼了，美美，不喝茶嗎？吃點水果怎麼樣？」

人人都認爲這個主意很好。阿朋拿來了水果盤和刀。衛浴間裡有了一陣小小的停頓，噪音降低了些。大概是雲龍在說話了。窗戶開著嗎？窗戶要是開著，人們會聽見浴室裡的每一動靜。一想到這麼多的中國鄰居可能聽見這一切，把她當作茶餘飯後談資，桃樂絲簡直要瘋了。

門外的談話因爲語言障礙進行得頗爲拘謹。來客中沒人能流利說英文。過了會兒，他們就都接受了這個現實，他們開始用中文交談了。

桃樂絲想，眞奇怪，她的情人走進衛浴間時顯得多麼矮小呀！他想儘快走進去。他必是在一番審愼思慮之下作出這一戰略性轉移，以保全他的私隱。美鳳會在與他遭遇的任何地方即時向他發起攻擊。所以衛浴間要算是一個最佳堡壘。桃樂絲看了看手錶，他們已經在裡面待了三十五分鐘了。而衛浴間的噪音仍是未曾稍減。

孫家另外那些成員在熱心地吃著水果，他們那種熱心的樣子，讓人根本感覺不到他們旁邊的煩憂。阿朋爲他們的好胃口開心，他又端出來一盤馬鈴薯泥，和半條果醬餅，都是午餐剩下來的。小龍的舉止不再惹得美美或盛表弟煩心。了不起的人物！至於桃樂絲，她仍然在顫抖，茶杯在她手裡抖動著，她簡直不相信她還能說出話來。

一小時過去了。多麼荒誕！這一切難道沒個完？衛浴間的雜訊漸漸低沉，變成低語，現在沉寂了。怎麼了？現在他們應當開門走出來，微笑或生氣，哭哭泣泣或握手言歡，不論如何，他們一定要快點出來，已經快八點了。

「我還有個晚餐約會。」桃樂絲大聲對這些不諳英文的人聲明道。美美瞪大眼睛望著她，小龍正跟阿朋做遊戲。但她眞的要趕快使用衛浴間。無論如何，她眞的要去衛浴間。那裡到底在演出恐怖劇還是喜劇？也許就在這一刻，在衛浴間裡，她的命運被決定了，她卻在這裡極力想著晚禮服的事……可她又能怎麼辦？其他等待者怎麼會一直這麼心平氣和？

她心裡一陣恐慌。她內心的堡壘在被攻擊，被闖入。她背牆而立，被威脅，被這些側目而視的、微笑沉默的人們圍困，她不能不看到，她孤身一人陷於一塊陌生的土地。沒有朋友，沒有同伴。就連阿朋也投靠了敵營。

美美推回一個空盤子，然後，發出了一種聲音，很難想像從她這樣一位優雅的女士嘴裡能發出這樣的打呃聲。這倒讓桃樂絲靈機一動：她何不打電話召喚援兵呢？她看了一眼她的客人，拿起電話撥了克蕾的號碼。電話接撥站很快就運作起來，那些人很有效率：要克蕾本人來接聽嗎，噢，對不起請稍等。

「克蕾，你現在能爲我做點事嗎？我需要幫助。」

「是多蒂？當然了。什麼事？」她道。

「你可以現在馬上來嗎？馬上。要快。」

「我這就走。」

「啊，謝謝。」此時此刻，桃樂絲眞不知該怎麼表示謝意。

克蕾沒到之前，這夥中國人喝茶的喝茶，補妝的補妝，吸菸的吸菸。他們彬彬有禮地等待著，他們的胃已經被水果塡充，他們的手平靜地放在自己的膝蓋上。而衛浴間的門一直都沒打開，門裡面還是一片沉寂。漫長的等待之後，終於，響起了清晰的門鈴聲。是克蕾。幹練又務實的克蕾。朝屋裡看了一眼之後，她只猶疑了一秒鐘，就以她一貫的精明幹練作風走進屋子。

「親愛的，」她走向沙發，走向桃樂絲，抬起手道，「這是怎麼了？」

她驚異地向那沉默的一群瞟了一眼，她的出現立即發生了作用。那些人都失去了先前的自在自如，有所收斂。此刻他們倒沒有危險。不過在這個長著只鷹勾鼻子的女子一雙藍眼睛不客氣的注視下，他們感到了某種威脅。桃樂絲朝浴室那邊作了個手勢。

「雲龍在裡面。」她加重語氣道，「跟他的妻子在裡面。你要不要坐下來？你喝點什麼？」

「請給我一杯琴酒。他們在衛浴間做什麼？多蒂，你可眞得是傻到家了！」克蕾道。

她們在那一圈人的注視下輕聲說著話。突然之間，有個人站了起來，打破了那半個包圍圈，他朝另一個人竊竊私語了一會，憂心忡忡地朝衛浴間望過去。大概他們意識到，必須要儘快做點什麼。

「是這樣的，美鳳，他妻子，闖了進來，發現他在這兒，大發雷霆。這些人都是跟她一道來的。他們是她表親什麼的。」

克蕾在桃樂絲這裡常遇見雲龍，不過這是桃樂絲第一次承認她與這位小個子男人的親密關係。有時桃樂絲想把一切告訴她；有時她又相信克蕾自己已經猜到了，這從她的眼睛裡看得出來，只是她不說而已。桃樂絲等著這位直爽的英國女孩自己說出她的驚異。她不想失去這個朋友，畢竟她是講英文的。

克蕾四下看了看，挨著桃樂絲在沙發上坐下來。「這樣吧，」她熟視無睹地朝那些客人掃了一眼，道，「你應當打開一扇窗户，空氣太差了……謝謝你，阿朋！」

她喝下了她那杯綠飲料，搖晃著一隻腳，穿拖鞋的那隻腳在地上劃來劃去：「你不是要去中國飯店嗎？」她高聲大氣地問。話聲在這濟濟一堂的房間裡顯得很突兀。

「是的，我要在八點十五分到那兒——可是我進不去衛浴間。」桃樂絲的聲音已恢復正常。

幽暗的房間裡，誰在低低發笑。

「很滑稽，我知道……」

「荒唐！」克蕾朝那間緊閉著的門看了一眼，道，「你要過去叫叫他們，你告訴他們你要進去，他們可以到廳裡來談話。多蒂多蒂，你的腦筋哪兒去了！」

「爲什麼……爲什麼，當然，」桃樂絲站了起來，伸展了一下她發麻的腿，朝衛浴間走過去，大家都盯著她：「雲龍，」她的聲音清晰而堅決，又重複一次：「雲龍！」

「嗯？」雲龍的聲音像從很遠的地方傳來，含糊不清。之後又是沉寂。

「你可不可以出來？我要進來換衣服。我要出門吃飯。你可以到別的房間談話，好不好？」

「好的。」

門終於開了。美鳳像隻從石頭下鑽出來的螃蟹似地鑽了出來。她低著頭，眼睛看著地板，大踏步地逕直穿過客廳，走到外面的迴廊上。雲龍跟著她，臉色蒼白，垂頭喪氣。克蕾挽住桃樂絲的手與這一對人兒擦身而過，她們走進衛浴間，把門關上。

待她們出來時，廳裡已經是空的了。

雖然是小說，正如項美麗的所有虛構類作品一樣，其中有很大成分的眞實性，而盛佩玉的回憶，似乎也從另一角度對這種眞實性加以印證：

米奇的生活是教英文和寫文章，她請到洵美幫忙是太合適了，洵美幫著她翻譯些什麼，當然把很多時間花在她身上，所以我每天要問他一天裡所做哪些事，他每次彙報說做了什麼，又做什麼。我聽了，哪裡便可相信他呢？

項是單身女子，自由得很。洵美，我又不好不放他出去，我應當要防一手的。因此我向洵美提出抗議，我說：「我不能跟著你走，你不能放棄對事業的管理，也不該對其他朋友疏忽交往。日裡出去你總得說出名正言順的理由，但你往往很晚回家，我不得不警告你，日裡出去我管不到，也就是看不到你究竟在做什麼！當然我也不應當不相信你，我們憑良心講，你也要爲我著想，日裡我夠忙的了，忙了你身上的事還要忙孩子們身上的事，所以忙得想不起你在做什麼；但在夜裡，一天的事忙完了，孩子們也睡著了，如果你還在外面，我一個人便會想到你，想便是想入非非，我當然苦悶，可以從結婚前想起，我一切都是爲了你，你也應當心中不安，現在我只有這種辦法，下這個警告給你，如果夜裡過了十一點你還不到家，那麼不怪我模仿沈大娘的做法，打到你那裡去。」所以他記著，不敢誤卯。沈大娘是一戲中的人物，爲挽救婚姻，打上門去怒斥第三者。

浴室事件大概是一次總爆發。如果項美麗之前對她與邵洵美的愛情還抱一點希望，那麼她現在終於清楚地看到，這愛情是沒有前途的。在這一對夫婦深厚久遠的感情和家族關係面前，她永遠只能是一個旁觀者，脆弱，無助，不堪一擊。再濃烈的愛情也經不起這樣的風吹雨打。

似乎不必考證《宋氏三姊妹》的寫作，是在這次事件之前還是之後了，無論如何，它是一個契機，使得項美麗得以走出這一場迷戀。像她這樣的冰雪聰明，只要有另一件足以令她全身心投入的大事，讓她可以換個角度看看自己所處的位置，就能夠恢復清醒。

現實中的項美麗離開上海時，態度也許比在小說中含蓄得多。雖然與小說中一樣，她的愛也正在冷卻中。於是她發現了這場愛情中，先前身處迷夢中爲愛遮掩的種種不那麼美麗之處。與「情人眼裡出西施」的道理一樣，精神上的疏離也往往以肉體上的疏離爲前導。項美麗心中對邵洵美的失望在她打量他的目光中流露了出來。項美麗大概就是在這種心境下堅決地走進了

雖然歷經鴉片毒癮、戰禍的困苦與政治的「再教育」而存活下來，邵洵美已是個潦倒漢

波比的戒毒醫院。當她挺過了最難熬的一關，看到了那個前來探望的海文：

我幾乎不認識他了。當他走進來時，我才想起來我曾與他多麼親近，我們多少次在一起吞雲吐霧。我注意到，他的眼睛看上去暗淡無光，他的牙齒髒兮兮的。

他們相對無言，只有愛情才會讓人喋喋不休，傻話連篇。可現在，愛情就要耗盡。不過暴風雨過後，總會有一陣短短的靜默，好像是要給人一個反省的間歇機會。終於，海文說話了：

「你來這裡後，我也試過了。」他承認道，「可是沒成功。我堅持不過三十六小時。我太想念煙燈了，在煙燈下的感覺太好了。」

「是啊，很輕鬆，只要點上火躺在那兒就行了。」我們笑了。這是我第一次能夠拿鴉片開玩笑。他把我送回醫院。當他說再見時，眼睛濕濕的，這是煙癮發作的標誌。我感到慶幸。這慶幸多半是雙重的。既是爲了跳出毒海而慶幸，也是爲了跳出情網而慶幸。這樣，她才能恢復成原先的那個項美麗，把目光再次投向廣闊的世界，去尋找，去發現，去抒寫，去無牽無掛地走上她的大路。三天之後，項美麗就離開了上海，去香港轉重慶完成《宋氏三姊妹》的寫作。她的離別冷冷清清，送行者寥寥無幾，耐人尋味的是，她最後的告別語不是對邵洵美說的，而是對她那位忠實的中國傭人陳林說的：

陳林對我說了再見。

「我最多三個月就回來，」我向每個人都是這樣許的願，「我一收集好了剩下的寫作材料，就會回來把書寫完。再見，我會回來看你。」

我再也沒回上海。

這是一九三九年十一月的一個陰冷的早上。艾米麗・哈恩就此闔上了她生命中的上海篇章。這年，她三十四歲。

·第20章·

尾聲

項美麗離開了上海就不再是項美麗，因爲這意味著她已擺脫掉五年來一直深陷其中的狂戀。她像是作了個長長的迷夢這才醒過來，在跳出情網的同時跳出了毒海。現在她又變回了當初那個敢於挑戰一切、敢於跑到任何地方開始新生活的艾米麗。當她踏上去香港的輪船時，她對自己說：「從現在起我的生活要走上正軌了。」一反之前在上海的奢華，她在船上坐的是二等艙，到了香港住的是二等酒店，房間裡甚至沒有電話。走廊裡整天都鬧哄哄的。充滿了那些接電話者旁若無人的「喂喂」聲。當她完成了《宋氏三姊妹》再次回到香港，也只是與兩位女孩合夥租了間公寓。直到懷上了查爾斯的孩子，才在他附近租了間村屋。雇了傭人，把米爾斯先生和他的老婆也從上海接了來。

艾米麗一九四一年十一月在香港生下女兒卡蘿拉，六個星期後，香港淪陷，查爾斯在香港保衛戰中手臂負重傷，成了日軍俘虜。項美麗聞訊跑到瑪麗醫院去照料他，也差點作爲敵僑被關進赤柱集中營。她頂著中國人邵洵美妻子的身分才被放回家。現在，她不僅要獨力撫養女兒，而且要照管身在集中營的查爾斯。在那兩年之中，她日夜奔忙，每個星期都要從九龍長途跋涉到港島，給查爾斯送食物包裹。其餘的時間則千方百計，不遺餘力，設法塡充這個大包裹。有一段時間，她還不得不往兩個地方送包裹，因爲查爾斯幾位關在另一個地方的負傷戰友，也要靠艾米麗送來的包裹活命。有一次，在一張從集中營傳遞出來的小紙片上，查爾斯寫道：

米奇和她的新生嬰孩卡蘿拉。1941 年 10 月攝於香港

親愛的米奇：

謝謝你的星期一包裹。至少有七個人都跟我一樣熱切地迎候它，他們除此之外毫無外援……

艾米麗教英文和寫稿艱難地維持生活，她和卡蘿拉吃的只是那些大包裹的殘餘，以至於卡蘿拉營養不良，瘦弱不堪。幸而這時艾米麗遇見當年她曾救過的日本朋友松本新北。在他的關照下，艾米麗得以在日本人中找到一些學生。但她堅決拒絕了日本人要她去東京電台工作的邀請。雖然他們許諾，她可以帶女兒去，在那裡她們將生活得很好。

米奇與友人 1942 年初攝於香港。（由左至右：菲莉絲．伯莉絲與兒子布萊恩、米奇與女兒卡蘿拉、艾琳．芬奇與女兒法蘭西絲）

一九四三年十一月，美國與日本交換最後一批難民。這時查爾斯身體已完全康復，他託人從集中營帶信給艾米麗，叫她和卡蘿拉一定要利用一切機會逃離香港。爲了卡蘿拉，艾米麗決定申請作爲美國難民遣返。當她下定決心時，她試圖讓不到兩歲的卡蘿拉明白她們的處境：

「你這輩子只吃過三次霜淇淋，怎麼樣才能一天吃一次——甚至兩次霜淇淋呢？而且有足夠的雞蛋，有新鮮牛奶，生病的時候有醫生，沒有轟炸，有個外婆。」

卡蘿拉不會說英文，她呆呆看著我，我改用中文對她說：「卡蘿拉，你覺得紐約那些小賣店還在嗎？咱們家裡還有人活著嗎？」

「糖果。」卡蘿拉用中文道。這意思是

她想要一塊糖。

這年十二月，艾米麗和卡蘿拉作為第三批被交換的美國難民回到紐約。艾米麗一安頓下來就收拾心情寫作，一九四四年，她出版了《我的中國》，這是她第二本登上《紐約時報》暢銷書榜的圖書，好評如潮，但也有激烈的負面批評，史沫特萊便是其中之一。最特出的一例是，有個讀者寄來一封信，裡面裝著一塊用過的衛生棉。

但這些都無損艾米麗的好心情。無論如何，這是她一生最成功的年月，一年多之後，一九四五年八月，香港的日軍投降，查爾斯走出被解放的集中營，一位美國專欄作家在香港酒店的咖啡座發現了他。他正被英軍做為日軍戰爭罪行的見證人而滯留在這裡。從記者那裡一得到艾米麗的地址，查爾斯即刻給她發了封航空信：

千言萬語，不知從何說起，我只想問你：1、你對我的感覺還跟一九四三年一樣嗎，還是另有所愛？2、要是你感覺依然如初，我們何時在何地會面和結婚？3、我自己的感覺絲毫未變，像《傲慢與偏見》倒數第二章處於考驗期中的達西，但你回答的一個字就會使我永不再談這一問題。

還用說！艾米麗苦苦的堅持和等待終於有了結果。查爾斯一完成為日軍戰爭罪行作證詞的工作，就立即登上一艘開往加州的輪船。一九四五年十一月二十二日，他與艾米麗以及他們的女

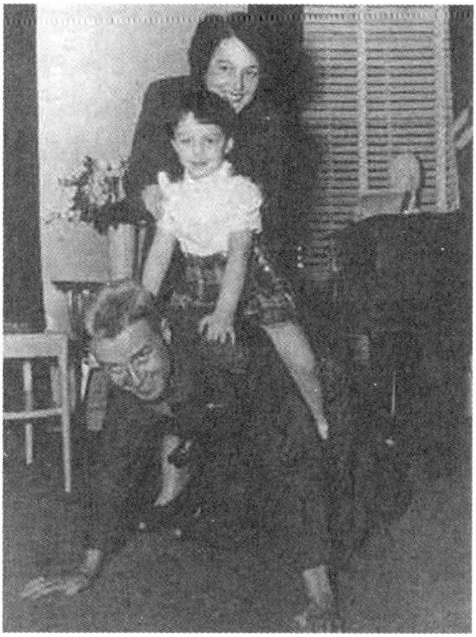

左上：卡蘿拉（左）和阿曼達攝於孔尼軋，約 1951 年
左下：米奇與卡蘿拉回美國歡度聖誕佳節
右上：查爾斯抵達紐約拉瓜底亞機場，受到淚眼汪汪的米奇與不明究理的卡蘿拉的歡迎。攝於 1945 年 11 月 22 日
右下：查爾斯、卡蘿拉和米奇著名的那一張《*LIFE*》雜誌照片。 1945 年 11 月 22 日攝於米奇在紐約的公寓，查爾斯就在當天娶米奇為妻

兒在紐約相聚，三人熱烈擁抱的場面成爲第二天很多報紙的新聞圖片。《時代週刊》更把他們當作封面人物。當記者問查爾斯，「你現在打算做什麼？」時，查爾斯回答：

「當此之時，對著米奇這樣一位最忠實的女子，你不覺得這問題是多餘的嗎？」

幾天之後，查爾斯收到了離婚證書，可是紐約法律規定離婚者要等三年才能再婚，而查爾斯和艾米麗一刻也不願多等，他們趕往不需等待的新澤西，在那裡註冊結婚。一年以後他們又有了第二個女兒阿曼達。這一異國婚姻保持了五十二年，直到一九九七年艾米麗去世。

艾米麗與邵洵美也恢復了聯繫。一九四五年八月日本一投降，從上海就來了一封信，是邵洵美寫來的，他告訴艾米麗，他和佩玉都還活著。「是大家恢復聯繫的時候了。」邵洵美寫道，「我想我們大家都還平安且愉快。」不過他說，他雖然活著，漫長而艱苦的戰爭卻使得他老得跟六十歲了似的，「我不再去吻年輕女孩，我怕她們會給我一巴掌。」他又說他聽人講起過了《我的中國》，希望艾米麗設法「惠賜」一本。

艾米麗立即將這本書付郵，在四個月後寫給邵洵美的一封信裡，她告訴邵洵美，她曾在香港以「邵太太」的名義與日本人周旋，雖然有點擔心日本人會去盤查邵洵美。「這事我想你能理解，」艾米麗寫道，「對於當事人來說，它是完全合情合理的，但美國人可沒有中國人那麼明理，那些政府官員們對我的故事迷惑不解，差點把你的前妻關進了監獄。」

一年以後，一九四六年，邵洵美來美國考察電影和出版，他與艾米麗和她的家人見過面。他還帶卡蘿拉去了一間大百貨公司（F.A.O.Schwarz）給她買了個大娃娃，「這娃娃是如此之漂

左：米奇（左）與約旦國王哈珊（右）及其顧問一起抽菸閒談
1964 年非洲之行後中途停留時所攝
右：米奇接受密蘇里—聖路易斯大學的榮譽學位，攝於 1977 年 5 月

亮，以致多年以後她還能想起它來。」艾米麗在《我的中國》一九八六年再版序中這樣寫道，她接著寫道：

> 後來我聽說共產黨把他關進了監獄，接著他和他家人去了北京，又再次入獄。終於在不久以後去世。這些都是我們在一九八三年去中國訪問時聽說的。

關於艾米麗的一九八三年中國之行，我沒看到另外的資料，所以未能證實。不過，可以肯定的是，以上這傳聞，不管她得來的渠道如何，正與中國對她的諸多傳聞一樣，肯定與事實也有出入。邵洵美一九五〇年確曾與家人去北京住了半年，以圖發展，但遭到了冷遇，只好退回上海。據已知材料所述，如果不把文革時期被抄家受審查當作關監牢的話，邵洵美只入過一次獄。時間是一九五八年十月至一九六二年四月。艾米麗有所不知的是，邵洵美入獄跟她有關。起因只不過是邵洵美爲解客居香港的六弟邵雲驤經濟之困，寫了封信給艾米麗借錢。艾米麗當然不知道有這封信，因爲信未出國門就被公安機關截獲。邵洵美於是被當作裡通外國的間諜抓

右上：米奇與猿類交談。
　　當時她正在研究有關動物溝通的專書《看誰在說話》，此書於 1978 年出版
左上：鮑克瑟全家。（由左至右：米奇、卡蘿拉、阿曼達和查爾斯）攝於 1992 年夏天
左下：米奇（左）、吉米・可明斯與查爾斯（右）1991 年 5 月至日本旅遊
右下：工作到最後一刻。米奇在她的《紐約客》工作室寫作。攝於 1995 年夏天

了起來。一關就是三年多，他在獄中度過了中國食物最匱乏的年代，差點沒餓死。最後雖然活著回了家，但已經是風中殘燭，奄奄一息。

一九六六年的文革，令邵洵美雪上加霜，斷絕了所有經濟來源的邵洵美再次冒險向艾米麗寫信求助。這次他雖向派出所交了一份副本，信裡除了要錢不談別事，信還是沒出得了國門。兩年之後，他就因心臟病死於上海。揮金如土的一代才子，死時一貧如洗。據盛佩玉後來回憶，他穿了一身舊衣上路，只有腳上一雙襪子是新的。

一九四九年之後，艾米麗再沒收到邵洵美一封信。一九五三年，她和查爾斯重遊香港、東京和台灣時，曾試圖取得去上海的簽證，但未成功。也好，她沒見到邵洵美衰老落魄的形象，在她心中，那位一度使她夢魂牽繞的中國情人永遠是個美麗的記憶：希臘雕像式高挺的鼻樑，明亮如炬的一雙美目，歡樂地，俏皮地，閃灼著對生活永不遏止的熱愛。

一如她自己，浪跡天涯追求幸福的奇女子艾米麗，她一生寫了五十二本書，但其中最精采的一本，還是她自己的一生。

文學叢書 173

項美麗在上海

作　　者　王　璞
總 編 輯　初安民
責任編輯　施淑清
美術主編　高汶儀
美術編輯　張薰芳
校　　對　施淑清

發 行 人　張書銘
出　　版　INK 印刻出版有限公司
台北縣中和市中正路 800 號 13 樓之 3
電話： 02-22281626
傳真： 02-22281598
e-mail : ink.book@msa.hinet.net
網　　址　舒讀網 http://www.sudu.cc

法律顧問　漢廷法律事務所
劉大正律師
總 代 理　展智文化事業股份有限公司
電話： 02-22533362 · 22535856
傳真： 02-22518350
郵政劃撥　19000691 成陽出版股份有限公司
印　　刷　海王印刷事業股份有限公司

出版日期　2007 年 11 月　初版
ISBN　978-986-6873-39-3

定價　290 元

國家圖書館出版品預行編目資料

項美麗在上海／王璞 著.－－初版，
－－臺北縣中和市： INK 印刻，
2007.11　面；　公分（文學叢書； 173）

ISBN 978-986-6873-39-3（平裝）

857.85　　96018700

K INK INK INK INK INK INK
INK INK INK INK INK INK IN
K INK INK INK INK INK INK
INK INK INK INK INK INK IN
K INK INK INK INK INK INK
INK INK INK INK INK INK IN
K INK INK INK INK INK INK
INK INK INK INK INK INK IN
K INK INK INK INK INK INK
INK INK INK INK INK INK IN
K INK INK INK INK INK INK
INK INK INK INK INK INK IN
K INK INK INK INK INK INK
INK INK INK INK INK INK IN
K INK INK INK INK INK INK
INK INK INK INK INK INK IN
K INK INK INK INK INK INK
INK INK INK INK INK INK IN
K INK INK INK INK INK INK
INK INK INK INK INK INK IN
K INK INK INK INK INK INK
INK INK INK INK INK INK IN
K INK INK INK INK INK INK
INK INK INK INK INK INK IN

NK INK INK INK INK INK IN
K INK INK INK INK INK INK
NK INK INK INK INK INK IN
K INK INK INK INK INK INK
NK INK INK INK INK INK IN
K INK INK INK INK INK INK
NK INK INK INK INK INK IN
K INK INK INK INK INK INK
NK INK INK INK INK INK IN
K INK INK INK INK INK INK
NK INK INK INK INK INK IN
K INK INK INK INK INK INK
NK INK INK INK INK INK IN
K INK INK INK INK INK INK
NK INK INK INK INK INK IN
K INK INK INK INK INK INK
NK INK INK INK INK INK IN
K INK INK INK INK INK INK
NK INK INK INK INK INK IN
K INK INK INK INK INK INK
NK INK INK INK INK INK IN
K INK INK INK INK INK INK
NK INK INK INK INK INK IN
K INK INK INK INK INK INK